KB030401

CARLOS RUIZ ZAFON

천국의 수인

EL PRISIONERO DEL CIELO
By Carlos Ruiz Zafón

Copyright © Carlos Ruiz Zafón, 2011
Korean translation copyright © MUNHAKDONGNE Publishing Corp., 2012
All rights reserved.

Korean translation rights by arrangement with
Antonia Kerrigan Literary Agency through MOMO Agency.

이 책의 한국어판 저작권은 모모에이전시를 통해
Antonia Kerrigan Literary Agency와 독점 계약한 (주)문학동네에 있습니다.
저작권법에 의해 한국 내에서 보호를 받는 저작물이므로
무단 전재와 무단 복제를 금합니다.

이 도서의 국립중앙도서관 출판예정도서목록(CIP)은
서지정보유통지원시스템 홈페이지(http://seoji.nl.go.kr)와
국가자료종합목록 구축시스템(http://kolis-net.nl.go.kr)에서 이용하실 수 있습니다.
(CIP제어번호: CIP2012004104)

천국의 수인

카를로스 루이스 사폰 장편소설

김주원 옮김

문학동네

차례

항상 나는 알고 있었다. 언젠가 이 거리에 돌아와, 재와 침묵의 시대라는 몽롱한 잠에 빠진 바르셀로나의 어둠 속에서 영혼과 이름을 잃어버린 남자의 이야기를 하리라는 것을. 이 글은 도시의 저주받은 자들의 비호 아래 열정적으로 쓴 일화이자, 가슴에 사무친 약속과 저주의 대가로 죽은 자들의 세계에서 살아 돌아온 사람의 기억 속에 아로새겨진 말들이다. 자신의 운명에 드리워진 그림자가 무대를 엄습하기 전, 막이 오르고 관객이 조용해지면, 순수한 영혼을 지닌 배우는 입술에 희극적 요소와 축복받은 천진난만함을 지니고 무대에 등장해, 제3막이 마지막이라고 믿으면서 우리에게 크리스마스 이야기를 할 것이다. 마지막 페이지를 넘길 때 여운이 천천히 그리고 냉혹하게 그를 암흑의 한가운데로 끌어들일 것임을 모르는 채.

훌리안 카락스, 『천국의 수인』

(뤼미에르 출판사, 파리, 1992년)

1부

크리스마스 이야기

1

1957년 12월, 바르셀로나

그해 크리스마스 무렵 새벽녘마다 하늘은 납빛으로 잔뜩 흐리고 서리가 내렸다. 푸른빛이 도는 어스름에 도시가 물들면, 거리를 오가는 사람들은 외투 깃을 귀까지 올린 채 숨을 쉴 때마다 차가운 공기 속에 뽀얀 입김을 내뿜으며 걸음을 재촉했다. 이런 날씨에 발길을 멈추고 '셈페레와 아들' 서점의 진열창을 들여다보는 사람은 거의 없었다. 하물며 호기롭게 문을 열고 들어와 평생 주인을 기다려온 책에 대해, 서점의 위태로운 재정난을 해결하는 데 조금이나마 도움이 될 그 길 잃은 책의 판매 여부에 대해 묻는 사람은 더더욱 없었다.

"오늘이 바로 그날이 될 것 같아요. 우리의 운명이 판가름 나는 날 말이에요." 나는 모닝커피 잔을 기울이며 아주 낙관적으로 말했다.

아침 여덟시부터 연필과 지우개를 부지런히 놀리며 회계장부와 씨름하던 아버지가 계산대에서 시선을 들었다. 그리고 거리 아래쪽으로 교묘히 미끄러져 사라지는 손님들의 행렬을 바라봤다.

"다니엘, 하늘이 네 말에 귀를 좀 기울였으면 좋겠구나. 이대로 크리스마스 대목을 놓쳐버리면 당장 1월 전기요금도 내지 못할 형편이니 말이다. 뭔가 대책을 세워야겠어."

"어제 페르민이 아이디어를 냈어요." 내가 불쑥 말을 꺼냈다. "서점 문을 닫지 않게 할 명안이라면서요."

"신이시여, 저희를 도와주소서."

나는 그가 한 말을 그대로 전했다.

"팬티 차림의 나를 진열창에 장식하면 문학과 강렬한 자극을 갈망하는 여자들의 지갑이 열릴 거야. 전문가들 말로는 문학의 미래가 여자들 손에 달려 있다고 하거든. 그리고 단언하는데, 이 균형 잡힌 체격의 야성적 매력을 뿌리칠 수 있는 여인은 아직 세상에 태어나지 않았어."

등 뒤에서 아버지의 연필이 바닥에 툭 떨어지는 소리가 들렸다. 나는 뒤돌아봤다.

"페르민이 그랬다고요."

난 아버지가 페르민이 퍼뜩 떠올린 아이디어를 그냥 웃어넘길 거라 생각했다. 그러나 아버지는 침묵을 지켰고, 나는 아버지를 흘낏 쳐다봤다. 아버지 셈페레는 그런 터무니없는 말에 아무런 신소리도 하지 않고 오히려 생각에 잠긴 얼굴로 그 제안을 진지하게 고려하는 것처럼 보였다.

"그래, 아주 기발한 생각이야. 어쩌면 페르민이 정곡을 찔렀는지도 몰라." 아버지가 중얼거렸다.

나는 반신반의하며 아버지를 쳐다봤다. 최근 몇 주 사이 우리에게 몰아닥친 경제적 어려움 때문에 결국 아버지의 신중한 판단력이 흐려진 것 같았다.

"페르민이 팬티 바람으로 서점 안을 배회하도록 허락하시겠다는 말은 마세요."

"아니, 그게 아니야. 진열창을 말하는 거야. 방금 네가 말하는 도중에 떠오른 생각인데…… 크리스마스 매상을 올릴 시간이 아직 남아 있는 것 같구나."

아버지는 가게 뒷방으로 모습을 감추더니 겨울이면 늘 갖춰 입는 옷차림을 하고 다시 나왔다. 어렸을 적 내 기억 속에도 남아 있는 그 외투와 머플러 그리고 모자는 예나 지금이나 변함없었다. 평소 내 아내 베아는 아버지가 분명 1942년 이후로는 옷을 사본 적이 없을 거라고 말하곤 했는데, 그 모든 상황이 아내의 말이 옳다는 걸 여실히 증명하고 있었다. 장갑을 끼면서 희미하게 웃는 아버지의 눈빛에는 마치 어린애처럼 뭔가 대단한 일을 할 때만 나타나는 광채가 어렸다.

"잠깐 너 혼자 가게를 봐야겠다. 난 볼일을 보고 올 테니."

"어디 가시는데요?"

아버지는 윙크를 해 보였다.

"놀라운 일이 벌어질 게다. 이제 곧 알게 될 거야."

나는 문까지 아버지를 배웅했고 힘찬 걸음으로 푸에르타 델 앙헬 거리를 향해 가는 아버지의 뒷모습을 지켜봤다. 기나긴 세월을 거쳐온 아버지의 겨울 옷차림은 어둠과 먼지 속 행인들의 잿빛 물결 가운데서도 눈에 띄게 우중충한 모습이었다.

2

책장 안의 총서들을 내 취향대로 재정리하는 동안, 나는 모처럼 혼자 있는 기회를 틈타 음악을 들으려고 라디오를 켰다. 평소 아버지는 서점에 손님이 있을 때면 라디오 소리를 낮춰야 한다는 소신이 있었다. 그러나 페르민이 있을 땐 사정이 달랐다. 라디오를 켜면 그는 어떤 멜로디든지 꼭 따라서 콧노래를 흥얼거렸고—최악의 경우 자칭 '카리브해의 관능적인 리듬'이라 일컫는 춤까지 추면서—불과 몇 분 사이에 내 온 신경을 건드려놓았다. 그런 현실적인 어려움을 겪고 난 후, 나는 가게에 아무도 없고 나만 오롯이 수만 권의 책에 둘러싸여 있는 흔치 않은 상황에서만 전파의 즐거움을 맛보기로 결심했다.

그날 아침 바르셀로나 라디오에서는 삼 년 전 크리스마스 이벤트로 디아고날 대로변의 윈저 팰리스 호텔에서 루이 암스트롱과 그 밴드의 훌륭한 콘서트가 열렸을 때 한 수집가가 비밀리에 녹음한 실황 음악이 흘러나왔다. 광고 사이사이 진행자는 '야스'와 같은 소리를 지적하면서 그런 외설적인 싱커페이션이 현재 유행하는 대중가요와 볼레로 그리고 초창기 예예 음악*에 익숙한 국내 청취자들의 성향과는 맞지 않을 수 있다고 논평했다.

페르민은 이사크 알베니스가 흑인으로 태어났더라면 재즈는 양철통 과자**처럼 캄프로돈***에서 탄생했을 거라고 말하곤 했다. 할리우드 여배우 킴 노박을 흠모한 그는 가끔 나와 함께 페미나 극장으로 조조영화를 보러 갔는데, 몇 편의 영화에서 그녀를 아주 매력적으로 보이게 했던 브래지어와 재즈야말로 20세기 우리 인류가 이룩해낸 고귀한 위업이라고 주장하기도 했다. 이에 대해선 논란의 여지가 없었다. 나는 매혹적인 재즈 음악과 그윽한 책 향기에 취해 아침나절을 보내면서 평온함과 함께 성실하게 작업하며 느끼는 만족감에 빠져들었다.

오늘 아침 페르민은 비번이었다. 2월 초로 예정된 베르나르다와의 결혼 준비를 마무리짓느라 바쁜 나날을 보내고 있었던 것이다. 겨우 이 주 전 그가 처음 그 소식을 알렸을 때 우리 모두

---

* 1950년대 말부터 프랑스, 스페인 등지에서 대중화된 팝 음악의 한 형태.

** 캄프로돈의 명물.

*** 이사크 알베니스의 고향.

는 너무 서두르는 것 아니냐며 조급하게 결정 내리지 말라고 그에게 충고했다. 아버지는 여름철이 결혼식을 올리기에 적기라고 주장하면서 하다못해 두세 달만이라도 예식을 연기하라고 그를 설득했다. 하지만 페르민은 자신이 에스트레마두라 구릉지의 극심한 건조 기후에 단련된 표본인지라 지중해 연안의 아열대성 여름이 다가오면 땀을 줄줄 흘리는 고역을 겪는 탓에, 겨드랑이 밑에 프렌치토스트만 한 땀 얼룩이 진 채 혼인 서약을 할 수는 없다고 반박하면서 계속 그 날짜를 고집했다.

나는 뭔가 꺼림칙한 일이 벌어지고 있다는 생각을 떨칠 수 없었다. 페르민 로메로 데 토레스라는 사람은 산타 마리아 교회와 은행, 그리고 뉴스영화*나 미사 같은 스페인의 미풍에 반기를 든 시민 저항의 표상이었던 것이다. 그런 그가 교회에서 결혼하겠다는 어이없는 의사를 밝히다니 도무지 이해할 수 없었다. 분주한 결혼 준비 과정중에 페르민은 새로 부임한 산타 아나 교회의 주임신부인 돈 야코보와 친해지게 되었다. 그는 부르고스 출신으로 사고방식과 태도가 은퇴한 권투 선수처럼 느긋했고 도미노 게임을 지나치게 좋아했다. 그래서 페르민은 일요일마다 미사가 끝난 뒤 알미랄 술집의 유서 깊은 도박장에서 사제와 게임을 즐

* 1946~1976년 스페인에서 한 주간의 주요 사건들을 필름에 담아 보도하던 기록영화.

졌고, '몬세라트의 아로마'*를 기울이면서 자신이 사춘기 때부터 추측해온바 수녀들의 허벅지가 깨물고 싶을 정도로 그렇게 부드러운지에 대해 사제에게 묻곤 했는데 그럴 때면 사제는 호탕하게 웃음을 터뜨렸다.

"자네는 그를 파문당하게 할 참인가." 아버지가 그를 나무랐다. "수녀들은 쳐다봐서도 만져서도 안 된단 말이야!"

"하지만 성직자가 저보다 더 후안무치한 사람이면요." 페르민이 항의조로 말했다. "겉보기와 다르다면……"

내가 그때의 논쟁을 떠올리며 거장 암스트롱의 트럼펫 소리를 흥얼거리고 있을 때 서점 문에 달린 종이 희미하게 딸랑거렸다. 아버지가 비밀 임무를 마치고 돌아왔거나 페르민이 오후 교대를 하러 온 것이라 생각하며 시선을 들었다.

"실례합니다."

문턱에서 저음의 컬컬한 목소리가 들려왔다.

* 알코올 도수 31도의 허브주.

3

거리의 빛을 등지고 서 있는 그의 실루엣은 흡사 세찬 바람에 휘둘린 나무줄기를 닮아 있었다. 방문객은 유행에 뒤떨어진 짤막한 검은 양복을 입고 지팡이에 의지한 채 험상스러운 모습이었다. 그가 눈에 띄게 다리를 절뚝거리며 한 걸음 앞으로 내디뎠다. 계산대 위에 놓인 소형 램프의 불빛에 세월의 주름이 자글자글한 그의 얼굴이 드러났다. 방문객은 찬찬히 나를 뜯어보면서 잠시 바라봤다. 확고하고 빈틈없는 그의 시선은 독수리처럼 날카로웠다.

"당신이 셈페레 씨요?"

"저희 아버지를 찾으시는 듯한데, 지금은 출타중이십니다. 뭘 도와드릴까요?"

방문객은 내 질문에는 아랑곳없이 탐욕에 가까운 흥미를 보이며 서점 안을 구석구석 훑고 다녔다. 절름거리며 괴로워하는 모양으로 보아 옷 아래 감춰진 부상이 상당히 심각한 것 같았다.

"전쟁에서 얻은 추억의 상처요." 마치 내 심중을 읽은 듯 손님이 말했다.

나는 서점을 둘러보는 그의 발걸음이 어디에서 멈출지 추측하며 날카로운 시선으로 그의 뒤를 좇았다. 예상했던 대로 그 이상한 남자는 흑단과 유리로 만든 진열장 앞에 멈춰 섰는데, 그것은 1888년으로 거슬러올라가 서점을 개업했을 당시의 유물이었다. 당시 카리브해 지역에서 벼락부자가 되어 막 돌아온 혈기 왕성한 젊은이였던 고조부 셈페레는 자금을 융통해 오래된 장갑 가게를 사들인 후 서점으로 업종을 변경했다. 가게의 영예로운 공간인 그 진열장에는 대대로 가장 귀중한 서적들만 보관해두었다.

방문객은 숨결이 유리에 닿을 정도로 아주 가까이 다가갔다. 돋보기를 꺼내 쓰더니 진열장 내부를 유심히 들여다보았다. 그의 태도는 마치 암탉들이 이제 막 낳아놓은 닭장 안의 알들을 뚫어지게 쳐다보는 족제비 같았다.

"아름다운 작품이군요." 그가 중얼거렸다. "가치가 상당하겠어요."

"가보입니다. 정서적인 가치가 크다고 봐야죠."

나는 눈길만으로 우리가 숨 쉬고 있는 공기까지 값을 매기는 것 같은 그 유별난 고객의 가치 평가에 거북해하며 대답했다.

잠시 후 안경을 챙기더니 그가 차분한 어조로 말했다.

"일전에 내가 신세를 진 신사분이 당신들과 함께 일하는 것으로 알고 있소만."

내가 곧바로 대답하지 않자 그가 뒤돌아서서 사람을 주눅 들게 하는 시선으로 바라봤다.

"보시다시피 전 혼자 있습니다. 어떤 책을 원하시는지 제목을 말씀해주시면 기꺼이 찾아드리죠."

그 이상한 남자는 쌀쌀맞게 미소지으며 고개를 끄덕였다.

"진열장에 있는 게 『몽테크리스토 백작』이지요?"

그 작품에 관심을 보인 손님이 그가 처음은 아니었다. 그래서 나는 그런 경우 우리가 늘 하듯 업무적으로 말했다.

"안목이 아주 뛰어나시군요. 마드리드에 사는 저명한 개인 소장가의 서고에서 나온 건데, 고유 번호가 있고 아서 래컴의 동판화가 수록된 아주 훌륭한 판본입니다. 워낙 귀한 작품이죠."

방문객은 흑단으로 만든 견고한 진열장에만 관심을 쏟을 뿐 내 말이 지루하다는 걸 분명히 드러내며 시큰둥하게 듣고 있었다.

"내게 책은 모두 똑같소. 하지만 저 책의 파란색 표지가 마음에 드는군." 그가 조롱 섞인 어조로 대꾸했다. "저것을 사겠소."

다른 때 같았으면 서점에 있는 책 중에서 아마도 가장 값비싼 책을 팔 수 있다는 사실에 뛸 듯이 기뻤겠지만, 그 판본이 내 비위를 뒤집는 그런 작자의 수중에 들어간다고 생각하니 뭔가 울컥하는 기분이었다. 그 책이 서점을 떠나는 순간 어느 누구도 그 첫 단락조차 읽지 않을 거라는 생각이 들었다.

"아주 고가의 판본입니다. 괜찮으시다면 완벽하면서도 보다 적당한 가격의 다른 판본들을 보여드리죠."

변변찮은 영혼을 지닌 사람들은 항상 타인을 위축시키려 애쓰는 경향이 있는데, 자신의 영혼을 교묘하게 감출 것 같았던 그 이상한 남자가 경멸에 찬 눈초리로 나를 강하게 쏘아보았다.

"그것들도 표지가 파랗습니다." 나는 덧붙여 말했다.

그는 빈정대는 듯한 내 무례한 태도를 모른 체했다.

"아니, 괜찮소. 내가 원하는 건 저것이니까. 그리고 가격은 아무래도 상관없소."

나는 마지못해 수락했고 진열장으로 향했다. 열쇠를 꺼내 유리 진열장의 문을 열었다. 남자의 시선이 내 등 뒤에 꽂히는 걸 느낄 수 있었다.

"세상의 좋은 것들은 항상 열쇠로 채워져 있지." 그가 나지막이 말했다.

나는 책을 집어들고 한숨을 내쉬었다.

"선생님은 수집가이십니까?"

"그렇다고 할 수 있소. 책을 수집하는 건 아니지만 말이오."

나는 책을 든 채 뒤돌아섰다.

"그럼 어떤 것을 수집하시는지?"

이번에도 남자는 내 질문에는 아랑곳하지 않고 책을 건네받으려고 손을 내밀었다. 나는 책을 도로 진열장에 넣고 자물쇠로 채우고 싶은 충동을 견뎌내야 했다. 그렇게 시간을 끌다가 판매할 기회를 놓쳐버린다면 아버지가 나를 용서하지 않을 터였지만.

"가격은 삼십오 페세타입니다."

책을 건네기 전 나는 방문객에게 책 가격을 알려주었다. 그 금액이 그의 마음을 바꾸어놓기를 기대하면서.

하지만 그는 눈 하나 깜짝하지 않고 태연히 고개를 끄덕이더니 일 두로*도 안 될 것 같은 낡은 옷의 호주머니에서 백 페세타를 꺼냈다. 나는 위조지폐가 아닐까 의심했다.

"손님, 유감스럽게도 그렇게 큰돈을 바꿀 만한 잔돈이 없습니다."

잔돈을 구하고, 또 그 지폐가 진짜인지 확인하기 위해 가장 가까운 은행에 다녀올 동안 잠시 기다려달라고 부탁할 수도 있었지만, 서점 안에 그자만 홀로 남겨둔다는 게 못내 미덥지가 않았다.

"걱정 마시오. 진짜 지폐니까. 어떻게 확인하는지 알고 있소?"

이상한 남자는 지폐를 높이 들어 빛에 비추었다.

"숨어 있는 그림을 주의 깊게 보시오. 선과 촉감도……"

---

* 스페인의 화폐 단위. 오 페세타짜리 동전.

"선생님은 위조지폐 감별사이십니까?"

"젊은이, 이 세상의 모든 게 다 거짓이오. 돈을 제외한 모든 것이."

그는 내 손 위에 지폐를 올려놓고 주먹을 꽉 쥐게 만들더니 손가락 마디를 가볍게 두드리며 말했다.

"잔돈은 다음 방문을 위해 예치해두겠소."

"너무 큰돈인데요, 선생님. 육십오 페세타라니……"

"몇 푼 안 되는 푼돈이오."

"그럼 일단 영수증을 써드리겠습니다."

"당신을 믿겠소."

남자는 무심하게 책을 살펴보았다.

"선물할 건데, 직접 책을 배달해줬으면 좋겠소만."

나는 잠시 망설였다.

"원칙적으로 저희는 배송을 하지 않습니다만, 이번엔 별도 추가 비용 없이 기꺼이 직접 배달해드리지요. 바르셀로나 시내인가요? 아니면……"

"바로 이곳이오." 그가 말했다.

냉담한 그의 눈초리가 분노와 원한의 세월을 드러내는 것 같았다.

"책을 포장하기 전에 뭐 사적인 메모나 헌사獻辭를 추가하시겠습니까?"

방문객은 힘겹게 책 제목이 적힌 페이지를 펼쳤다. 그제야 나는 그의 왼손이 도색한 자기재의 의수라는 걸 알아차렸다. 그가 만년필을 꺼내들고 몇 자를 적었다. 그리고 책을 내게 되돌려주더니 뒤돌아섰다. 나는 방문객이 문을 향해 절뚝거리며 가는 모습을 지켜봤다.

"어디로 배달하면 될지 주소와 받는 분 성함을 좀 가르쳐주시겠습니까?"

"거기 다 적혀 있소."

뒤도 돌아보지 않고 그가 대꾸했다.

나는 책을 펼쳐 그 이상한 남자가 자필로 무언가를 적어놓은 페이지를 찾았다.

죽은 자들의 세계에서 살아 돌아와 미래의 열쇠를 갖게 된

페르민 로메로 데 토레스에게

13호

그때 문가에서 종소리가 들렸다. 내가 쳐다보았을 때 남자는 사라지고 없었다.

나는 허둥지둥 문으로 다가가 거리를 내다보았다. 방문객은 다리를 절면서 산타 아나 거리의 옥빛 안개 장막을 가로지르는 실루엣들 속에 뒤섞여 멀어져갔다. 그를 부르려다가 꾹 참았다.

그가 그냥 가도록 내버려두는 건 아주 쉬운 일이었지만, 본능과 더불어 무분별하고 실리적인 판단을 못하는 내 특유의 성격 때문에 그럴 수가 없었다.

4

나는 군중 속으로 사라지는 그 이상한 남자를 미행할 각오로 '닫힘' 팻말을 내걸고 서점 문을 잠갔다. 아버지가 돌아와—홀로 가게를 지키는 상황인데다 매출 부진으로 어려움을 겪고 있는 이 마당에—내가 자리를 비운 걸 알면 꾸지람이 떨어질 게 분명했지만, 도중에 적당한 핑곗거리가 떠오를 거라 생각했다. 저 불길한 작자가 만들어놓은 불안감을 억누르고 페르민과의 연관성도 확실히 알지 못한 채 그냥 넘어가기보다는 차라리 부친의 온화한 성미에 맞서기로 했다.

서점 주인은 직업상 자신의 존재를 들키지 않고 수상한 사람을 뒤쫓는 세련된 기술을 현장에서 배울 기회가 거의 없다. 손님들 대다수가 책값을 잘 치르지 않을 것처럼 보이지만 않는다면,

보통의 경우 주인은 책장에 있는 탐정물이나 싸구려 통속소설의 도서 목록을 손님에게 내밀 뿐이다. 사람을 외모로 판단해서는 안 되지만 범죄의 냄새가 나는 그의 오만한 태도는 나를 아마추어 탐정으로 만들어놓았다.

람블라스 거리로 향하는 그를 뒤쫓는 동안, 나는 기초 지식을 발휘해 우선 대략 오십 미터의 간격을 두고 제법 덩치가 큰 사람의 뒤에 숨었다. 추적 대상이 발길을 멈추고 느닷없이 뒤를 돌아볼 경우에는 항상 도로변의 출입구나 가게로 재빨리 몸을 숨길 태세를 취했다. 람블라스 거리에 다다르자 그 이상한 남자는 중앙로를 가로질러 항구로 향했다. 거리에는 크리스마스 장식이 드리워져 있었고, 몇몇 상인들은 조명등과 별 그리고 천사들로 진열창을 장식하며 라디오에서 떠들어대듯 호황임을 분명히 알리고 있었다.

그 시절 크리스마스는 아직 마술적이고 신비로운 분위기를 간직하고 있었다. 겨울의 희뿌연 빛과, 암울함과 침묵 속에서 살아가던 사람들의 눈빛과 염원이 크리스마스 장식에 희미하나마 진실성을 부여했고, 그래서 적어도 아이들과 망각을 체득한 사람들은 여전히 믿을 수 있었다.

아마 그런 이유로, 온통 환상적인 분위기 속에서 크리스마스 기분이라고는 손톱만큼도 느껴지지 않는 그 낯선 사람이야말로 내가 쫓아야 하는 수사 대상이라고 더욱 분명하게 생각되었던 것 같다. 그는 다리를 절며 느릿느릿 걸었고, 마치 이제껏 한 번도 본 적이 없는 양 새 가게나 꽃집 앞에 자주 멈춰 서서 잉꼬와 장미를 감상했다. 두어 번 람블라스 거리의 신문 가판대에 다가가 신문 1면이나 잡지의 앞표지를 유심히 들여다봤고 회전식 우편엽서대를 빙빙 돌려보기도 했다. 그는 한 번도 그곳에 와본 적 없고 람블라스 거리를 처음 산책하는 어린애나 관광객처럼 행동했다. 아이들과 관광객들은 자신들이 거니는 곳에 대해 잘 알지 못하면 일시적이나마 천진난만함을 보이기라도 하지, 천진하지도 않고 아기 예수의 형상 앞에서 축복받지도 않았을 그 수상한 남자는 베들레헴 성당 근처에 이르자 길을 가로질렀다.

그가 불현듯 발걸음을 멈췄는데, 언뜻 보기에 푸에르타페리사 거리 초입에 있는 애완동물 가게 안의 새장 속에서 자신을 곁눈질하는 연분홍빛 깃털의 앵무새에 마음을 빼앗긴 것 같았다. 그는 서점의 유리 진열장 앞에서 그랬던 것처럼 새장에 다가가 앵무새에게 뭐라고 중얼거리기 시작했다. 거세한 수탉 같은 날개에 깃털이 화려하고 머리가 큰 그 새는 유황 성분이 야기하는 불쾌한 구취를 견디며 방문객이 자신에게 읊조리는 내용에 분명 관심을 보이면서 열심히 집중하고 있었다. 의아하게도 앵무새는 연신 고개를 끄덕였고 눈에 띄게 흥분해서 장밋빛의 관모를 곧추세웠다.

이 분 정도 지나자 그는 새와 소통이 된 것에 흡족해하며 가던 길을 계속 갔다. 하지만 채 삼십 초도 지나지 않아, 내가 새 가게 앞을 지날 무렵 작은 소동이 일어났고 당황한 점원은 서둘러 앵무새 새장을 천 덮개로 씌워버렸다. 새가 '프랑코*는 나쁜 새끼, 좆도 서지 않지'라는 2행 대구시를 완벽하게 되뇌기 시작했던 것이다. 누구에게 배웠는지에 대해선 의심의 여지가 없었다. 어쨌든 적어도 그 수상한 남자는 약간의 유머감각과 대담한 정치적 성향을 보여주었다. 이는 그 당시엔 무릎 위로 올라오는 미니스커트만큼이나 보기 드문 것이었다.

그 일에 정신이 팔려 있던 나는 그를 시야에서 놓쳤지만 곧바로 바게스 보석 상점의 진열창에 바싹 달라붙어 있는 그의 모습을 발견했다. 나는 슬그머니 비레이나 궁전 출입구 옆에 있는 대서사代書士의 간이점포까지 전진해 주의 깊게 그를 관찰했다. 그의 두 눈에서 루비처럼 광채가 났다. 방탄유리 뒤에 진열된 황금과 값비싼 멋진 보석들이 그에게 탐욕을 불러일으킨 듯, 평소 같으면 크나큰 즐거움을 선사했을 카바레 '라 크리오야'의 일렬로 늘어선 코러스 걸들조차도 그를 진열창에서 떼어놓지는 못할 것 같았다.

"젊은이, 연애편지요 아니면 신청서나 탁월한 선택을 바라는

* 스페인의 군인이자 정치가(1892~1975). 1936년 7월 자신의 직속 군대를 이끌고 인민전선 정부에 반대해 쿠데타를 일으켰다. 2년여에 걸친 스페인 내전에서 승리하여 독재 정권을 수립한 후 1947년 국민투표로 종신 총통이 되었다.

청원서? 뭐, 이도저도 아니면 고향 친척에게 보내는 꾸밈없는 안부인사요?"

내가 은신처로 삼은 간이점포에 거주하는 대서사가 고개를 빠끔히 내밀더니 마치 자신이 고해 신부라도 되는 양 내게 서비스를 제공하고 싶은 듯 간절히 바라보았다. 창구 위 광고지에는 다음과 같이 적혀 있었다.

오스왈도 다리오 데 모르텐센

문필가이자 사색가.
연애편지, 진정서, 유언장, 시, 항소장, 축사,
청원서, 부고, 찬가, 논문, 탄원서, 신청서,
그 밖의 모든 문체와 운율 작문 가능.
문장당 10센티모(운문시 추가 요금).
과부와 장애인, 미성년자에게는 특가.

"젊은이, 뭐요? 말해보시오. 결혼할 아가씨의 속치마를 정욕의 향기로 촉촉이 적실 그런 뜨거운 러브레터를 원하는 거요? 당신이라면 내 특가로 해주리다."

나는 그에게 결혼반지를 내보였다. 대서사 오스왈도는 태연히 무표정한 얼굴로 어깨를 으쓱했다.

"지금은 현대요. 이곳을 지나는 기혼 남녀들이 어떤지 당신이 안다면……"

나는 광고지를 다시 읽었고, 생뚱맞게도 다소 친숙한 느낌이 들었다.

"언뜻 성함이……"

"나도 잘나가던 시절이 있었지. 아마 그래서일 거요."

"본명인가요?"

"필명이오. 예술가는 자신의 업무에 맞는 별칭이 필요한 법이라오. 내 출생증명서에는 헤나로 레볼료라고 적혀 있지만, 비슷한 이름의 누군가가 연애편지 작문을 맡기는 바람에…… 그래, 당신은 뭘 부탁할 거요? 열정과 그리움이 사무친 편지를 보낼 건가?"

"다음 기회에 하죠."

대서사는 체념한 듯 고개를 끄덕였다. 그리고 아주 흥미로워하며 내 시선을 좇더니 눈살을 찌푸렸다.

"절름거리는 저 사람을 지켜보고 있군. 안 그렇소?" 그가 넌지시 말을 건넸다.

"아는 사람입니까?"

"한 일주일쯤 될 거요. 매일 이곳을 지나쳐 저기 보석 상점의 진열창 앞에 멈춰 서서 넋을 잃고 안을 들여다보는 게. 마치 반지나 목걸이가 아니라 베야 도리타*의 엉덩이라도 전시되어 있는 것처럼 바라보더군."

"저 사람과 대화를 나눈 일이 있습니까?"

"동료 한 명이 지난번 저자에게 편지 한 통을 깨끗이 써줬소. 그가 손가락이 없어서……"

"그 동료가 누굽니까?"

대서사는 대답을 해야 할지 말아야 할지 주저하면서, 그리고 장차 가능성 있는 손님을 놓치지나 않을까 걱정하면서 나를 바라보았다.

"루이시토. 저기 맞은편에, 베토벤 음악 전문점 옆에 있는 사람이오. 신학생 같은 얼굴을 한 사람."

나는 감사의 표시로 어쭙잖은 돈 몇 푼을 건네려 했지만 그가 한사코 받기를 거부했다.

"나는 입담이 아닌 문필로 생계를 꾸려나가고 있소. 입담이라면 이미 이 바닥에 넘쳐나지. 언젠가 당신이 불가피하게 문법적인 형태의 도움이 필요하면 내가 여기 있다는 걸 기억해주시오."

그가 광고지를 그대로 복사한 명함을 건넸다.

"월요일에서 토요일까지, 오전 여덟시에서 밤 여덟시까지지요. 내 이름은 오스왈도요. 장차 서간 형식의 소송에서 당신을 도울 달변가라오."

---

* 스페인 카바레의 가수이자 무용수. 1920~1960년대 활동.

나는 명함을 챙긴 뒤 그에게 감사의 말을 전했다.

"새끼 비둘기가 날아가고 있소." 그가 주의를 주었다.

뒤돌아보니 그 이상한 남자가 다시 길을 걷고 있었다. 급히 발걸음을 재촉해 람블라스 거리 아래쪽으로 보케리아 시장 입구까지 그의 뒤를 밟았다. 그는 그곳에 멈춰 서서 점포들과 맛좋은 식료품을 싣거나 내리면서 드나드는 사람들의 광경을 우두커니 바라보았다. 그러더니 다리를 절며 피노초 바의 카운터로 다가가 힘겹지만 온 힘을 다해 스툴에 걸터앉았다. 이어진 삼십여 분 동안 그는 가게의 막내아들 후아니토가 가져다준 감칠맛 도는 서비스 음식들을 먹어보려고 했지만, 건강상 무리가 있는 듯했다. 타파스와 요리들을 주문하고 나서도 거의 먹지 못하고 예전의 대식가 시절을 회상하는 듯 눈으로만 감상했다. 혀는 맛을 보는 게 아니라 단순히 기억을 떠올리는 장치인 모양이었다. 결국 그는 접시를 비우는 건 포기했고, 다른 사람들이 어떻게 맛을 보고 만족감에 입맛을 다시는지 구경하며 대리 만족하는 일도 그만두고 계산을 했다. 그러고는 바르셀로나 시내의 독특한 기하학적 구조로 인해 옛 유럽에서 가장 큰 오페라 극장 중 하나와 북반구에서 가장 시끄럽고 악취 나는 매춘지역 중 한 곳이 만나는 지점인 오스피탈 거리 입구까지 계속 걸어갔다.

5

그 시각 항구에 정박해 있던 여러 화물선의 선원들과 군함의 수병들이 저마다의 욕구를 채우기 위해 람블라스 거리로 쏟아져 나왔다. 그 수요를 충족시켜줄 공급이 이미 길모퉁이에 모습을 드러내고 있었다. 성적 경험이 풍부해 보이고 화대도 적절할 것 같은 매춘부들이 교대 근무에 나선 것이었다. 정맥이 툭 불거지고 자줏빛으로 파리한 몸에 딱 달라붙는 스커트를 입은 모습은 보기만 해도 애처로워 마음 한구석이 찌릿할 정도였다. 정작 정욕을 불러일으키지는 못하는, 은퇴 직전 마지막 매춘인 듯한 분위기를 풍기는 그 주름진 얼굴들을 나는 걱정스레 바라보았다. 망망대해에서 수개월 동안 생활한 선원이 그런 미끼를 덥석 무는 건 십분 이해가 갔다. 하지만 내가 미행하고 있던 그 이상한 남자가 걸음을 멈추고 몇 년째 여자 구경 한 번 못해본 사람처럼 초췌한 두 여인과—마치 그녀들이 고급 카바레의 대단한 미녀들이라도 되는 양—스스럼없이 시시덕대는 광경은 정말 의외였다.

"어이, 멋진 오빠, 부비부비로 이십 년은 젊어지게 해줄게." 대서사 오스왈도의 할머니뻘은 될 법한 여인이 그에게 말을 걸었다.

'부비부비를 하다가는 그를 죽이게 될걸요'라고 나는 생각했다. 그가 정중히 초대를 거절했다.

"다음 기회에 하죠, 아가씨." 그는 이렇게 대꾸하고는 라발 지구로 들어섰다.

나는 약 백 미터 간격을 두고 그를 따라갔다. 그가 에우로파 여인숙의 거의 맞은편에 있는 폭이 좁고 어두컴컴한 현관 앞에 멈춰 섰다. 그가 안으로 사라지자, 나는 삼십 초 정도 기다렸다가 뒤를 좇았다.

문지방을 넘자 음침한 계단이 보였다가 좌측으로 기울어진 듯한 건물 깊숙한 곳으로 사라졌다. 매캐하고 퀴퀴한 곰팡내와 아슬아슬 무너지기 일보 직전인 라발 지구의 지하 하수구에서 올라오는 역겨운 악취가 공기중에 감돌았다. 로비 한쪽에 수위실 같은 곳이 있었다. 러닝셔츠를 입고 이쑤시개를 문 채 휴대용 라디오로 투우 경기를 듣고 있던 뚱뚱하고 얼굴에 기름기 도는 사람이 적의 어린 탐색의 눈빛으로 나를 뚫어지게 쳐다봤다.

"혼자 오셨소?" 그가 어렴풋이 호기심을 드러내며 물었다.

내가 시간제로 방을 빌려주는 건물의 문가에 나타나면서, 길모퉁이에서 교태를 부리며 호객 행위를 하는 싸구려 매춘부의 손에 이끌려 들어오지 않은 이 상황에 모순된 구석이 있음을 추론하는 것은 어렵지 않은 일이었다.

"원하시면 아가씨를 불러드리지요." 수건, 비누 그리고 콘돔이거나 아니면 마지막 순간에 사용하는 예방 물품으로 추정되는 것들을 넣은 꾸러미를 챙겨주면서 그가 제안했다.

"실은 물어볼 게 좀 있습니다." 내가 입을 열었다.

수위가 눈을 동그랗게 떴다.

"이십 페세타면 삼십 분 동안 아가씨와 재미를 볼 수 있소."

"구미가 당기는군요. 나중에 기회가 되면 한번 생각해보죠. 그건 그렇고, 조금 전 올라간 신사분에 대해 묻고 싶은데요. 나이가 지긋하고 몸이 좀 불편합니다. 아가씨 없이 혼자 왔고요."

수위가 이맛살을 찌푸렸다. 그의 눈빛에서 내가 순식간에 손님에서 비렁뱅이로 전락했음을 알 수 있었다.

"나는 아무도 보지 못했소. 가시오. 토네트에게 알리기 전에 냉큼 나가시오."

추측건대 토네트라는 사람이 상냥하지 않으리라는 건 분명했다. 나는 수중에 있던 돈을 카운터 위에 올려놓고 타협을 제안하는 듯한 미소를 지었다. 돈은 마치 날개 달린 곤충처럼 사라졌고 고무골무를 낀 수위의 손가락은 날름거리는 카멜레온의 혀 같았다.

"대체 뭘 알고 싶은 거요?"

"제가 말한 그 신사분이 여기 기거하나요?"

"방을 빌린 지 일주일쯤 됐소."

"이름이 뭔지 아세요?"

"한 달 월세를 선납했기에 묻지 않았소."

"그럼 어디에서 왔는지, 뭐 하는 사람인지……"

"여긴 고민 상담소가 아니오. 우린 간음하러 이곳에 오는 사람에게 아무것도 묻지 않소. 그리고 그 사람은 간음을 하지도 않소. 그냥 계산만 하지."

나는 그 점에 대해 좀더 생각해보았다.

"내가 아는 거라곤 그가 간간이 외출했다가 곧 돌아온다는 것뿐이오. 이따금 포도주 한 병과 빵, 약간의 꿀을 룸서비스로 요청하기도 하오. 계산도 제때 잘해주고 말 한마디 하지 않소."

"정말 어떤 이름도 생각이 안 납니까?"

그가 고개를 끄덕였다.

"알았습니다. 고맙습니다. 그리고 귀찮게 해서 죄송합니다."

막 자리를 벗어나려 할 때 수위가 나를 불러세웠다.

"로메로."

"네?"

"로메로인가 뭔가라고 말한 것 같소만……"

"로메로 데 토레스요?"

"맞소."

"페르민 로메로 데 토레스?" 나는 믿을 수 없다는 듯 되풀이했다.

"그렇소. 전쟁 전에 그런 이름의 투우사가 있지 않았던가?" 수위가 물었다. "기억이 나는 건 이제 다 말한 것 같소……"

6

나는 아직은 뭐가 뭔지 얼떨떨하고 외출하기 전보다 더 심란해진 상태로 서점을 향해 발길을 돌렸다. 비레이나 궁전 앞을 건널 때 대서사 오스왈도가 손을 들어 인사했다.

"일은 잘됐소?"

나는 살짝 고개를 저었다.

"루이시토와 얘기를 나눠보시오. 어쩌면 뭔가를 기억하고 있을지도 모르니."

내가 고개를 끄덕이고 루이시토의 간이점포에 다가갔을 때 그는 많은 펜촉들을 세척하고 있었다. 나를 보자 미소를 머금으며 자리에 앉도록 권했다.

"어떤 것을 하시게요? 사랑, 아니면 업무 관계?

"당신의 동료 오스왈도가 보내서 왔습니다."

"우리 모두의 스승이죠." 루이시토가 선언하듯 말했는데, 그는 스물다섯도 채 안 되어 보였다. "세상은 그분의 진가를 인정하지 않지만 문맹자를 상대로 문필 활동을 하는 이곳 길바닥에서는 칭찬이 자자한 훌륭한 문인입니다."

"오스왈도에게 듣자니 일전에 당신이 다리를 절고 목소리가 컬컬한 나이 든 신사분의 용건을 들어준 적이 있다고 하던데요. 한쪽 손이 없고 다른 손의 손가락 몇 개는……"

"기억납니다. 저는 외팔이들을 항상 기억하죠. 세르반테스*처럼. 아시죠?"

"그럼요. 그가 이곳에 어떤 일로 왔었는지 말해줄 수 있나요?"

루이시토는 대화의 방향이 거북한 듯 의자에서 몸을 뒤척였다.

"이봐요, 여기가 무슨 고해 성사실이라도 된답니까? 업무상 비밀 유지는 다른 무엇보다도 우위에 있어야 합니다."

"내가 책임지겠습니다. 지금 심각한 문제가 생겼단 말입니다."

"대체 무슨 심각한 일인데요?"

"내가 아주 사랑하는 사람들의 마음의 평정을 위협하기에 충분한 일입니다."

---

* 『돈키호테』의 작가 미겔 데 세르반테스는 1571년 스페인, 베네치아 등이 가담한 기독교 연합 함대가 오스만 제국과 지중해 해상권을 놓고 싸운 레판토 해전에서 부상을 입어 왼팔을 쓰지 못했다.

"그렇군요, 하지만……"

루이시토는 고개를 내밀고 맞은편 점포에 있는 스승 오스왈도의 시선을 찾았다. 오스왈도가 고개를 끄덕이자 루이시토가 긴장을 푸는 기색이 보였다.

"그 사람, 편지 한 통을 들고 왔는데 깨끗하고 정성 들여 쓴 글씨체로 옮기고 싶어했습니다. 손이 불편해서……"

"그럼 편지 내용은……"

"거의 기억나지 않습니다. 당신도 알다시피 우리는 매일 이곳에서 수많은 편지를 작성하니까요."

"그래도 노력해보세요, 루이시토. 세르반테스처럼."

"다른 손님의 편지와 착각할 위험이 있긴 한데, 제법 큰돈과 관련된 내용이었던 것 같아요. 그 외팔이 신사가 받거나 되찾게 될 뭐 그런 돈요. 하지만 '야베llave'*에 대해선 잘 모르겠습니다."

"'야베'요?"

"네. 밸브 장치인지 유도나 레슬링에서 사용하는 기술인지 아니면 어떤 열쇠를 지칭하는지 구체적으로 밝히지 않았거든요."

루이시토는 대화에 조금이나마 가미시킨 자신의 위트와 익살에 만족한 듯 환하게 미소지었다.

---

* 사전상의 1차 의미는 열쇠이나, 대화에서 이어지는 내용을 포함해 여러 의미가 있다.

"달리 뭐 더 생각나는 건 없나요?"

루이시토가 생각에 잠긴 얼굴로 입술을 핥았다.

"도시가 많이 변했다고 말했어요."

"뭐가 말입니까?"

"나야 모르죠. 그냥 변했다고 했어요. 거리에 죽은 사람들도 없다고."

"거리에 죽은 사람들도 없다? 정말 그렇게 말했습니까?"

"내 기억이 틀리지 않다면요……"

7

나는 정보를 준 것에 대해 루이시토에게 감사를 전하고 걸음을 재촉했다. 운이 좋으면 아버지가 일을 마치고 돌아와 내 부재를 눈치채기 전에 서점에 돌아갈 수 있을 터였다. '닫힘' 팻말은 그대로 문에 걸려 있었다. 나는 문을 열고 들어가 팻말을 뗐다. 그리고 사십오 분 남짓 외출했던 동안 단 한 명의 손님도 다녀가지 않았다고 확신하며 계산대 뒤에 자리를 잡았다.

딱히 할 일이 없었기에, 『몽테크리스토 백작』을 어떻게 할지, 그리고 페르민이 서점에 오면 어떻게 말을 꺼내야 할지 곰곰이 생각했다. 필요 이상으로 페르민을 놀래고 싶지는 않았다. 하지만 이상한 사람의 방문과, 그들 사이에 대체 무슨 연관이 있는지 밝히고자 애쓴 보람도 없이 끝나버린 헛수고가 나를 초조하게 했다. 다른 때 같으면 대수롭지 않게 여기고 있었던 일 그대로 허심탄회하게 털어놓았겠지만, 이번만큼은 요령 있게 행동해야겠다고 다짐했다. 페르민은 아주 의기소침하고 기분이 더러운 시기를 겪었다. 한때는 나도 시시한 농담 같은 것을 던지며 그의 마음을 편하게 해주려고 했지만, 한 번도 그를 미소짓게 하지는 못했다.

"페르민, 책의 먼지들을 다 털어낼 필요 없어요. 머지않아 연애소설 말고 누아르소설이 유행할 거라니까요." 나는 당시 위선적인 번역 작품들을 통해 우리에게 조금씩 다가오고 있었던 범죄와 형벌 이야기를 두고 평론가들이 언급하던 경향에 빗대어 그에게 말했다.

페르민은 참으로 안타까운 우스갯소리에 공감의 미소로 답하기는커녕 실망과 불쾌감을 드러내며 말을 보태기 시작했다.

"장차 모든 소설은 암울하고 잔혹한 분위기를 담게 될 거야. 살육이 난무하는 20세기 후반이 도래하면 완곡하게 표현해서, 범죄와 배신의 향기가 지배적이 될 테니까."

'벌써 시작되었는걸요' 하고 나는 생각했다. 성 페르민 로메로 데 토레스의 묵시록이!

"그런 건 이제 점점 사라질 거예요, 페르민. 아저씨는 햇볕을 좀 쬐어야 될 것 같아요. 일전에 신문을 보니까 비타민 D가 타인에 대한 신뢰도를 증가시킨다는 기사가 실렸더라고요."

"이런 기사도 있었지. 내가 모르는 프랑코의 대자代子가 쓴 시집 나부랭이가 세계문학적인 인상까지 풍긴다는데, 정작 모스톨레스* 너머 어떤 서점에서도 팔리지 않는다고 말이지."

페르민이 비관적인 생각에 빠져 말꼬리를 잡고 늘어질 때에는 구실을 주지 않는 게 상책이었다.

"다니엘, 알고 있니? 간혹 나는 다윈이 틀렸고, 인간은 정말 돼지의 자손이 아닐까 하는 생각을 하게 될 때가 있어. 영장류 열 마리당 여덟 마리에게는 잠재적으로 초리소** 기질이 있으니까 말이야."

"페르민, 나는 요전에 아저씨가 본래 악한 사람은 아무도 없고 단지 두려워할 뿐이라고 말했을 때처럼 보다 인간적이고 긍정적인 견해를 보일 때가 더 좋아요."

"혈당 수치가 내려갔던 게 틀림없어. 그럴 때면 종종 어리석은 말을 내뱉곤 하니까."

그 무렵 페르민은 내가 기억하고 싶은, 농담하기 좋아하는 이전의 그가 아니라 자신만의 세계에 틀어박혀 나쁜 소문과 걱정거리에 혼자 끙끙거리는 완전히 딴사람이 된 것 같았다. 이따금 그는 아무도 자신을 보지 않을 때면 외진 귀퉁이에 웅크리고 앉

* 스페인 중앙부의 마드리드 자치지역에 속하는 도시.

** 돼지고기로 만드는 스페인식 소시지를 가리키는데, 이 단어에는 비유적으로 좀도둑, 잡범이라는 뜻도 있다.

아 불안감에 떨곤 했다. 급기야 체중이 줄었고, 그가 약골임을 알고 있던 나는 그의 건강이 걱정되기 시작했다. 두어 번 염려하는 내색을 했지만 그는 문제의 소지가 있다는 걸 부인하고 그럴싸한 변명을 둘러대면서 교묘히 받아넘겼다.

"아무렇지 않아, 다니엘. 사실 축구 리그에 열중하면서부터 바르샤*가 질 때마다 기운이 떨어져서 그래. 만체고 치즈 한 조각이면 금방 황소처럼 기운을 차릴 거야."

"정말요? 아저씨는 평생 축구장 근처에도 안 갈 것처럼 보이는데요."

"그건 네 생각이지. 라디슬라오 쿠발라**와 나는 함께 자란 거나 다름없어."

"하지만 아저씨는 거의 뼈와 가죽만 남았다고요. 분명 어디가 아프거나 전혀 자신을 돌보지 않는 것 같아요."

그 대답으로 페르민은 작은 돌멩이만 한 양팔의 이두박근을 내보였고 치약 외판원처럼 이를 드러내며 방긋 웃었다.

"만져봐, 만져봐. 시드 장군의 칼처럼 아주 단단하다고."

아버지는 그의 컨디션이 좋지 않은 것을 임박한 결혼과 어쩔 수 없이 뒤따르는 일들, 즉 혼배성사 주례 신부와의 면담과 피로

* 스페인 프로축구 팀인 FC 바르셀로나의 별칭.

** 헝가리 태생의 축구선수. 1950년대 FC 바르셀로나에서 선수 생활을 하며 뛰어난 활약을 보였다.

연장 물색 등으로 인한 스트레스 탓으로 돌렸지만, 내 느낌으로는 그 울적함의 근원이 보다 깊은 데 있다는 생각이 들었다. 페르민에게 그날 아침 일어난 일을 얘기하고 책을 보여줘야 할지 아니면 보다 적당한 때를 기다려야 할지 고심하고 있을 때, 그가 장례식장에나 어울릴 법한 초췌한 얼굴로 서점에 들어섰다. 나를 보자 희미한 미소를 지으며 거수경례를 했다.

"얼굴 보니 좋네요, 페르민. 오지 않는 줄 알았어요."

"시계방 앞을 지나는데 페데리코 씨가 말도 안 되는 소리를 늘어놓는 바람에 늦었어. 오늘 아침에 누군가가 말쑥하게 차려입은 셈페레 씨를 푸에르타페리사 거리에서 보았는데 행방이 묘연하다는 거야. 멍청한 메르세디타스도 그렇고 지역 상인들이 수군거리는 것처럼 셈페레 씨에게 애인이 있는 것 아니냐, 혹시 그 아가씨가 쿠플레 가수*냐 그러더라니까."

"그래서 아저씨는 뭐라고 대답했어요?"

"네 아버지는 만인의 귀감이 될 훌륭한 홀아비이고, 과학자들도 호기심이 동할 만큼 원초적인 동정 상태로 되돌아가 있어서 대교구에서 미리 성인으로 추대될 정도라고 말했지. 나는 셈페레 씨의 사생활에 사사건건 토를 달고 나서진 않아. 아무하고도 상관없는 사생활이니까. 그래서 내게 접근해 그런 헛소리를 하

---

* 극장이나 쇼를 하는 곳에서 노래 부르는 가수.

려 드는 자들은 콧등을 한 대 쥐어박으며 크리스마스 인사를 해 주지."

"아저씨는 구식이에요."

"구식은 바로 네 아버지야, 다니엘. 사실 우리들 중 사방이 벽으로 둘러싸인 이곳에서 벗어나 이따금 기분 내는 걸 마다할 사람은 없으니까. 장사가 잘 안 되면서부터 셈페레 씨는 가게 뒷방에 처박혀서는 '이집트 사자死者의 서書'* 나 보면서 허송세월하고 있잖아."

"회계장부예요." 내가 고쳐 말했다.

"아무래도 좋아. 실은 요즈음 네 아버지를 몰리노**에 데리고 가서 한바탕 놀아줘야 하는 건 아닐까 생각중이야. 그 양반, 양배추 파에야보다 더 싱겁고 샌님 같지만 그래도 혈색 좋은 흑인 아가씨를 만나면 후끈 달아오르게 될 거라는 게 내 생각이거든."

"사돈 남 말하네요. 고목에 꽃 피는 건 아저씨도 마찬가지일 것 같은데요. 사실 정말 걱정되는 사람은 바로 아저씨예요." 나는 투덜거렸다. "요즈음 아저씨를 보면 꼭 튀김 반죽 속에 빠진 바퀴벌레 같다고요."

"그래, 다니엘. 네가 말하는 게 정확한 비유인 것 같다. 바퀴벌

---

* 사후 세계로 여행을 떠나는 죽은 이를 위한 안내 지침서.

** 바르셀로나의 유명한 카바레 공연장.

레가 이 어리석기 짝이 없는 사회의 하찮은 규준들이 요하는 어릿광대의 얼굴을 하고 있진 않지만, 그 불운한 절지동물도 나처럼 탁월한 생존 본능과 무한한 탐식, 그리고 잦은 사정에도 감퇴되거나 흐트러지지 않는 지나친 성욕이 특징이니까."

"아저씨 입담에는 당해낼 재간이 없다니까요."

"그건 내가 논증에 천부적인 재능이 있고, 거짓말이나 속임수가 눈곱만큼이라도 보일라치면 바로 되받아칠 만반의 준비가 되어 있기 때문이지. 그런데 네 아버지는 여리고 섬세한 작은 꽃과 같은 사람이야. 내 생각에는 더 나이가 들어 완전히 무감각해지기 전에 뭔가 대책을 세워야 할 때가 온 것 같아."

"무슨 대책 말인가, 페르민?" 등 뒤에서 아버지의 목소리가 끼어들었다. "로시이토와의 나들이를 주선하겠다는 말은 말게."

우리는 현장에서 들킨 학생들처럼 뒤를 돌아봤다. 작은 꽃과 같이 연약한 모습의 아버지가 문가에서 엄한 눈빛으로 우리를 바라보고 있었다.

8

“그런데 셈페레 씨가 어떻게 로시이토를?” 페르민이 놀란 표정으로 속삭이듯 말했다.

아버지는 우리가 깜짝 놀라는 모습을 즐거운 듯 바라보더니 다정하게 미소지으며 눈을 찡긋했다.

“언젠가 무감각해지겠지만 나도 아직까지는 청각이 예민하거든. 청각과 두뇌만큼은 녹슬지 않았어. 그래서 사업에 활력을 불어넣기 위해 과감한 조치를 취하기로 결심했네. 그러니 몰리노에 가는 건 잠시 접어둬야 할 걸세.”

그제야 우리는 아버지의 양손에 눈길을 주었다. 상당히 큰 봉투 두 개와 포장지로 감싸고 굵은 끈으로 꽁꽁 묶은 커다란 상자 하나를 들고 있었다.

"길모퉁이 은행을 터신 건 아니죠?" 내가 얄궂게 물었다.

"그 사람들이 너를 삐딱하게 쳐다본다고 페르민이 평소 누누이 말해서 가능하면 항상 은행을 피해 다닌단다. 지금은 산타 루시아 시장에서 오는 길이다."

페르민과 나는 얼떨떨해하며 눈길을 주고받았다.

"둘 다 날 좀 도와주겠니? 이게 시체처럼 무겁거든."

우리는 봉투 안의 내용물을 카운터 위에 풀어놓기 시작했다. 그동안 아버지는 상자의 포장지를 뜯었다. 봉투에는 정성스럽게 포장된 자그마한 물건들이 가득했다. 페르민이 포장지 하나를 뜯고 멀뚱멀뚱 내용물을 바라보았다.

"그게 뭐예요?" 내가 물었다.

"글쎄, 백 분의 일로 축소된 어른 당나귀인 것 같은데." 페르민이 시큰둥하게 대답했다.

"뭐라고요?"

"당나귀, 나귀라고. 이 땅 스페인에 점점이 흩어져 사는, 침착하면서도 형용할 수 없는 묘한 매력을 지닌 그 친근한 네발짐승 말이야. 그런데 팔라우 장난감 가게에서 파는 꼬마 기차처럼 미니어처야."

"도자기로 만든 당나귀야, 성탄용 인형이지." 아버지가 정확하게 설명했다.

"성탄 인형요?"

아버지는 대답 대신 묵묵히 마분지 상자를 열고, 막 구입해온 전구 달린 거대한 말구유 모형을 꺼냈다. 나는 직감적으로 크리스마스 시즌에 고객들의 관심을 끌기 위해 그것으로 서점 진열창을 장식하려 한다는 걸 깨달았다. 그러는 사이 페르민은 벌써 포장을 풀고 황소, 낙타, 돼지, 오리, 세 명의 동방박사, 야자나무, 요셉과 동정녀 마리아를 죽 늘어놓았다.

"성탄 인형을 진열하고 엉터리 전설을 주워섬기면서, 가톨릭 국교화를 선전하려는 그 은밀한 세뇌 수법의 횡포에 굴복하는 건 진정한 해결책이 아니에요." 페르민이 자신의 생각을 밝혔다.

"바보 같은 소리 하지 말게, 페르민. 이건 아름다운 전통이고, 크리스마스 때가 되면 사람들은 저마다 성탄 인형들을 보고 싶어하잖나. 이맘때는 서점을 화려하고 생동감 있게 장식할 필요가 있어. 주변 상점을 죽 둘러보면 우리 서점이 음침한 장례식장 같다는 걸 깨닫게 될 걸세. 그러니 자, 이리 와서 나와 함께 이것을 진열창에 설치하도록 하지. 그리고 멘디사발*의 재산 몰수령에 관한 책들은 탁자에서 모두 치우도록 하게. 누구든지 놀라서 달아날 테니 말이야."

"벌써 다 치웠어요." 페르민이 중얼거렸다.

---

* 후안 알바레스 멘디사발(1790~1853). 1835~36년에 스페인 수상직을 역임하면서 성직의 한정 상속을 폐지하고 여러 종파를 탄압, 그들의 자산과 상속소득을 국유화하는 정책을 폈다.

우리 세 사람은 말구유를 들어올린 후 인형들을 적당한 곳에 배치했다. 페르민은 마지못해 도우면서 눈살을 찌푸렸고 그 계획에 제동을 걸 핑곗거리를 찾았다.

"셈페레 씨, 죄송하지만 이 아기 예수는 아버지로 추정되는 인형보다 세 배 정도 더 커서 요람에 간신히 들어가는데요."

"괜찮아. 작은 인형들은 다 팔렸더라고."

"제 눈엔 성모 마리아 옆에 뚱뚱한 일본 운동선수 하나가 떡하니 버티고 있는 것 같아요. 머리를 매끈하게 올백으로 빗어넘기고 알몸에 착 달라붙는 팬티만 입은 사람들 있잖아요."

"스모선수 말이군요." 내가 말했다.

"맞아, 바로 그거야." 페르민이 맞장구를 쳤다.

아버지가 고개를 가로저으면서 한숨을 내쉬었다.

"게다가 저 눈 좀 보세요. 마치 신들린 사람처럼 보이잖아요."

"자, 페르민, 이제 그만 조용히 하고 성탄 인형에 전원을 연결하게." 아버지가 전선을 설치하면서 지시했다.

페르민은 곡예사처럼 말구유를 떠받치고 있는 탁자 밑으로 미끄러져 들어가 카운터 한쪽 끝에 있는 플러그에 이르렀다.

"훌륭하군." 아버지가 '셈페레와 아들' 서점을 환하게 비추는 새로운 성탄 인형을 상기된 얼굴로 바라보면서 말했다. 그리고 아주 흐뭇해하며 덧붙였다.

"다시 시작하든 망하든 하겠지."

"망하고 말 겁니다." 페르민이 나지막이 중얼거렸다.

공식적으로 불을 밝힌 지 일 분도 되지 않아 한 엄마가 세 아이의 손에 이끌려 진열창 앞에 멈춰 서더니 감탄 어린 눈으로 말구유를 바라보았다. 그리고 잠시 주저하다가 서점 안으로 들어왔다.

"안녕하세요. 성인들의 삶에 관한 이야기책이 있나요?"

"물론 있지요." 아버지가 대답했다. "『나의 주 예수』 전집을 보여드리죠. 분명 아이들의 마음을 확 사로잡을 겁니다. 삽화가 아주 많고 돈 호세 마리아 페만의 서문이 실려 있어 아주 좋습니다."

"와, 정말 대단한데요. 사실 요즘엔 긍정적인 메시지를 담고 있는 책을 찾기가 쉽지 않거든요. 말씀하신 것처럼 마음이 편안해지고, 범죄나 죽음 그리고 누구도 이해할 수 없는 그런 일들이 벌어지지 않는 건전한 책 말이에요…… 그렇죠?"

페르민의 눈이 휘둥그레졌다. 그가 막 입을 떼려 할 때 나는 그를 만류하고 손님에게서 멀리 떼어놓았다.

"맞습니다." 아버지가 동의하면서 나를 곁눈질했다. 그리고 페르민의 손발을 묶고 재갈을 물리라는 표정을 은근히 내비쳤다. 절체절명의 순간에 찾아온 판매의 기회를 절대 놓칠 수 없었던 것이다.

나는 가게 뒷방까지 페르민을 떠밀었고 아버지가 조용한 분위기에서 거래할 수 있도록 커튼을 쳤다.

"뭐 때문에 화가 났는지는 모르겠지만 아저씨가 성탄 인형을 탐탁지 않아한다는 걸 이미 알고 있고, 난 아저씨 의견을 존중해요. 하지만 어쨌든 저 덩치 큰 아기 예수와 네 마리 돼지 도자기가 아버지의 기분을 띄워주고 더욱이 손님도 끌어들이고 있으니, 제발 부탁인데 실존주의적 설교는 잠시 뒤로 미뤄두고 적어도 영업시간 동안에는 즐거운 얼굴로 일해주면 좋겠어요."

페르민은 겸연쩍은 듯 한숨을 내쉬며 동의했다.

"알았어, 다니엘. 미안해. 네 아버지가 행복해하고 서점을 살릴 수만 있다면 투우사 차림으로 산티아고의 순례길도 마다하지 않고 갈게."

"아버지한테 성탄 장식의 취지가 좋은 것 같다며 시류를 따르라고 말씀드리는 것만으로도 충분해요."

페르민이 고개를 끄덕였다.

"그런데 그걸로는 뭔가 부족할 것 같아. 나중에 내 실언에 대해 사과하고 속죄하는 의미로 성탄 인형을 하나 구해드려야겠어. 나도 대형 백화점 못지않게 크리스마스 정신이 뛰어나다는 걸 행동으로 보여주기 위해서 말이야. 불법이지만, 프랑코의 부인이 똥 누는 모습의 인형을 닮살 돋을 만큼 사실적으로 제작해내는 친구가 있거든."

"새끼 양이나 발타사르 왕이 좋을 것 같네요."

"알았어, 다니엘. 괜찮다면 이제 뭔가 유익한 일을 하면서 과부 레카센스 부인의 저 엄청난 상자 꾸러미들을 열어봐야겠어. 먼지가 쌓인 채 일주일째 저기 처박혀 있으니까."

"도와줄까요?"

"괜찮아. 네 볼일 봐."

나는 그가 가게 뒷방 끝에 있는 창고 쪽으로 가서 파란 작업복으로 갈아입는 모습을 지켜봤다.

"페르민 아저씨."

그가 자상한 표정으로 뒤돌아 나를 바라봤다. 나는 잠시 망설였다.

"오늘 이야기하고 싶은 일이 있었어요."

"말해봐."

"사실 어떻게 설명해야 할지 잘 모르겠네요. 누군가 찾아와 아저씨에 대해 물었어요."

"잘생겼어?" 농담조였지만 두 눈에 드리운 불안의 그늘을 감출 수는 없었다.

"신사분이었어요. 솔직하게 말하면 상당히 낡아빠진 옷을 입은 아주 이상한 사람이었죠."

"이름은 안 남겼고?"

나는 고개를 끄덕였다.

"네. 하지만 아저씨에게 이걸 남겼어요."

페르민이 미간을 찡그렸다. 나는 방문객이 두어 시간 전에 구입한 책을 건넸다. 페르민은 그것을 받아들고 멍하니 책의 앞표지를 들여다봤다.

"이건 진열장에 있던 삼십오 페세타짜리 뒤마 작품이잖아?"

내가 고개를 끄덕였다.

"첫 페이지를 펼쳐보세요."

페르민은 책장을 펼쳤다. 자신에게 남겨진 메모를 읽자마자 갑자기 얼굴이 하얗게 질리더니 침을 꿀꺽 삼켰다. 그는 잠시 두 눈을 지그시 감았고 뒤이어 말없이 나를 바라보았다. 오 초 사이에 오 년은 늙어버린 것 같았다.

"이곳에서 나가자마자 그를 미행했어요. 일주일 전부터 오스피탈 거리, 에우로파 여인숙 맞은편에 있는 형편없이 허접스러운 유곽에 기거하고 있어요. 확인한 바로는 가명을 사용하고 있고요. 아저씨와 똑같은 이름을요. 페르민 로메로 데 토레스. 그리고 비레이나 궁전의 대서사를 통해 알아냈는데, 그가 편지 한 통을 베껴 쓰게 했고 내용중에 상당한 액수의 돈을 들먹였대요. 어떻게 생각해요?"

페르민은 내 말 한마디 한마디가 머릿속에서 연타를 치는 듯 몸을 움츠렸다.

"다니엘, 이건 매우 중요한 일이야. 그러니 다신 그 사람 뒤를 밟거나 그와 이야기를 하면 안 돼. 절대로. 멀리해야 돼. 아주 위험한 인물이니까."

"대체 그 사람이 누군데요?"

페르민이 책을 덮더니 그것을 책장 서랍 속에 숨겼다. 가게 쪽을 살피더니 아버지가 계속 손님에게 신경을 쓰느라 우리 얘기를 듣지 못하리라는 걸 확인하고 나서야 내게 다가와 아주 나직이 말했다.

"제발, 네 아버지나 어느 누구에게도 이 이야기를 절대로 해선 안 돼."

"하지만……"

"그렇게 해줘. 우리의 우정을 걸고 부탁해."

"하지만 페르민……"

"다니엘, 제발. 여기서는 안 돼. 나를 믿어줘."

나는 하는 수 없이 동의했고 그 이상한 사람이 지불했던 백 페세타짜리 지폐를 그에게 보여주었다. 어디에서 났는지 굳이 설명할 필요는 없었다.

"그건 저주받은 돈이야, 다니엘. 자선 단체 수녀나 길거리의 가난한 사람에게 줘버려. 아니, 그보다도 불태워버리는 게 좋겠어."

그는 더이상 아무 말도 하지 않고 작업복을 벗더니 닳아 해진 레인코트를 입었다. 그리고 왁스 바른 머리에 살바도르 달리가 그린 무쇠 파에야 냄비처럼 생긴 베레모를 썼다.

"벌써 가려고요?"

"아버지한테는 내게 급한 볼일이 생겼다고 전해줘. 그렇게 해줄 거지?"

"네, 하지만……"

"다니엘, 지금은 설명해줄 수가 없어."

그는 한 손으로는 창자가 뒤틀리는 듯 배를 움켜쥐었고 다른 한 손으로는 입 밖으로 나오려는 말을 서둘러 저지하려는 몸짓을 했다.

"나한테 말해주면 도와줄 수도 있을 텐데……"

페르민은 잠시 주저했지만 곧 조용히 고개를 가로저으며 뒷문을 통해 건물 1층 복도로 나갔다. 나는 출입문까지 따라가 가랑비 속을 걷기 시작하는 그를 지켜봤다. 세상을 어깨에 짊어진 듯 오늘따라 그의 몸집이 작아 보였다. 여느 때보다 더 칠흑 같은 밤이 바르셀로나에 내려앉고 있었다.

9

과학적으로 증명된 바에 의하면, 세상에 태어난 지 몇 달 안 된 영아들은 본능적으로 부모가 곤히 잠든 새벽 시간을 정확히 감지해 울음을 터뜨리고, 부모가 삼십 분 이상 쉴 수 없도록 보챈다고 한다.

그날, 여느 새벽 때와 거의 다름없이 아들 훌리안은 오전 세시경 잠에서 깨어나 목청껏 울어댔다. 나는 눈을 뜨며 돌아누웠다. 내 옆에는 아리따운 아내 베아가 어슴푸레한 새벽빛 속에 누워 있었다. 그녀가 서서히 잠을 깨며 몸을 뒤척이더니 시트 아래로 날씬한 몸의 윤곽을 드러냈다. 그리고 알 수 없는 말을 중얼거렸다. 나는 사랑스러운 그녀의 목에 키스하고, 분명 장인어른이 생일 선물로 사주었을, 표백제나 그 어떤 교활한 방법으로도 망가

뜨릴 수 없었던 질기고 거추장스러운 잠옷을 벗기고 싶은 욕망을 간신히 억눌렀다.

"나 일어났어." 그녀의 이마에 입맞춤하면서 내가 속삭였다.

베아는 돌아눕더니 베개로 머리를 감쌌다. 나는 잠시 그 매끈한 등의 곡선을 음미했다. 세상의 어떤 잠옷으로도 감출 수 없을 만큼 아주 유혹적이었다. 그 경이로운 피조물과 결혼한 지 거의 이 년이 되었지만 아직도 그녀의 온기를 느끼며 곁에서 잠을 깰 때마다 흠칫흠칫 놀랐다. 나는 시트를 걷어내고 비단결같이 부드러운 허벅지 뒤쪽을 애무하기 시작했다. 베아가 내 손목에 손톱을 세웠다.

"다니엘, 지금은 안 돼. 아이가 울고 있잖아."

"당신이 깼다는 걸 아는 거야."

"이 집에선 정말 잠을 잘 수가 없다니까. 한 남자는 요란하게 울어대고, 또다른 남자는 하룻밤에 겨우 두 시간밖에 자지 못하는 불쌍한 아내의 엉덩이를 음탕하게 더듬어대니 말이야."

"당신이 싫다면 알았어."

나는 침대에서 일어나 복도를 따라 훌리안의 방으로 갔다. 결혼한 뒤 우리는 서점 건물의 맨 위층으로 이사를 했다. 이십오 년 동안 공립고등학교 선생으로 재직하다 은퇴한 아나클레토 씨가 고향 세고비아로 돌아가 수도교 아래에서 퇴폐적이고 에로틱한 시를 쓰며 새끼 돼지 통구이 기술을 익히기로 결심했던 것이다.

아들 훌리안은 낭랑한 목소리로 내 귀청이 떨어져라 울어대며 나를 반겼다. 나는 아이를 팔에 안고 기저귀 냄새를 킁킁 맡았다. 걱정스러운 일이 벌어지지 않았음을 단번에 확인하고는 세상의 모든 풋내기 아빠들이 현명한 판단하에 그러듯이, 아이에게 횡설수설 얼토당토않은 말을 속삭이는가 하면 방 여기저기를 춤을 추듯 우스꽝스럽게 뛰어다니며 아이를 얼렀다. 내가 이렇게 무아지경에 빠져 있을 때 베아가 문지방에 나타나 못마땅한 표정으로 바라봤다.

"이리 줘. 그러다가는 더 깨서 내내 칭얼댈 거야."

"곧 있으면 괜찮을 텐데." 나는 아이를 건네며 투덜댔다.

베아는 아이를 품에 안고 노래를 흥얼거리며 부드럽게 얼렀다. 그러자 훌리안은 얼마 안 있어 울음을 뚝 그치더니, 엄마가 언제나 그 아이에게서 이끌어내는 넋이 나갈 정도로 황홀한 미소를 빙그레 지어 보였다.

"가봐." 베아가 나지막이 말했다. "곧 따라갈게."

나는 네발로 기어다니는 유아를 다루는 데 있어 나 자신이 너무나 무능하다는 걸 명백히 보여준 뒤 허무하게 방에서 쫓겨나 침실로 되돌아왔다. 침대에 누웠지만 이제 눈을 붙일 수 없을 터였다. 잠시 뒤 베아가 문가에 나타나 지친 한숨을 내쉬더니 내 옆에 길게 드러누웠다.

"서 있을 힘도 없어."

나는 그녀를 꼭 끌어안았고, 우리는 말없이 그대로 있었다.

"계속 생각해봤는데 말이야." 베아가 말했다.

'떨고 있구나, 다니엘!' 나는 생각했다. 베아는 상체를 일으키더니 침대 위에 웅크리고 앉아 나를 쳐다봤다.

"훌리안이 좀더 자라고 엄마가 낮 동안 아이를 돌봐준다고 하면 일을 하고 싶어."

나는 고개를 끄덕였다.

"어디서?"

"서점에서."

신중하게 입을 다무는 게 좋을 듯했다.

"모두에게 좋은 일이야." 그녀가 덧붙여 말했다. "아버님은 이제 장시간 일하기엔 건강이 좋지 않으시잖아. 그리고 기분 나쁘게 듣지는 마. 당신이나 페르민보다 내가 손님들과 친분이 더 두텁고, 또 최근 들어 페르민이 사람들의 불만을 사는 것 같아."

"그 얘기는 하고 싶지 않아."

"대체 그 불쌍한 사람에게 무슨 일이 생긴 걸까? 며칠 전 길에서 베르나르다를 만났는데 내 앞에서 와락 울음을 터뜨리더라고. 함께 페트릭솔 거리에 있는 제과점에 들어갔는데 허겁지겁 빵을 먹더니 페르민이 너무 이상해졌다는 거야. 얼마 전에 혼배성사 서류 작성을 거절한 모양이야. 그러면 결혼할 수 없을 텐데 말이지. 당신한텐 무슨 말 안 해?"

"몇 가지 있어." 나는 거짓말을 했다. "아마도 베르나르다가 너무 바가지를 긁어서……"

베아가 말없이 무덤덤한 표정으로 날 바라보았다.

"왜?" 결국 내가 물었다.

"베르나르다가 아무에게도 얘기하지 말라고 신신당부했는데."

"뭘?"

베아가 빤히 쳐다봤다.

"이번 달에 늦어진다고 했어."

"늦어져? 요사이 일이 많았던가?"

베아는 마치 얼간이 보듯 나를 쳐다보았고, 나는 흥분으로 얼굴이 빨개졌다.

"베르나르다가 임신을 했단 말이야?"

"목소리 낮춰. 훌리안을 깨울 참이야?"

"임신했다는 거야, 아니야?" 내가 모깃소리로 되물었다.

"아마도."

"페르민도 알아?"

"아직은 말하고 싶지 않대. 도망갈까 두려운가봐."

"페르민은 결코 그런 짓을 할 사람이 아니야."

"할 수만 있다면 세상 모든 남자가 그렇게 할걸?"

가시 돋친 목소리에 내가 흠칫 놀라자 베아는 곧바로 온순한 미소를 띠며 표정을 누그러뜨렸다. 좀전과 똑같은 사람이라고는 도저히 믿을 수 없었다.

"당신은 우리 남자들을 잘 몰라."

그녀가 어스름 속에서 일어나 아무 말 없이 잠옷을 벗어 침대 한쪽으로 던졌다. 잠시 자신을 바라보도록 가만히 서 있더니 이윽고 조금씩 내 위로 몸을 굽히며 천천히 내 입술을 핥았다.

"그래, 당신들을 잘 몰랐었지."

10

다음날, 반짝반짝 빛나는 말구유 모형은 사람들의 관심을 끄는 효과를 제대로 발휘했다. 회계장부에 판매 실적을 기록하는 아버지의 얼굴에 몇 주 만에 처음으로 미소가 피어올랐다. 오전 개점 때부터 나이 든 손님들 몇이 발걸음을 멈추고 한참 동안 서점 안을 들여다보는가 하면 처음으로 우리 서점 문을 열고 들어오는 새로운 독자들도 생겨났다. 아버지는 노련하게 손님들을 대했다. 책을 추천하거나 호기심을 자극하거나 손님들의 취향 혹은 관심사를 육감으로 알아내면서 즐거워하는 아버지의 모습에 나는 기뻤다. 정말 오래간만에 느끼는 행복한 하루의 조짐이었다.

"다니엘, 삽화가 실린 어린이 고전 시리즈를 꺼내와야겠구나.

책등이 파란 베르티세 출판사의 전집 말이다."

"지하실에 있을 거예요. 열쇠 갖고 계세요?"

"일전에 베아가 아기용품들을 치워놓겠다며 열쇠를 달라고 하더구나. 그 뒤 돌려준 것 같지 않은데. 서랍 속을 살펴보렴."

"여긴 없네요. 올라가서 찾아봐야겠어요."

나는 방금 서점 문을 열고 들어와 바르셀로나의 카페 역사에 관한 책을 문의하는 신사를 아버지에게 부탁하고 가게 뒷방을 통해 계단 쪽으로 나갔다. 베아와 나는 위층에 살고 있었고, 운좋게도 계단을 오르락내리락하면서 활력과 근력을 키웠다. 도중에 4층에 사는 과부 에델미라 부인과 마주쳤다. 전직 발레리나였던 그녀는 지금은 생활비를 벌기 위해 집에서 성모나 성인의 그림을 그리고 있었다. 너무 오랜 세월을 아르나우 극장 무대에서 보내 무릎 연골이 으스러지는 바람에 이제는 계단 층계참에서 방향을 바꾸려고만 해도 양손으로 난간을 꽉 붙들어야만 했다. 하지만 여전히 입가에 미소를 잃지 않고 친절하게 말을 건넸다.

"다니엘, 아내 미모는 여전하지?"

"부인만큼은 아니지요. 내려가시는 걸 도와드릴까요?"

에델미라 부인은 늘 그렇듯 내 도움을 정중히 거절했다. 그리고 지나갈 때마다 추파를 던지며 무례하게 행동하던 페르민의 안부를 물었다.

문을 열고 들어서자 집 안에는 아직도 베아의 달콤한 향수 냄새가 감돌았고, 아이와 아기용품들에서 나는 냄새가 뒤섞여 있었다. 베아는 보통 아침 일찍 일어나 멋들어진 제인 유모차에 훌리안을 태우고 산책을 나갔다. 유모차는 페르민이 선물한 것이었는데, 모두들 메르세데스 벤츠라고 칭했다.

"베아?"

작은 아파트였기 때문에 문을 닫기도 전에 등 뒤로 메아리가 되돌아왔다. 베아는 이미 나가고 없었다. 다이닝룸에 서서 아내의 머릿속을 재구성해보며 지하실 열쇠를 과연 어디에 보관했을까 추론해보았다. 베아는 나보다 정리 정돈을 아주 깔끔하게 잘했다. 그녀가 영수증과 청구서, 잔돈 등을 보관해두는 가구 서랍들을 대충 살펴보았다. 작은 탁자, 과일 바구니, 책장도 죽 훑어보았지만 헛수고였다.

다음은 주방 차례였다. 그곳에는 베아가 습관처럼 쪽지와 독촉장을 놓아두는 유리 진열장이 있었다. 행운이 나를 피해갔고, 결국 나는 침실에 이르러 침대 앞에 떡하니 버티고 서서 분석적 사고로 주위를 둘러봤다. 베아는 옷장의 75퍼센트와 서랍, 그 밖의 침실 공간을 사용했다. 나는 항상 같은 옷을 입었기에 옷장 안 한쪽 구석은 그런대로 공간이 넉넉했다. 서랍은 가히 놀랄 만큼 체계적으로 정돈되어 있었다. 문득 아내의 전용 공간을 내 마음대로 살펴본다는 생각에 죄책감이 들었다. 그러면서도 어쨌든 눈앞에 보이는 가구란 가구는 모조리 조사해봤는데, 유감스럽게도 여전히 열쇠는 찾을 수 없었다.

'사건을 재구성해보자.' 나는 중얼거렸다. 베아가 여름옷 상자 하나를 지하실에 치워놓았다고 했던 기억이 어렴풋이 났다. 이틀 전 일이었다. 내 기억이 틀리지 않다면 그날 베아는 결혼 1주년 기념으로 내가 선물해준 회색 외투를 입고 있었다. 훌륭한 추리력에 미소를 머금으며 나는 옷장 문을 열고 아내의 옷들 속에서 외투를 찾았다. 거기 있었다. 코난 도일과 그 문하생들이 쓴 책을 읽으면서 익힌 모든 추리 기술이 정확하다면 아버지의 열쇠는 외투의 한쪽 호주머니에 있을 것이다. 오른쪽 호주머니에 손을 집어넣자 동전 두 개와 약국에서 홍보용으로 준 것 같은 박하맛 캐러멜 두 개가 잡혔다. 다른 쪽 호주머니를 검사하면서 내 생각이 맞았다는 것에 마냥 기뻤다. 열쇠 꾸러미가 손가락에 닿았던 것이다.

그리고 뭔가 더 있었다.

종이쪽지 한 장이 호주머니 속에 들어 있었다. 나는 열쇠를 꺼냈고, 주저했지만 종이도 꺼내보기로 마음먹었다. 아마도 베아가 적어놓은 장거리 목록일 거라고 생각했다.

좀더 주의 깊게 살펴보니 그것은 봉투였다. 편지였다. 수신인은 베아트리스 아길라르였고, 일주일 전 소인이 찍혀 있었다. 산타 아나의 아파트가 아닌, 베아 부모님 댁으로 보내진 것이었다. 편지를 뒤집어 발신인의 이름을 확인했을 때 지하실의 열쇠 꾸러미가 내 손에서 툭, 하고 떨어졌다.

파블로 카스코스 부엔디아

나는 침대에 털썩 주저앉아 얼떨떨한 표정으로 봉투를 멍하니 쳐다보았다. 파블로 카스코스 부엔디아. 그는 나와 베아가 지각없는 행동을 시작했던 그때 베아의 약혼자였다. 엘 페롤*에서 조선소와 여러 산업체를 경영하는 명문 가문의 자제였다. 결코 나를 좋아하지 않았고, 나 역시 좋게 생각하지 않았던 그 사람은 당시 육군 소위로 군 복무를 하고 있었다. 베아가 약혼을 파기하겠다고 그에게 편지를 쓴 이후 다시는 그에 대한 소식을 듣지 못했다. 그때까지는.

도대체 왜 베아의 외투 호주머니 속에 옛 약혼자가 최근에 보낸 편지가 들어 있는 거지? 봉투는 개봉되어 있었지만 양심의 가책 때문에 편지를 꺼내기가 망설여졌다. 베아 모르게 엿보는 것은 처음이라는 생각에 편지를 제자리에 되돌려놓고 그 자리를 뜨려 했다. 하지만 미덕의 순간은 오래가지 못했다. 모든 죄의식과 수치심은 첫 단락의 끝에 다다르기도 전에 자취를 감추었다.

* 스페인 서북부 라코루냐 주에 있는 도시. 프랑코의 출생지이기도 하다.

사랑하는 베아트리스

바르셀로나에서 새로이 시작한 너의 인생이 건강하고 행복하길 바라. 최근 몇 달 동안 내가 보낸 편지에 답장이 없던데, 내가 뭘 잘못했기에 이젠 네가 내 소식을 알고 싶어하지 않는지 궁금해. 결혼했고 아이도 있는 네게, 어쩌면 내가 이렇게 편지를 쓰는 것이 바람직하지 않다는 건 알아. 하지만 고백하는데, 아무리 시간이 많이 흘러도 널 잊을 수가 없어. 노력했지만 말이야. 그리고 아직도 널 사랑한다는 사실을 인정하는 게 부끄럽지 않아.

나도 새로운 인생을 시작했어. 일 년 전부터 권위 있는 출판사의 영업이사로 일하고 있어. 네가 책을 무척 소중히 생각했다는 걸 알기에 책 속에 파묻혀 일하다보면 공감대 속에서 네가 좀더 가까이 내 곁에 있는 것 같아. 내 사무실은 마드리드의 지사에 있어. 업무상 스페인 곳곳을 자주 여행하지만 말이야.

난 항상 너를 생각해. 우리가 함께 나눌 수도 있었던 삶과 아이들에 대해서도…… 남편이 너를 행복하게 해주는지, 사정상 부득이하게 그와 결혼할 수밖에 없었던 건 아니었는지 아직도 날마다 궁금해. 그가 안겨줄 검소한 삶이 네가 그토록 꿈꾸던 삶이라는 게 믿기질 않아. 난 널 잘 알아. 우린 동지이자 친구였고, 우리 둘 사이엔 비밀이 없었으니까. 산 폴 해변을 함께 걷던 그날을 기억하니? 함께 나눈 우리의 인생 계획, 꿈, 약속을 기억해? 너하고 있을 때의 감정이 다른 사람과는 전혀 생기질 않아. 우리의 약혼이 깨지고 나서 몇몇 아가씨와 데이트를 해봤지만 지금은 누구도 너와 비교할 수 없다는 걸 절실히 깨달았어. 그래서 다른 사람들과 키스할 때마다 너의 달콤한 입술을 떠올리고 애무할 때마다 너의 부드러운 살결을 마음속으로 느끼게 돼.

다음 달 중에 바르셀로나로 출장을 갈 거야. 출판사 영업소들을 방문해 회사의 장래 개혁에 대해 직원들과 마라톤 교섭을 할 예정이거든. 사실 우편과 전화상으로도 얼마든지 처리할 수 있는 일이지. 하지만 내 여행의 진짜 목적은 널 만날 수도 있다는 기대 때문이야. 내가 미쳤다고 생각하리라는 걸 알지만, 그보다 오히려 널 내 마음속에서 완전히 지우지 못해 그러는 거라고 여겨줬으면 좋겠어. 1월 20일에 도착해 그랑 비아 거리에 있는 리츠 호텔에 묵을 거야. 제발 잠시만이라도 만나줘. 가슴속에 담아둔 말을 직접 네게 털어놓을 수 있도록 말이야. 21일 오후 두시에 호텔 레스토랑을 예약해뒀어. 거기서 널 기다릴게. 네가 와준다면 난 세상에서 가장 행복한 사람이 될 거고, 너의 사랑을 되찾으려는 내 꿈이 희망적이라는 걸 알게 될 거야.

너를 영원히 사랑하는

파블로

나는 불과 몇 시간 전에 베아와 함께 누워 있던 침대에 우두커니 앉아 있었다. 편지를 봉투에 도로 집어넣고 일어섰을 때 마치 배 속에서 주먹질을 하는 것처럼 욕지기가 치밀어올랐다. 욕실로 달려가 그날 아침에 마신 커피를 세면대에 게워냈다. 찬물을 틀어 얼굴을 씻었다. 떨리는 손으로 서툴게 베아를 처음 더듬던 열여섯 살 때의 얼굴이 거울 속에서 나를 응시하고 있었다.

11

다시 서점에 내려왔을 때 아버지가 탐색하는 듯한 시선을 내게 던지더니 손목시계를 쳐다보았다. 삼십여 분 동안 어디에 있었는지 궁금해하는 것 같았지만 아버지는 아무런 말도 하지 않았다. 나는 지하실 열쇠를 건네면서 애써 눈을 피했다.

"그런데 너, 책 찾으러 안 내려가니?"

"그렇네요. 죄송해요. 지금 바로 갈게요."

아버지가 나를 곁눈질하며 물었다.

"괜찮니, 다니엘?"

나는 아버지의 질문이 무슨 뜻인지 모르겠다는 듯 고개를 끄덕였다. 그리고 또 한번 질문이 있기 전에 부탁받은 상자를 가지러 서둘러 지하실로 향했다. 입구는 건물 1층 복도의 끝에 있었다. 계단의 첫번째 층계참 아래 자물쇠로 채워진 철문을 열자 나선형 계단이 나타났다. 계단은 아래로 내려갈수록 어둠 속으로 사라졌고, 습한 곰팡내와 진흙이나 시든 꽃 냄새로 짐작되는 뭔지 모를 냄새가 올라왔다. 희미하게 깜빡거리는 백열전구가 천장에 일렬로 대롱대롱 매달려 있어 방공호 같은 분위기를 풍겼다. 지하실 바닥까지 걸어내려가 일단 거기서 더듬더듬 스위치를 찾았다.

누르스름한 백열전구 하나가 머리 위에서 켜지면서 주위가 환해졌다. 쓸모없는 잡동사니를 엄청나게 쌓아놓은 골방 같은 곳이었다. 주인을 잃고 나뒹구는 오래된 자전거, 거미줄투성이의 그림들, 습기로 누글누글해진 나무 선반에 산더미처럼 쌓인 마분지 상자가 하나의 제단화를 이루고 있었다. 불청객을 향해 그 아래에서 정확히 필요한 시간 이상 머물지는 못하도록 권유하면서. 그 광경을 다 훑어보기도 전에, 평소였다면 내게 그 일을 시켰을 텐데 베아가 자발적으로 그곳까지 내려왔다는 게 이상했고 납득이 가지 않았다. 허섭스레기와 폐품이 널려 있는 미로 속을 탐색하며 어떤 또다른 비밀이 그곳에 숨겨져 있는 건 아닐까 궁금증이 일었다.

내가 하고 있는 행동을 자각하게 되자 한숨이 절로 나왔다. 그 편지의 구구절절한 내용이 마약처럼 뇌리에 깊이 스며들어 떠나질 않았다. 그 사람의 향기가 나는 편지 다발을 찾아 상자들 사이를 휘젓고 다니지는 말자고 스스로에게 다짐했다. 그러나 계단을 내려오는 발소리를 듣지 않았다면 겨우 몇 초 만에 그 다짐을 포기할 뻔했다. 고개를 들어보니 페르민이 메스껍다는 표정으로 계단을 바라보고 있었다.

"이봐, 여기서 반송장 냄새가 나는데? 설마 그 상자들 중 하나에 방부 처리한 메르세디타스의 어머니라도 코바늘 편물에 싸서 넣어둔 건 아니지?"

"내친걸음이니 아버지가 찾으시는 상자들 들어올리는 것 좀 도와주세요."

페르민이 소매를 걷어올리며 일할 채비를 하자 나는 베르티세 출판사의 날인이 있는 상자 두 개를 가리켰다. 우리는 각각 한 상자씩 들었다.

"다니엘, 나보다 안색이 더 좋지 않은데 무슨 일 있어?"

"지하실 공기 때문일 거예요."

가벼운 농담으로 상황을 벗어나려 했지만 페르민이 허락하지 않았다. 나는 상자를 바닥에 내려놓고 그 위에 앉았다.

"질문 하나 해도 돼요?"

페르민 역시 상자를 내려놓더니 의자 삼아 앉았다. 털어놓을 생각으로 그를 바라봤지만 차마 입을 뗄 수가 없었다.

"부부 문제야?"

친구인 그가 나를 너무나 잘 알고 있어 얼굴이 화끈 달아올랐다.

"그런 것 같아요."

"세상의 모든 여자들 중에서도 특히 축복받은 베아가 성욕이 별로 없는 거야? 아니면 반대로 아주 넘쳐나는데 넌 고작 최소한의 서비스로 무마하려는 거야? 생각해봐. 여자들은 아이를 가지면 마치 핏속에서 호르몬의 원자폭탄이 터져버린 것처럼 변하게 돼. 분만을 하는 여자들이 어떻게 버티는지는 이해할 수 없는 자연의 신비 중 하나지. 이십 초만 지나도 미쳐버릴 것 같을 텐데. 내가 이 모든 걸 아는 이유는 임신과 분만을 다루는 산과産科가 자유시 다음으로 내 관심사이기 때문이야."

"아니에요, 그런 문제가 아니에요. 내가 아는 한."

페르민이 의아한 표정으로 나를 유심히 살폈다.

"내가 하려는 말을 아무에게도 누설하지 않겠다고 약속해줘요."

페르민이 엄숙하게 성호를 그었다.

"좀전에 우연히 베아의 외투 호주머니에서 편지 한 통을 발견했어요."

나는 말을 잠시 끊었지만 그에게 그다지 강한 인상을 주진 못한 것 같았다.

"그래서?"

"전 약혼자에게서 온 편지였어요."

"그 철딱서니 없는 망나니 녀석 말이야? 하지만 그 녀석 페롤델 카우디요에 가지 않았나? 자기 아버지 햇병아리로 그 웅대하고 눈부신 왕국의 주인이 되겠다고 말이야."

"나도 그렇게 믿었어요. 그런데 문제는 한가한 때 내 아내에게 사랑의 편지를 쓴다는 거예요."

페르민이 벌떡 일어났다.

"개새끼!" 그가 나보다 더 분통을 터뜨리며 중얼거렸다.

호주머니 속의 편지를 꺼내 그에게 건넸다. 페르민은 그것을 펼쳐보기 전에 코를 킁킁거리며 냄새를 맡았다.

"나한테서 나는 냄새인가? 아니면 이 자식이 향수 뿌린 종이에 편지를 써서 보낸 거야?"

"저는 알아채지 못했지만 별로 놀랍지도 않네요. 남자란 다 그러니까요. 그래야 나중에 좋은 일이 생기죠. 읽어보세요, 읽어봐요……"

페르민이 웅얼거리며 읽더니 고개를 절레절레 저었다.

"이 자식, 불쌍하고 비굴한데다 아주 눈꼴사나워서 못 봐주겠군. '다른 사람들과 키스할 때마다'라는 글귀만으로도 평생 유치장에 처넣기에 충분하겠네."

나는 편지를 챙겨넣고 시선을 바닥에 떨어뜨렸다.

"설마 베아가 의심스럽다고 말하려는 건 아니지?" 못 믿겠다는 듯한 표정으로 페르민이 물었다.

"아니에요, 물론 그렇지 않아요."

"거짓말."

나는 일어나 지하실을 서성거리기 시작했다.

"내 입장이라면 어떻게 하겠어요? 베르나르다의 호주머니에서 이런 편지를 발견했다면 말이에요."

페르민이 곰곰이 생각에 잠겼다.

"나는 내 아들의 어머니를 믿을 거야."

"믿는다고요?"

페르민이 고개를 끄덕였다.

"나쁘게 받아들이지는 마, 다니엘. 네 고민은 멋진 여자와 결혼한 남자라면 누구나 하는 지극히 평범한 고민이니까. 베아는 내겐 성녀와도 같지만, 속된 말로 아주 육감적이어서 손가락만으로 상대를 쥐락펴락할 수 있는 여자야. 따라서 호색한과 철면피, 기생오라비 그리고 모든 부류의 잘난 체하는 사람들이 습관적으로 그녀 뒤를 졸졸 따르리라는 건 불 보듯 뻔한 일이지. 옷을 걸친 그런 유인원을 우리는 친절하게도 호모 사피엔스라고 부르지만, 그런 족속은 남편이 있건 아이가 있건 전혀 상관하지 않으니까. 너는 느끼지 못하겠지만, 내 팬티를 걸고 얘기하는데, 세비야의 4월 축제 때 모여드는 파리는 꿀단지보다 네 성스러운 아내에게 더 많이 꼬일걸? 이 바보 천치는 그저 썩은 고기를 먹는 까마귀일 뿐이야. 자신에게 뭘 던져주는지 보려다 돌팔매질 당하는 어리석은 새라고. 날 믿어도 돼. 그런 족속들을 다루는 머리가 있고 그런 치들을 단속하는 속치마를 두른 여자는 멀리서도 그들이 다가오는 걸 알아보니까."

"확신해요?"

"의심하다니 좀 불쾌한데? 만약 베아트리스가 널 속이고 바람을 피우고 싶었다면, 겉만 번지르르한 그 얼간이가 격정적인 볼레로 음악으로 자신을 사탕발림하길 가만히 기다리고만 있었을 것 같아? 아이를 데리고 빼어난 미모를 과시하면서 외출할 때마다 구애자가 열 명씩은 있었을 텐데 아무 일도 없었잖아. 내 말을 믿으라니까."

"글쎄요. 그다지 큰 위안이 되는 얘기는 아니네요."

"이봐, 이제 네가 할 일은 그 편지를 외투 호주머니에 도로 집어넣고 그 내용을 죄다 잊는 거야. 문득 그 일을 떠올려 아내를 추궁하는 일이 일어나지 않도록 말이야."

"아저씨라면 그렇게 하실 건가요?"

"나? 나라면 그 금수만도 못한 놈을 찾아가 목덜미를 잡아채겠지. 카르투하 수도원에 들어가고 싶어 견딜 수 없을 만큼 개망신을 주면서 힘껏 걷어차줄 거야. 하지만 나는 나, 너는 너니까."

깨끗한 물 위에 기름 한 방울이 미묘한 파장을 몰고 오듯 고뇌가 내 안에서 퍼지는 것을 느꼈다.

"아저씨가 내게 도움이 됐는지 확신이 서질 않네요."

페르민은 어깨를 추썩거렸고 상자를 들더니 계단 위로 사라졌다.

아침 내내 우리는 서점 일로 바빴다. 두어 시간 뒤 편지 내용에 대해 곰곰이 생각해보면서 나는 페르민의 말이 옳다는 결론에 도달했다. 하지만 페르민 역시 베아를 믿고 입을 다무는 게 옳은지 아니면 그 재수 없는 놈을 찾아가 손을 좀 봐주는 게 옳은지에 대해서는 입장을 명확히 하지 않았다. 카운터 위의 달력은 오늘이 12월 20일임을 말해주고 있었다. 마음을 정하기까지는 아직 한 달이라는 시간이 남아 있었다.

그날은 변변찮지만 꾸준한 매출을 보이며 활기차게 지나갔다. 페르민은 성탄용 성상에 대한 만족감과 바스크의 역도 선수를 연상시키는 아기 예수의 성공에 대해 아버지에게 찬사를 늘어놓을 기회를 잡지 못했다.

"셈페레 씨는 그야말로 판매의 고수처럼 보이시니, 난 가게 뒷방에 가서 지난번 과부가 예약해둔 총서나 손질해놓아야겠네요."

나는 그 기회를 이용해 가게 뒷방까지 페르민을 따라가 등 뒤로 커튼을 닫았다. 페르민이 경계하는 표정으로 바라봤고 난 회유적인 미소를 지어 보였다.

"원한다면 도와줄게요."

"좋을 대로 해, 다니엘."

우리는 책 상자를 풀고 책 더미를 장르와 상태, 크기별로 정리했다. 페르민은 입술을 꾹 다문 채 묵묵히 일하면서 내 시선을 피했다.

"페르민……"

"편지 건에 대해선 걱정할 필요 없다고 이미 말했잖아. 네 아내는 헤픈 여자가 아니야. 그리고 만약 어느 날 널 떼쳐버리고 싶다면, 신께서는 결코 그러기를 원치 않겠지만, 얼굴을 똑바로 쳐다보며 드라마에서나 하는 허튼소리 없이 당당히 말할 거야."

"알았어요, 페르민. 그런데 그게 아니에요."

페르민이 시선을 들어 고뇌에 찬 표정으로 다가서는 나를 바라봤다.

"오늘 가게 문을 닫은 후 우리 둘이 함께 저녁이나 먹으러 가면 어떨까 생각하고 있었어요." 내가 말을 꺼냈다. "우리 문제에 대해 이야기하게요. 일전의 방문에 대해서도. 그리고 아저씨가 걱정하는, 아저씨가 관련되어 있는 듯한 그것에 대해서도 말이에요."

페르민이 손질하던 책을 탁자 위에 올려놓았다. 그리고 실의에 빠진 얼굴로 쳐다보며 한숨을 내쉬었다.

"난 궁지에 빠졌어, 다니엘." 결국 그가 웅얼거렸다. "어떻게 빠져나가야 할지 모르는 곤경에."

나는 그의 어깨에 손을 얹었다. 작업복 아래로 뼈와 피부밖에 느껴지지 않았다.

"그렇다면 내가 도울 수 있게 해줘요. 둘이 힘을 합치면 문제들이 훨씬 쉬워질 거예요."

페르민이 어리둥절한 표정으로 나를 바라봤다.

"우리 둘이 더 힘든 일들도 해결했잖아요."

그는 슬프면서도 내 진단에 약간 만족한 듯 미소지었다.

"넌 좋은 친구야, 다니엘."

그에 대한 고마움에 비하면 내가 건넨 위로의 말은 아무것도 아니었다.

12

그동안 페르민은 호아킨 코스타 거리에 있는 낡은 하숙집에 살았다. 확실한 소식통에 의하면 그곳에서 다른 하숙생들이 로시이토와 그녀의 동료들의 긴밀하고도 은밀한 협력하에 역사에 길이 남을 만한 그의 총각 파티를 준비중이었다. 아홉시가 지나서 페르민을 만나러 갔을 때 그는 이미 입구에서 기다리고 있었다.

"사실 별로 시장하지 않아." 나를 보자마자 그가 말했다.

"저런, 유감이네요! 칸 유이스에 갈까 생각했는데. 오늘밤 가르반소*와 캅 이 포타**가 나온다고 했거든요……"

---

* 삶은 병아리콩 요리.

** 송아지 머리와 발을 주재료로 만든 카탈루냐 지방의 향토 요리.

"알았어. 또 경솔하게 말해선 안 되겠군." 페르민이 받아들였다. "좋은 음식은 활짝 핀 소녀와 같으니, 그 진가를 알아보지 못하는 사람은 바보로다."

격언의 대가 페르민 로메로 데 토레스 씨의 주옥같은 말을 표어 삼아, 우리는 칸 유이스까지 산책하면서 내려갔다. 그곳은 내 친구인 페르민이 바르셀로나 전역과 그가 알고 있는 대부분의 세상을 통틀어 제일 좋아하는 레스토랑 중 한 곳이었다. 칸 유이스는 세라 거리 49번지, 라발 지구의 환락가 입구에 있었다. 수수한 외관에 옛 바르셀로나의 신비로운 정취를 과시하는 듯한 분위기라고나 할까. 더불어 맛좋은 요리와 교과서적인 서비스, 그리고 페르민이나 내가 부담할 수 있는 적정한 가격표를 갖추고 있었다. 평일 밤이면 종종 그곳에서는 자유분방한 성직자들이 연극이나 문학 종사자, 그리고 술잔을 주거니 받거니 하면서 살아가는 선하고 악한 다른 인간들과 함께하는 모임이 이루어졌다.

레스토랑에 들어서자마자 우리는 카운터에서 저녁식사를 하며 신문을 뒤적이고 있는 서점 단골손님을 만났다. 알부르케르케 교수였다. 학자이자 문학부 교수이며, 뛰어난 비평가이자 칼럼니스트인 그는 그곳을 제집처럼 드나들었다.

"정말 오랜만이네요, 교수님." 그의 옆을 지나치면서 인사를 건넸다. "가끔 서점에 들러서 살아 계시다는 걸 보여주면 좋겠어요. 〈라 방과르디아〉 신문 부고란을 읽는 것만으로는 생사를 확인하기 힘드니까요."

"일간 들르겠네. 석사 논문들이 코앞에 쌓여 있어서 말이야. 햇병아리 녀석들이 써놓은 쓸데없는 글들을 너무 많이 읽자니 지금은 난독증 초기 증상을 앓고 있는 것 같아."

그때 웨이터가 그에게 디저트를 내왔다. 새카맣게 탄 설탕 방울이 넘쳐 흔들리며 달콤한 바닐라 향이 나는 둥근 푸딩이었다.

"기막히게 잘 뜨면 두 숟가락 만에 선생님 입에 다 들어가겠는걸요." 페르민이 말했다. "덜렁거리는 게 꼭 마르가리타 시르구*의 젖가슴 같네요."

교수가 자신의 디저트를 가만히 응시하더니 완전히 매료된 얼굴로 페르민의 생각에 동의했다. 무대 위 디바의 감미로운 아름다움을 천천히 음미하는 학자를 남겨두고 우리는 식당 안쪽 모퉁이에 있는 테이블에 앉았다. 잠시 뒤 훌륭한 저녁식사가 나왔고 페르민은 식욕을 과시하는 폭식으로 돈을 다 써버렸다.

"난 아저씨가 입맛이 없을 거라고 생각했어요." 무심결에 불쑥 말이 튀어나왔다.

"칼로리를 필요로 하는 건 근육이야." 페르민이 변명하면서

---

* 스페인의 여배우. 프랑코 독재치하 때 망명하여 우루과이 국적을 취득했다.

바구니에 남아 있던 마지막 빵 조각으로 접시 바닥을 깨끗이 닦아냈다. 하지만 내게는 그저 까닭 모를 불안을 애써 감추려는 모습으로 보일 뿐이었다.

우리를 시중들던 웨이터 페레가 식사 상황을 살피러 다가왔다. 페르민이 초토화시킨 식탁을 보더니 디저트 메뉴판을 내밀었다.

"일을 마무리 짓는 의미에서 입가심으로 디저트 어떠십니까, 선생님?"

"좀전에 본 가정식 푸딩 두 개가 아니라면 주문하지 않겠소. 빛깔 좋은 체리를 올려주면 좋겠고." 페르민이 말했다.

페레는 고개를 끄덕였다. 그리고 페르민이 그 음식을 일관되고 매력적인 은유적 표현으로 요약하는 것을 들은 가게 주인이 푸딩의 이름을 '마르가리타'로 바꿔 내놓기로 결정했다고 말했다.

"난 밀크 커피면 충분해요." 내가 말했다.

"사장님께서 디저트와 커피를 대접하라고 하셨습니다."

우리는 카운터 뒤에서 알부르케르케 교수와 대화를 하고 있는 주인을 향해 와인잔을 들었다.

"좋은 사람들이야." 페르민이 중얼거렸다. "인간은 이따금 이 세상 사람 모두가 다 매정한 것만은 아니라는 사실을 잊어버리지."

신랄하고 씁쓸한 그의 말투에 나는 깜짝 놀랐다.

"왜 그렇게 말해요?"

페르민은 어깨를 추썩거렸다. 잠시 후 푸딩 두 개가 도착했는데, 꼭대기에서 반짝반짝 빛나는 체리 두 개가 유혹하듯 흔들리고 있었다.

"몇 주 뒤 결혼하고 나면, 그때는 '마르가리타'가 소용없겠네요." 나는 우스갯소리를 했다.

"아이고, 저런! 인생 쫑났군! 이제 난 왕년의 내가 아니야."

"우리 중 누구도 왕년의 사람은 없죠."

페르민이 한 입 한 입 음미하며 푸딩을 먹기 시작했다.

"어디에서 읽었는지 도통 생각이 안 나네. 깊숙이 들여다보면 우리는 단 한 번도 왕년의 우리였던 적이 없고 다만 일어나지 않았던 일만을 기억할 뿐이다……"

"훌리안 카락스*의 소설 첫 구절이에요."

"맞아. 카락스는 어디로 갔을까? 궁금하지 않아?"

"매일 궁금하죠."

페르민이 과거 우리의 모험을 떠올리며 빙그레 웃었다. 탐색하는 듯한 표정을 지으며 손가락으로 내 가슴을 가리켰다.

"아직도 아파?"

나는 셔츠 단추 두 개를 풀고 그 먼 옛날 앙헬 데 브루마의 폐

---

* '잊힌 책들의 묘지' 시리즈의 첫 권인 『바람의 그림자』에서 『바람의 그림자』를 쓴 수수께끼의 작가이다.

허에서 푸메로 경위의 총알이 내 가슴을 관통하면서 남긴 흉터를 보여주었다.

"가끔요."

"흉터가 사라지진 않을 거야, 그렇지?"

"사라지고 새살이 돋을 거라고 믿어요. 어쨌든 페르민, 내 눈을 봐요."

종잡을 수 없는 시선으로 페르민이 나를 바라봤다.

"이제 무슨 일인지 얘기해봐요."

그가 잠시 머뭇거렸다.

"베르나르다가 임신중이라는 건 알고 있지?"

"몰랐어요." 나는 거짓말을 했다. "그게 걱정스러운 거예요?"

페르민이 고개를 가로저었다. 두번째 푸딩을 숟가락으로 마저 떠먹더니 바닥에 남은 갈색 시럽을 후루룩거렸다.

"아직 내게 말하고 싶지 않은가봐. 불쌍한 사람, 내가 걱정할까봐서 말이지. 하지만 그녀는 세상에서 날 가장 행복한 사람으로 만들어줄 거야."

나는 조심스레 그를 쳐다봤다.

"하지만 사실대로 말하자면, 지금 당장 아저씨는 별로 친근해 보이지도, 행복해 보이지도 않아요. 결혼식 때문에 그래요? 교회에서 결혼하는 게 걱정이에요?"

"아니야, 다니엘. 사실 이 모든 게 내겐 꿈만 같아. 신부님들이

가운데 끼어 있더라도 난 베르나르다와 매일매일 결혼할 거야."

"그럼 뭐가 문제예요?"

"결혼하려는 사람에게 첫번째로 요구하는 게 뭔지 알아?"

"이름." 내가 엉겁결에 대답했다.

페르민이 천천히 고개를 끄덕였다. 그때까지만 해도 난 그 문제에 대해서 전연 생각해보지 못했다. 갑자기 나의 친구가 직면한 딜레마가 뭔지 깨달았다.

"수년 전 내가 했던 말 기억해, 다니엘?"

정확하게 기억하고 있었다. 내전이 있던 동안, 파시스트로 분류되기 전 공산주의자의 돈을 받고 도살자로 활동했던 사악한 푸메로 경위 덕분에 페르민은 교도소에 수감되었고 그곳에서 온전한 정신과 삶을 송두리째 잃을 뻔했다. 풀려나 순전히 기적적으로 살아난 그는 다른 신분으로 살기로 결심하고 자신의 과거를 지워버렸다. 다 죽어가는 상태에서 모누멘탈 투우장의 투우경기를 알리는 오래된 포스터에서 본 이름을 빌려 쓴 것이다. 날마다 자기 이야기를 만들어냈던 남자, 페르민 로메로 데 토레스는 그렇게 태어났다.

"그래서 교구 교회의 서류를 작성하지 않았군요. 페르민 로메로 데 토레스란 이름을 사용할 수 없으니까."

페르민이 고개를 끄덕였다.

"그래도 새로운 서류를 발급받을 방법이 있을 거예요. 경찰을 그만둔 팔라시오 중위 기억나죠? 지금 보나노바 고등학교에서 체육수업을 담당하고 있어요. 가끔 서점에 들러서 되는대로 지껄이는데, 어느 날 무심결에 이런 말을 하더라고요. 외국에서 몇 년 지내다 국내로 돌아오는 사람들을 위해 신분을 세탁해주는 지하 시장이 존재한다고요. 그가 왕립 조선소 근처에서 작업장을 운영하는 사람을 알고 있는데, 경찰에 연줄이 닿는 사람이라 백 페세타만 주면 새로운 신분증을 만들어주고 정부 관계 부서에 등록까지 해준대요."

"이미 알고 있어. 에레디아라는 사람이야. 가히 달인이라 할 수 있지."

"연락해봤어요?"

"사람들이 두어 달 전에 항구에 떠오른 그의 시체를 발견했어. 방파제까지 항해하는 소형 여객선에서 떨어졌다고 하더군. 등 뒤로 손이 결박당한 채 말이야. 파시즘 냄새가 나."

"그를 알아요?"

"한때 거래를 했었지."

"그렇다면 페르민 로메로 데 토레스로 인정받을 수 있는 서류를 당연히 가지고 있겠네요……"

"에레디아는 1939년 전쟁이 끝날 무렵 내게 신분증을 만들어줬어. 그때는 보다 쉬워서 그곳이 북새통이었어. 사람들이 공화국의 인민전선이 무너진 걸 알았을 때는 고작 이 두로에 문장紋章

까지 거래가 됐지."

"그런데 왜 그 이름을 사용할 수 없다는 거예요?"

"페르민 로메로 데 토레스는 1939년에 죽었으니까. 불운한 시절이었어. 다니엘, 지금보다 훨씬 더 힘들었다고. 불쌍한 그자는 일 년도 버티지 못했어."

"페르민이 죽다니 그게 무슨 말이에요? 어디서요? 어떻게?"

"몬주익 교도소에서. 13호 감방에서."

문득 이상한 남자가 『몽테크리스토 백작』에 페르민에게 남긴 문구가 기억났다.

죽은 자들의 세계에서 살아 돌아와 미래의 열쇠를 갖게 된
페르민 로메로 데 토레스에게
13호

"그날 밤은 네게 이야기를 조금밖에 하지 않았어, 다니엘."

"아저씨가 날 믿는다고 생각했는데요."

"눈 딱 감고 내 인생을 숨김없이 털어놓을 수도 있었지. 그런데 그러지 않았어. 널 보호하기 위해서."

"보호한다고요? 나를요? 대체 무엇으로부터요?"

"진실로부터, 다니엘…… 진실로부터."

2부

죽은 자들의 세계에서

1

1939년 바르셀로나

새로운 죄수들이 한밤에 검은 호송차에 실려 수송되었다. 차는 아무도 모르게 비아 라예타나의 경찰서를 출발해 조용히 도시를 가로질렀다. 브리가다 소시알*의 차량이 옛 도로를 따라 몬주익 산을 기어오르는 동안 바다에서 서서히 피어오르는 검은 구름을 배경으로 정상에 우뚝 서 있는 성의 윤곽이 어슴푸레 보이자, 죄수들 중 몇몇이 살아서는 결코 그곳을 빠져나올 수 없을 거라고 말했다.

---

* 비밀경찰. 프랑코 독재 체제 동안 활동한 정치 탄압의 실체.

요새는 암벽 맨 꼭대기에 단단히 뿌리박혀 있었고 동쪽엔 바다, 북쪽엔 어둠이 깔린 바르셀로나 그리고 남쪽엔 죽은 자들의 끝없는 도시가 펼쳐져 있었다. 오래된 몬주익 공동묘지에서 나는 역겨운 악취가 암벽을 타고 기어올라와 바위틈과 감방의 창살 사이로 스며들었다. 예전엔 사정거리 안의 도시를 폭격하기 위한 용도로 성이 사용되었지만, 바르셀로나가 1월에 함락당하며 4월에 완전한 패배를 맛본 지 불과 몇 달 뒤엔 죽음이 조용히 그곳에 둥지를 틀었다.* 따라서 그들의 역사상 가장 기나긴 밤을 겪은 바르셀로나 사람들은 굳이 하늘을 올려다봐 언덕 위에 있는 교도소의 존재를 인식하려 들지 않았다.

정치범들은 수감될 때 보통 자신들이 머물다 대개는 죽게 될 감방의 번호를 배정받았다. 일부 교도관은 수감자 다루기를 즐겼기 때문에 대다수의 수감자에게 성으로의 여행은 편도행뿐이었다. 13호 수감자가 몬주익에 도착한 밤은 비바람이 세차게 몰아쳤다. 탁한 물줄기들이 돌 성벽을 따라 흘러내렸고, 대지를 휘젓는 공기는 코를 찌르는 고약한 냄새를 풍겼다. 두 명의 관리가 그를 어떤 방까지 호송했다. 철제 탁자와 의자 하나밖에 없었다. 갓 없는 백열전구가 천장에 대롱대롱 매달린 채 발전기의 전압

* 1936년 시작된 스페인 내전은 1939년 1월 바르셀로나가 프랑코군에 점령되고, 같은 해 3월 28일 프랑코군이 마드리드에 입성하면서 종식되었고, 그 이후 프랑코 체제가 성립되었다.

이 떨어질 때마다 깜박거렸다. 13호 수감자는 라이플총으로 무장한 보초의 감시하에 삼십여 분 동안 흠뻑 젖은 옷 그대로 서서 기다렸다.

마침내 발소리가 들렸다. 문이 열리고 채 서른도 안 되어 보이는 젊은 사내가 들어왔다. 빳빳하게 다림질된 모직 옷을 입은 그에게선 은은한 화장수 냄새가 풍겼다. 직업 군인답지도 경찰 관리답지도 않았다. 표정은 부드러웠고 태도는 친절했다. 죄수는 그가 부잣집 도련님인 양, 자신의 지위나 정치 배경을 거들먹거리는 사람의 분위기를 풍긴다고 생각했다. 그의 용모에서 눈길을 사로잡는 건 두 눈이었다. 파랗고 마음속을 꿰뚫어보는 듯한, 그리고 탐욕과 불신이 깃든 날카롭고 매서운 눈. 그의 두 눈만이 학습된 우아함과 정중한 겉모습 뒤에 감춰진 진정한 본성을 여실히 드러내고 있었다.

시야를 넓혀주는 둥근 안경과 머릿기름으로 잔뜩 멋을 부려 빗어넘긴 머리카락은 불길한 주위 배경과 어울리지 않는 다소 가식적인 분위기였다. 그가 책상 뒤의 의자에 앉아 손에 들고 온 서류철을 펼쳤다. 내용을 간략히 검토한 뒤 양손을 깍지 끼고 검지 끝 부분을 턱 아래에 괸 채 한참 동안 죄수를 바라봤다.

"죄송합니다만, 제 생각엔 뭔가 착오가 있었던……"

보초가 개머리판으로 복부를 가격하며 말을 가로막자 죄수는 몸을 웅크린 채 바닥으로 꼬꾸라졌다.

"교도소장님이 묻는 말에만 대답해."

"일어서." 교도소장이 명령했다. 아직은 명령 내리는 것에 익숙하지 않은 듯 목소리가 떨렸다.

죄수는 일어서서 교도소장의 거북한 시선을 마주했다.

"이름?"

"페르민 로메로 데 토레스입니다."

죄수는 그의 파란 눈을 응시했고 그 속에서 멸시와 냉담함을 읽었다.

"어디서 그런 이름을 대? 날 바보로 아나? 이봐, 본명을 대라고, 본명을."

허약하고 몸집이 작은 죄수는 교도관에게 종이 한 장을 내밀었다. 보초가 그것을 낚아채 책상으로 가져갔다. 교도소장이 슬쩍 보더니 빙긋이 웃으며 혀를 찼다.

"에레디아의 작품이 또하나 납셨군……" 그가 입속말을 하며 휴지통에 서류를 내던졌다. "이런 것들은 다 쓸데없어. 순순히 이름을 댈 텐가, 아니면 거짓말탐지기를 작동시킬까?"

13호 수감자는 무슨 말인가를 하려고 했지만 달싹거리는 입술이 떨려 알아들을 수 있는 말을 하지 못했다.

"이봐, 두려워 마. 우린 아무도 잡아먹지 않으니까. 그들이 네게 뭐라고 했지? 그곳엔 중상모략을 퍼뜨리는 염병할 과격주의자들이 많지만 이곳에서는 협조만 잘하면 스페인 사람답게 융숭히 대접해준다고. 자, 옷 벗어봐."

수감자는 잠시 망설이는 듯했다. 교도소장이 시선을 떨궜다. 죄수의 고집이 만들어내는 그 모든 난국에 심기가 불편한 듯 보였다. 잠시 뒤 보초가 또다시 개머리판으로 내리치자 죄수는 방구석으로 나동그라졌다.

"교도소장님 말씀 못 들었어? 옷을 벗으라잖아. 우린 밤새 기다릴 시간이 없단 말이야."

13호 수감자는 무릎을 꿇은 채 피로 얼룩진 더러운 옷을 벗었다. 완전히 벌거벗자 보초가 총구로 어깨를 짓누르며 일어나지 못하게 했다. 교도소장은 책상에서 눈을 들어 그의 상반신과 엉덩이, 허벅지를 뒤덮고 있는 화상 자국을 보고 불쾌한 표정을 지었다. 그 모습에 보초가 한마디 했다.

"우리 챔피언께서 푸메로와 면식이 있나보네요."

"자넨 입 다물어." 교도소장이 설득력 없는 목소리로 명령했다.

초조해하며 죄수를 바라보자 그는 울고 있었다.

"자, 울지 말고 이름을 말해봐."

죄수가 재차 이름을 속삭였다.

"페르민 로메로 데 토레스……"

교도소장이 지겹다는 듯 한숨을 내쉬었다.

"이봐, 넌 지금 내 인내심을 시험하고 있어. 난 널 돕고 싶지 푸메로를 호출해서 네가 여기 있다는 걸 알리고 싶진 않다고……"

죄수는 부상당한 개처럼 끙끙 신음하더니 격하게 오들오들 떨었다. 그 상황이 아주 못마땅해 가능한 한 빨리 절차를 끝내고 싶었던 교도소장은 보초와 시선을 주고받았다. 그리고 아무 말 없이 조사서에 죄수가 말한 이름을 적으며 나지막이 욕설을 내뱉었다.

"이런 빌어먹을 전쟁 같으니라고!" 그가 혼잣말로 중얼거리는 동안 알몸의 죄수는 물바다가 된 터널을 지나 감방으로 질질 끌려가고 있었다.

2

어둡고 눅눅한 직사각형 감방에는 암벽 쪽에 작은 구멍이 뚫려 있어 바깥의 찬 공기가 드나들었다. 벽은 예전 수감자들이 새겨놓은 표시들로 뒤덮여 있었다. 이름이나 날짜를 적어놓은 사람도 있었고, 자신이 그곳에 존재했었다는 형적을 남긴 사람도 있었다. 그중 하나는 어둠 속에서 십자고상을 손톱으로 긁어 파며 긴 시간을 보냈던 모양인데, 하늘이 기대에 부응한 것 같지는 않았다. 감방을 봉쇄하고 있는 쇠창살은 녹슬어 양손에 녹이 묻어났다.

페르민은 간이침대 위에 몸을 웅크린 채 너덜너덜한 넝마 조각으로 알몸을 감싸느라 무진 애를 썼다. 넝마는 때에 따라 모포나 매트리스 혹은 베개로 사용된 것 같았다. 땅거미가 내려앉으며 주위가 꺼져가는 촛불처럼 구릿빛을 띠었다. 잠시 뒤 눈이 끊임없이 계속되는 어둠에 차츰 익숙해지고 귀도 민감해지면서 지루하게 똑똑 떨어지는 물소리와 바깥에서 스며든 공기를 타고 들려오는 메아리 사이로 사람들의 가벼운 움직임까지도 감지할 수 있게 되었다.

삼십여 분이 흐르자 감방 저편 끝의 어둠 속에 웬 꾸러미가 방치되어 있다는 걸 깨달았다. 페르민은 더러운 면 자루를 들춰보기 위해 자리에서 일어나 천천히 그것을 향해 다가갔다. 추위와 습기가 뼛속 깊숙이 스며들기 시작했다. 검은 얼룩으로 더럽혀진 꾸러미에서 나는 냄새가 썩 행복한 추측을 낳지는 않았지만, 페르민은 혹시 그 자루 속에 누군가에게 귀찮게 건네받을 필요 없이 죄수복과 운이 좋다면 몸을 감쌀 수 있는 모포가 들어 있지 않을까 예상하며 자루 앞에 무릎을 꿇고 한쪽 끝의 매듭을 풀었다.

천을 살짝 벗기자 복도에서 깜박이는 석유램프의 가물거리는 불빛에 한순간 인형의 얼굴로 보이는 게 드러났다. 재단사가 옷을 자랑하려고 진열창에 늘어놓은 마네킹 같았다. 그러나 악취와 구역질이 나는 것으로 보아 인형이 아니란 걸 알 수 있었다. 꾸러미에서 손을 떼고 한 손으로 코와 입을 틀어막은 채 감방 벽에 등이 부딪칠 때까지 뒷걸음쳤다.

나이는 마흔에서 일흔다섯까지로도 볼 수 있는 정도에 몸무게는 오십 킬로그램이 채 나가지 않는 어른의 시체 같았다. 덥수룩한 긴 머리카락과 흰 수염이 피골이 상접한 상반신을 대부분 덮고 있었다. 길고 흰 손톱에 뼈마디가 앙상한 손은 독수리의 갈고리발톱을 연상케 했다. 부릅뜬 눈의 각막은 무르익은 과일처럼 우글쭈글했다. 입은 반쯤 벌어져 있었고 붓고 거무스름한 혓바닥이 다 썩은 치아 사이에 늘어져 있었다.

"저들이 시체를 내가기 전에 어서 빨리 옷을 벗기시오." 복도 맞은 편 감방에서 목소리가 들려왔다. "다음 달까진 아무도 다른 옷을 주지 않을 테니까."

페르민은 어둠 속을 살피다 맞은편 감방의 간이침대에서 자신을 유심히 관찰하며 반짝이는 두 눈동자와 마주쳤다.

"무서워 마시오. 그 불쌍한 인간은 이젠 아무도 해칠 수 없으니까."

페르민은 고개를 끄덕였고 다시 자루에 다가가며 어떻게 작업을 해야 할지 고민했다.

"미안합니다." 먼저 고인에게 속삭였다. "부디 영면하여 신의 영광 속에 함께하시길."

"그 사람은 무신론자였소."

페르민은 고개를 끄덕이더니 의식을 그만뒀다. 작은 감방 안을 가득 채운 냉기가 뼛속까지 스며드는 터라 예의를 차리는 게 거추장스럽게 느껴졌던 것이다. 숨을 멈추고 일에 착수했다. 옷에서는 망자의 썩은 냄새가 진동했다. 사후경직이 온몸에 퍼져 시체를 발가벗기는 작업은 예상보다 훨씬 힘들었다. 고인의 옷을 벗긴 뒤, 페르민은 시체를 다시 자루 속에 담았다. 위대한 탈출 곡예사 후디니도 풀 수 없을 정도로 옭매듭을 단단히 묶었다. 마침내 작업이 끝나자 페르민은 너덜거리고 악취 나는 그 옷을 꿰어입고 다시 침상에 웅크리고 앉았다. 도대체 얼마나 많은 수감자들이 그 옷을 입었을까 하는 생각이 들었다.

"고맙습니다." 간신히 페르민이 인사를 건넸다.

"별 말씀을." 복도 맞은편에서 목소리가 대꾸했다.

"페르민 로메로 데 토레스라고 합니다. 잘 부탁드립니다."

"다비드 마르틴이오."

페르민은 눈살을 찌푸렸다. 이름이 낯설지 않았다. 오 분여 기억을 더듬은 끝에 순간 머릿속이 환해졌다. 외설적인 앞표지에 못지않은 제목을 단 책들을 탐독하며 카르멘 도서관의 한쪽 구석에서 보낸 오후들이 떠올랐던 것이다.

"마르틴요? 『저주받은 자들의 도시』를 쓴 작가 말입니까?"

어둠 속에서 한숨 소리가 들렸다.

"이제 이 나라에는 필명을 알아주는 사람이 아무도 없군."

"제가 결례를 범했네요. 사실 저는 당신 책에 대해 학구적이라 할 만큼 강한 애착이 있는 사람입니다. 그래서 당신이 고명하신 이그나티우스 B. 삼손*의 펜을 쥐고 있는 사람이란 걸 확신하고 있고……"

"잘 부탁하오."

"보십시오, 마르틴 씨. 이렇듯 비참한 상황에 처해 있긴 하지만 당신을 만나게 되어 정말 영광입니다. 수년 전부터 저는 당신의 열렬한 숭배자이고……"

"이 얼간이들아, 조용히 해! 여기 자는 사람들 안 보여!" 옆방에서 들려오는 듯한 앙칼진 목소리가 화를 내며 소리쳤다.

"남의 즐거움에 찬물을 끼얹는 사람의 말이니 괘념치 마시오." 멀찌감치 떨어진 복도 끝에서 또다른 목소리가 들려왔다. "마르틴, 여기도 자는 사람이 하나 있고 빈대들이 그 사람 음부에 달라붙어 살아 있는 그를 통째로 잡아먹고 있지만 그 또한 신경쓰지 마시오. 자, 어서 얘기나 해보시오. 클로에 같은 여자들 이야기로……"

"음탕한 호색가처럼 그놈의 궁둥이를 흔들어대려고 그러는군." 적의가 느껴지는 목소리가 대답했다.

"페르민." 마르틴이 자신의 감방에서 불렀다. "만사에 흠을 잡는 12호 수감자와 이쪽 복도의 공식적인 사상가이자 불면증에 시달리고 있는 교양인 15호 수감자를 소개하게 되어 기쁘군요. 나머지 사람들은 과묵하다오. 특히 14호 수감자는."

---

* '잊힌 책들의 묘지' 시리즈의 두번째 책인 『천사의 게임』에서 마르틴은 '이그나티우스 B. 삼손'이라는 필명으로 『저주받은 자들의 도시』를 쓴다.

"할 말이 있을 땐 말을 한다오." 14호 수감자임에 틀림없다고 생각되는 저음의 무뚝뚝한 목소리가 끼어들었다. "만약 우리 모두가 이곳에서 똑같이 행동한다면 편안한 밤을 보낼 수 있을 거요."

저마다 독특한 개성을 지닌 사람들이었다.

"모두들 안녕하세요. 제 이름은 페르민 로메로 데 토레스이고 만나게 되어 반갑습니다."

"우리 모두 반갑습니다." 12호 수감자가 대답했다.

"환영합니다. 그리고 당신이 하루 속히 나가길 바라오." 14호 수감자가 말했다.

페르민이 시체를 담아놓은 자루를 다시 한번 흘낏 쳐다보더니 침을 꿀꺽 삼켰다.

"이전의 13호, 그 사람 이름은 루시오였소." 마르틴이 설명했다. "우리는 그자에 대해선 아무것도 모르오. 불쌍한 그 사람 말을 못했거든. 에브로 강* 근처에서 후두에 총을 맞았다더군."

"유감스럽게도 그가 유일했지." 19호 수감자가 응수했다.

"왜 죽었나요?" 페르민이 물었다.

"여기 있으면 죽는 거요." 12호 수감자가 대답했다. "더이상의 설명은 필요 없지."

---

* 스페인 북동부에 흐르는 강.

3

틀에 박힌 일상은 도움이 되었다. 하루에 한 번 한 시간 동안 첫번째 두 수감동의 죄수들은 해자 안쪽의 마당에 나와 햇볕을 쬐거나 비를 맞거나 적당한 무언가를 했다. 식사는 차갑고 뭉글뭉글하고 잿빛이 도는 묽은 풀죽 반 그릇이 전부였다. 재료도 분명치 않고 만든 지도 오래되어 위경련을 일으키기도 했지만 사람들은 결국 익숙해져갔다. 배식이 있는 오후 나절이 되면 죄수들은 어서 빨리 식사가 도착하길 간절히 바랐다.

한 달에 한 번 죄수들은 더러운 죄수복을 건네주고 다른 옷을 배급받았다. 펄펄 끓는 솥에 일 분 동안 담갔다 바로 빼내는 모양이었는데, 빈대가 달라붙어 있는지 제대로 확인도 하지 않는 것 같았다. 일요일마다 미사가 있었고, 참석은 권고 사항이라고는 했지만 아무도 감히 결석하지 못했다. 신부가 점호를 하면서 어떤 이름이 빠졌는지 일일이 체크했기 때문이다. 2회 결석은 일주일의 금식이 벌칙으로 내려졌고, 3회 결석은 탑에 있는 독방 생활을 한 달간 해야 했다.

수감동과 안마당 그리고 죄수들이 지나다니는 공간은 감시가 삼엄했다. 라이플총과 권총으로 무장한 경비대가 교도소를 순찰했다. 그리고 죄수들이 감방 밖에 나와 있을 때면 어느 방향을 바라보든 그들의 독수리처럼 날카로운 눈과 장전된 무기를 외면하기란 도저히 불가능했다. 적어도 열두 명은 됐다. 교도관들은 덜 위협적으로 죄수들을 대했다. 아무도 군인다워 보이지 않았고, 죄수들 사이에서는 그들을 빈궁한 시절 더 좋은 직장을 찾지 못한 불운한 무리로 보는 게 일반적이었다.

수감동마다 교도관 한 명씩이 지키고 있었는데 열쇠 다발을 지니고 복도 끝 의자에 앉아 열두 시간마다 교대를 했다. 대다수의 교도관은 죄수들과의 친분을 피하거나 엄밀히 말해 필요한 경우 이외엔 말을 걸거나 시선을 주지도 않았다. 유일하게 예외인 사람은 죄수들이 베보라는 별명으로 부르는 이뿐이었다. 그 교도관은 푸에블로 세코의 한 공장에서 야경꾼으로 일할 때 공중 폭격으로 한쪽 눈을 잃었다.

사람들은 베보의 쌍둥이 동생이 발렌시아의 어느 교도소에 수감되어 있고, 어쩌면 그래서 죄수들에게 다정한 것이라고 말했다. 그는 아무도 자신을 주시하지 않을 때면 마실 물이나 약간의 마른 빵 혹은 보초들이 가로챈 영치품 가운데 자신이 어렵게 수중에 넣을 수 있었던 것을 죄수들에게 나눠주곤 했다. 베보는 다비드 마르틴의 감방 가까이까지 의자를 끌고 와 작가가 다른 죄수들에게 들려주는 이야기를 함께 듣는 걸 좋아했다. 그 특별한 지옥에서 베보는 천사를 가장 많이 빼닮은 존재였다.

일요일마다 미사가 끝나면 교도소장은 으레 죄수들에게 교화적인 설교를 늘어놓았다. 그에 대해 아는 바라고는 이름이 마우리시오 발스라는 것과 전쟁 전 보잘것없는 작가 지망생이었다는 것, 그리고 요절한 페드로 비달의 영원한 라이벌이자 약간 평판이 있던 지역 작가의 비서 겸 잔심부름꾼으로 일했다는 것 정도였다. 그는 틈틈이 여가 시간에 그리스와 라틴 고전들을 오역했고, 어느 쌍둥이 형제와 청운의 뜻을 품고 발행 부수가 적은 인문 팸플릿을 편집하기도 했다. 친목회도 결성했는데, 관심사가 같았던 그 많은 거물들은 모였다 하면 시국을 개탄하고, 언젠가 자신들이 주도권을 잡게 되면 세상은 최고봉에 오를 거라고 호언장담하곤 했다.

신은 당신의 가혹함을 버리지 않으시고 범재들에게 자신의 재능을 넘어서는 야망과 과대망상이라는 축복을 내리시는데, 그의 인생은 바로 그런 범재들처럼 암울하고 고통스러운 길을 걸을 것처럼 보였다. 그러나 전쟁이 그의 운명을 다시 쓰게 했고, 그의 팔자를 뒤바꿨다. 그때까지만 해도 자신의 뛰어난 재능과 세련된 기품에만 의지하던 마우리시오 발스가 운이랄지 정략이랄지, 프랑코 장군과 그 군대의 예산 대부분을 지원하며 문어발식 기업을 경영하던 거물급 재력가의 딸과 결혼하게 된 것이다.

마우리시오보다 여덟 살 연상인 신부는 열세 살 때부터 휠체어 신세를 져온데다 선천성 근육마비증으로 인생을 송두리째 빼앗긴 채 시들어가고 있었다. 여태까지 어떤 남자도 그녀에게 눈길 한 번 준 적이 없었고 손을 잡고 아름답다고 말하거나 이름을 물은 적도 없었다. 마우리시오는 재능 없는 모든 문인들이 그러하듯 허영심이 강한 만큼 대단히 실리적이었고, 그녀에게 다가선 첫번째이자 마지막 사람이었다. 그리하여 일 년 후 두 사람은 특별 초청 하객인 케이포 데 야노 장군과 국가 기관의 다른 지도자들의 참석하에 세비야에서 결혼식을 올렸다.

"이제 탄탄대로가 펼쳐지겠군, 발스." 세라노 수녜르*가 마드리드에서 사적으로 만난 자리에서 이렇게 예측했다. 발스가 국립 도서관장 자리를 간곡히 부탁하러 간 때였다.

'스페인이 힘든 시기를 겪고 있는 만큼 우리 명문가 사람들은

* 변호사이자 정치인으로, 1938~42년 프랑코 체제 초반기에 여섯 번 장관을 역임했다.

신중한 정신세계를 타락시키려는 마르크스주의 패거리들을 견제하기 위해 최선을 다해야 돼'라고 발스의 처남 카우디요가 가짜 해군 대장의 제복을 입고서 말했었다.

"각하, 저와 담소나 나누시죠." 발스가 말을 꺼냈다. "화제는 무엇이든 좋습니다."

여기서 '무엇이든'은 그가 그토록 원하던 경이로운 국립 도서관 관장 자리를 지칭하는 것이었는데, 결국은 바르셀로나 도시를 내려다보며 험한 바위산 위에 우뚝 솟아 있는 음산하고 악명 높은 교도소의 소장 자리가 되고 말았다. 권위 있는 자리에 내정된 친인척의 명단은 길고 상세했지만, 발스는 그의 소망에도 불구하고 그 명단에서 배제돼 3급으로 분류된 것이다.

"참고 기다리게, 발스. 노력하다보면 언젠가 보상이 있을 걸세."

이렇게 마우리시오 발스는 첫번째 교훈을 배웠다. 어떤 정권이 됐든 교체가 이루어지고 나면 복잡하고 대대적인 인사 개편과 승진이 뒤따르는 법, 수천 명의 지지자와 전향자 들이 서로 일신의 영달을 꾀하는바 경쟁은 더욱 극심해진다는 것을.

4

여하튼 이야기는 그러했다. 확인되지 않은 많은 의혹과 억측 그리고 제삼자를 통해 들은 항간에 떠도는 소문들은 이전 교도소장의 모략으로 인해 죄수들의 귀에까지 전해졌다. 부임한 지 고작 이 주 만에 해임된 전 소장은 전쟁 내내 고군분투하며 얻은 자신의 직위를 빼앗으러 온 그 벼락출세한 외지 사람에게 앙심을 품고 있었던 것이다. 하지만 그는 인맥이 없었고, 술에 취해 프랑코 총통이 『피노키오』에 나오는 귀뚜라미와 판박이라며 유머러스한 논평을 엉겁결에 지껄인 탓에 불행을 자초한 전임자가 되었다. 그는 세우타에 있는 교도소의 부소장으로 좌천되기 전까지 마우리시오 발스의 귀에 들어가길 바라며 그에 관한 온갖 험담을 퍼붓고 다녔다.

의심을 살 수밖에 없었던 건 발스가 교도소장 이외의 호칭으로 부르는 걸 누구에게도 용납하지 않았기 때문이다. 그 자신이 공식적으로 알린 바에 의하면 마우리시오는 명망 있는 문인이자 세련된 지성과 뛰어난 학식을 겸비한 사람으로 파리에서 다년간 수학하면서 교도소 관련 분야에서도 두각을 나타냈다. 그리하여 관련된 상류 지성 사회의 도움으로, 떼죽음을 당하고 있는 스페인 평민 대중의 사고를 지도하고 교육하는 사명을 띠게 된 것이었다.

종종 그는 연설에서 저작물이나 시 혹은 교육적인 논설들을 광범위하게 인용했고, 전국 신문지상에 문학과 철학 그리고 서양에 유익한 사상의 부활에 대한 기사를 열심히 발표했다. 죄수들이 이런 교육 과정 끝에 열렬히 박수를 보내면, 교도소장은 아량 넓은 표정을 지었고, 교도관들은 담배나 양초 혹은 기증품이나 죄수 가족들이 보내온 소화물 가운데서 얻은 사치품을 나누어주곤 했다. 가장 구미가 당기는 물품들은 미리 교도관들이 빼돌려 집으로 가져가거나 재소자들에게 팔곤 했지만 그래도 없는 것보단 나았다.

자연사나 모호한 이유로 보통 한 주에 두세 명씩 죽어나갔고, 시체는 자정에 수거해 갔다. 주말이나 의무적으로 미사에 참석해야 하는 날은 예외였는데, 그럴 때면 시체는 대개 월요일이나 다음날 평일까지 새로운 수감자와 함께 감방에 방치되었다. 죄수들이 동료가 죽었다고 외치면 교도관이 다가와 맥박과 호흡을 확인하고 주검용 면 자루에 집어넣었다. 자루를 묶어 감방 한쪽 귀퉁이에 놓아두면 인접한 몬주익 공동묘지 장의사 직원이 수거해 갔다. 누구도 시체를 어떻게 처리하는지 알지 못했고, 죄수들이 베보에게 물어봤을 때 그는 대답하기를 꺼려하며 시선을 떨어뜨렸다.

보름마다 즉결 군사재판이 열렸고 사형수들은 동이 틀 무렵 총살되었다. 때때로 총이나 탄약 상태가 나빠서 총살형 사살대가 급소를 명중하지 못할 때면 해자에 떨어진 부상자들의 고통에 찬 비명 소리가 장시간 들려왔다. 간혹 폭발음이 들리기도 했는데, 그러면 처절한 절규가 일순 조용해졌다. 죄수들 사이에서는 몇몇 사형집행인이 수류탄으로 숨통을 끊어놓는다는 말이 나돌았지만 그것이 정확히 수류탄 소리인지는 아무도 확신하지 못했다.

죄수들 간에 떠도는 소문 중 또하나는 교도소장이 금요일 아침마다 자신의 사무실에서 죄수들의 아내나 딸, 애인 혹은 숙모와 할머니를 맞이한다는 것이었다. 그는 결혼반지를 빼서 책상 첫번째 서랍에 넣고는 여인들의 애원에 귀를 기울이고 그들의 간청을 곰곰이 생각하고 눈물 닦을 손수건을 건네고 뇌물이나 다른 성질의 호의를 받아들이며, 더 나은 식사와 처우 혹은 수상쩍은 판결에 대한 재검토를 약속했다. 하지만 결코 그 어떤 구체적인 조치를 취하지는 않았다.

때로는 그녀들에게 그저 쿠키와 무스카트 포도주를 대접하기도 했다. 극빈한 시대의 탓으로 영양 상태가 나쁜데도 여인들이 보기에 좋고 탐이 나면, 자신의 작품을 읽어주며 아픈 사람과의 결혼생활이 고난의 연속이라고 털어놓기도 했다. 그리고 자신이 얼마나 교도관 자리를 싫어하는지 열변을 토하면서 수준 높은 교양과 세련되고 우아한 기품을 지닌, 나라의 엘리트로서 일익을 담당해야 할 중차대한 자신이 협잡꾼 같은 자리에 옭아매여 있는 것이 참을 수 없이 굴욕적이라고 했다.

고참들은 교도소장을 들먹이지 말고, 가능하면 생각지도 말라고 조언했다. 대다수의 죄수는 오히려 남겨두고 온 가족들과 여자들 그리고 기억하고 있는 삶에 대해 얘기하는 걸 더 좋아했다. 몇몇은 애인이나 아내의 사진을 고이 간직하고 있었는데 누가 그걸 빼앗으려 들면 죽음을 불사하며 지켜냈다. 죄수들은 페르민에게 처음 석 달간이 가장 힘들다고 말했다. 곧이어 모든 희망이 사라지자 시간이 빠르게 달음질쳤고 의미 없는 날들 속에서 영혼은 무감각해져갔다.

5

일요일마다 미사와 교도소장의 연설이 끝나면 몇몇 죄수들은 교도소 안마당 양지 바른 구석에 모여 담배를 나눠 피거나 다비드 마르틴이 정신이 온전할 때 들려주는 얘기에 귀를 기울였다. 페르민은 이미 『저주받은 자들의 도시』 시리즈를 전부 읽었기 때문에 거의 모든 얘기를 알고 있었지만 그들과 함께 상상의 나래를 폈다. 종종 마르틴이 다섯까지 수를 세기도 힘든 것처럼 보여 사람들이 그를 조용히 내버려두면 그는 구석에 처박혀 혼잣말을 하기 시작했다. 페르민은 유심히 그를 관찰했고 이따금 뒤를 바짝 좇았다. 그 불쌍한 사람에게는 마음을 짠하게 하는 뭔가가 있었기 때문이다. 페르민은 잽싼 손재주와 교묘한 속임수로 그가 무척 좋아하는 담배나 각설탕을 구해다주곤 했다.

"페르민, 당신은 좋은 사람이오. 그것을 잘 숨기도록 하시오."

마르틴은 오래된 사진 한 장을 항상 품에 지니고 다니면서 한참 동안 들여다보는 걸 좋아했다. 하얀 옷을 입은 신사가 열 살 정도 되는 소녀의 손을 잡고 있는 사진이었다. 사진 속 두 사람은 맑은 물 위에 놓인 널다리처럼 해변가에 튀어나와 있는 조그만 목재 잔교 끝에서 황혼을 바라보고 있었다. 페르민이 사진에 대해 물으면 마르틴은 말없이 빙긋이 웃으며 호주머니에 사진을 집어넣을 뿐이었다.

"마르틴 씨, 사진 속 그 소녀는 누구입니까?"

"잘 모르겠습니다, 페르민. 간혹 기억이 나질 않거든요. 당신은 안 그렇습니까?"

"물론 그렇죠. 우리는 피차 같은 처지인걸요."

마르틴의 정신이 온전치 않다는 소문이 돌기는 했다. 하지만 그를 조금씩 알게 되면서 페르민은 그가 다른 죄수들이 생각하는 것보다 훨씬 더 미친 것은 아닐까 의심하기 시작했다. 자유시간에는 누구보다도 명석했지만, 수시로 자신이 어디에 있는지 모르는 것 같았고 분명히 그의 상상이나 기억 속에만 존재하는 장소와 사람들에 대해 말하곤 했기 때문이다.

새벽에 잠에서 깨어 마르틴이 자신의 감방에서 혼잣말하는 소리를 들은 것도 여러 번이었다. 살그머니 창살에 다가가 귀를 쫑긋 세워 들어보니 마르틴은 누군가를 '코렐리 씨'라고 부르며 가상 토론을 벌이고 있었다. 주고받는 말투로 보아 유달리 음흉한 사람 같았다.

그러던 어느 날 밤 페르민은 마지막 남은 촛불을 켜서 맞은편 감방을 향해 높이 쳐들었다. 마르틴이 혼자 있으며 두 목소리, 즉 그의 목소리와 코렐리라는 사람의 목소리가 한 입에서 나온다는 걸 확인하려던 참이었다. 마르틴은 감방에서 빙빙 돌아다니다 페르민의 시선과 딱 마주쳤다. 하지만 페르민은 분명히 알게 되었다. 맞은편 동료는 자신을 보고 있지 않으며, 마치 교도소 벽이 존재하지 않는 듯, 그 이상한 신사와 그의 가상 대화는 그곳에서 멀찌감치 떨어진 곳에서 벌어지고 있다는 것을.

"신경쓰지 마시오." 15호 수감자가 어둠 속에서 속삭였다. "밤마다 똑같은 행동을 하니까. 머리가 돌았소. 빌어먹을."

다음날 아침 페르민이 코렐리라는 사람과 한밤의 대화에 대해 묻자 마르틴은 이상하다는 듯 쳐다보며 의미심장한 미소를 지을 뿐이었다. 추위 때문에 도저히 잠들 수 없었던 어느 날 밤, 페르민은 다시 창살로 다가가 마르틴이 눈에 보이지 않는 친구와 얘기하는 소리를 들었다. 그날 밤 페르민은 과감히 그의 말을 가로막았다.

"마르틴? 페르민입니다. 맞은편에 있는 동료요. 괜찮으십니까?"

마르틴이 창살로 다가왔고 페르민은 그의 얼굴이 눈물로 젖어 있는 걸 보았다.

"마르틴 씨, 이사벨라가 누구죠? 좀전에 그녀와 얘기하고 있던데."

마르틴이 한동안 그를 바라봤다.

"이사벨라는 이 개 같은 세상에 남아 있는 유일한 선善이오." 그가 평소답지 않은 무뚝뚝한 어조로 대답했다. "만약 그녀가 없었다면 난 당신에게 불을 질러 한 줌의 재도 남지 않게 활활 타도록 고통을 주었을 거요."

"미안합니다, 마르틴 씨. 귀찮게 할 생각은 없었습니다."

마르틴은 조용히 뒤돌아서서 어둠 속으로 모습을 감췄다. 다음날 피가 흥건하게 고인 바닥에서 떨고 있는 그를 사람들이 발견했다. 베보가 의자에 앉아 졸고 있는 틈을 타 정맥이 드러날 때까지 손목을 돌에 문질러댔던 것이다. 들것에 실려나가는 그의 모습이 너무나 창백해 페르민은 다시는 그를 보지 못할 거라 생각했다.

"그 친구는 걱정 마시오, 페르민." 15호 수감자가 말했다. "다른 사람 같으면 곧장 자루로 직행했을 테지만 교도소장이 마르틴을 죽게 내버려 두진 않을 거요. 아무도 그 이유를 알진 못하지만 말이오."

다비드 마르틴의 감방은 오 주 동안 비어 있었다. 베보가 어린아이처럼 하얀 파자마를 입은 그를 부축해 데려왔을 때 그의 팔에는 팔꿈치까지 붕대가 감겨 있었다. 그는 아무도 기억하지 못했고, 혼잣말을 하거나 실실 웃으며 감방에 돌아온 첫날밤을 보냈다. 베보는 의자를 끌어다 창살 앞에 놓고 밤새 그를 살피며, 관리들의 방에서 훔쳐내 호주머니 속에 감춰두었던 각설탕을 그에게 건네며 속삭였다.

"마르틴 씨, 제발 그런 소리 하지 마시오. 신이 천벌을 내릴 거요."

12호 수감자인 닥터 라몬 사나우하는 과거 종합병원 내과 과장이었다. 성품이 고결하고 강직하며 한때는 사상적 몽상과 격분에 물들었던 사람으로, 양심상 동료들을 밀고하지 않았다 하여 이곳에 보내졌다. 원칙상 교도소 성벽 안에서는 어떤 죄수에게도 식충이처럼 빈둥거리는 것이 허락되지 않았다. 교도소장에게 어떤 이득이 될 경우를 제외하고는. 닥터 사나우하의 경우에는 그 이용 가치가 곧바로 정해졌다.

"유감스럽게도 이곳에 적합한 의료 시설을 마련하지 못했소." 교도소장이 그에게 설명했다. "체제상 우선되어야 할 다른 사안들이 있고, 당신들 중 누군가 감방에서 괴저로 썩어간다면 모를까 그다지 중요하지 않은 게 사실이오. 치열하게 설전을 벌인 끝에 장비는 부족하지만 그나마 구급약 수납장과 얼치기 의사를 공급받기로 했소. 수의과 대학에서조차 청소부로라도 받아들이지 않았을 의사지만 말이오. 하지만 어쨌든 그 정도는 준비되어 있소. 내가 알기로, 당신은 그럴싸한 중립적 태도로 위장하기 전엔 의사로 정평이 나 있던 사람이라고 들었소. 당신과는 상관없는 이유로 난 죄수 다비드 마르틴이 제명대로 살지 못하고 요절할까봐 여간 신경쓰이는 게 아니오. 만약 당신이 협력해 그가 적절히 건강을 유지하도록 돕는다면 실정을 감안해 당신에게 약속하겠소. 이곳에 머무는 동안 보다 편안히 지낼 수 있도록 배려할 것이며, 책임지고 친히 당신 사건을 재검토해 형량을 줄일 수 있도록 힘써보겠다고 말이오."

닥터 사나우하는 고개를 끄덕였다.

"죄수들 하는 소릴 듣자니 마르틴이 정신이 약간 이상해졌다던데, 정말 그렇소?" 교도소장이 물었다.

"제가 정신과 의사는 아니지만 개인적 소견으로 마르틴이 눈에 띄게 정신착란 증세를 보이는 건 분명합니다."

교도소장은 심사숙고했다.

"그렇다면, 의사 소견으론 얼마나 오래갈 거 같소?" 그가 물었다. "얼마나 살 것 같으냔 말이오."

"모르겠습니다. 교도소 환경이 워낙 비위생적이고……"

교도소장은 수긍한다는 듯, 지겨운 표정을 지으며 그를 제지했다.

"그럼, 멀쩡한 상태로는? 마르틴이 언제까지 온전하게 사고할 수 있으리라 보시오?"

"얼마 안 될 겁니다. 제 생각엔."

"알겠소."

교도소장이 담배를 내밀자 닥터 사나우하는 정중히 거절했다.

"당신은 그의 진가를 높이 평가하겠지, 안 그렇소?"

"그 사람에 대해 아는 게 별로 없습니다. 하지만 좋은 사람인 것 같습니다."

교도소장이 엷은 웃음을 띠었다.

"그리고 최악의 작가지. 지금껏 이 나라에 존재했던 작가 중 최악."

"교도소장님이야 문학에 있어 국제적인 전문가시지만 저는 문외한입니다."

교도소장이 냉담하게 바라봤다.

"사소한 무례를 범했다는 이유만으로 사람들을 석 달간 독방에 보낸 적이 있지. 살아남은 자도 거의 없었거니와 살아남았다 해도 마르틴보다 더 심각한 상태가 되어 돌아왔소. 자격증이 있다고 특권이 있으리란 생각은 마시오. 관련 자료를 보니 밖에 아내와 세 딸이 있더군. 당신과 당신 가족의 운명은 내게 가져올 실익에 달려 있소. 내 말뜻 알아듣겠소?"

닥터 사나우하가 침을 꼴깍 삼켰다.

"네, 교도소장님."

"고맙소, 의사 양반."

교도소장은 정기적으로 사나우하에게 마르틴을 살펴보게 했다. 소문에 의하면 그가 교도소에 파견된 인턴을 크게 불신하기 때문이었다. 교활하고 잔꾀가 많은 얼치기 의사는 사망증명서를 작성하느라 바쁘다는 핑계로 보호 관리 의무를 소홀히 하는 것 같았고 결국 얼마 안 가서 내팽개쳐버렸다.

"환자는 경과가 어떻소?"

"허약한 상태입니다."

"그렇군. 그럼 그의 마귀들은? 여전히 혼잣말하며 상상에 시달리고 있소?"

"변한 게 없습니다."

"〈아베세〉지에서 절친한 친구인 세바스티안 후라도가 쓴 훌륭한 글을 읽은 적이 있소. 시인들의 질병인 정신분열증에 대한 기사였지."

"전 그런 진단을 내릴 자격이 없습니다."

"하지만 그를 살릴 순 있지, 안 그렇소?"

"노력은 해보겠습니다."

"노력만으론 충분치 않소. 그 이상의 최선을 다하시오. 무엇보다 당신의 딸들을 한번 생각해보시오. 다들 너무 어리잖소. 제대로 보호받지도 못한 채 궁핍한 생활고에 시달리고 있고. 아직도 저 밖에 숨어 지내는 수많은 좌익분자와 피도 눈물도 없는 냉혹한 자들 때문에 말이지."

시간이 흐를수록 닥터 사나우하는 마르틴을 좋아하게 되었다. 그리고 어느 날 사람들이 모여 앉아 마르틴에게 '천국의 수인'이라는 별명을 붙이며 교도소 내 공인된 미치광이의 헛소리와 정신 상태에 대해 허물없이 농담을 주고받는 동안, 그는 페르민과 담배꽁초를 나눠 피우며 마르틴의 신상에 대해 알고 있는 것을 털어놓았다.

6

"사실대로 말하자면, 이곳에 왔을 때부터 이미 상태가 나빴던 것 같소. 정신분열증에 대해 들어본 적 있소, 페르민? 요즘 교도소장이 좋아하는 새로운 단어요."

"일반인들은 '머리가 돌았다'는 표현을 더 좋아하죠."

"농담이 아니오, 페르민. 정신분열증은 매우 심각한 병이오. 내 전공 분야는 아니지만 몇 가지 증세를 알고 있는데, 환자들은 종종 환청을 듣고 보이지 않는 사람을 보고 일어나지 않았던 사건을 기억하지요…… 지능이 조금씩 손상되어가면서 현실과 환상을 구별할 수 없게 되는 것이죠."

"이 나라 사람 칠십 퍼센트가 그러하듯 말이죠…… 당신은 불쌍한 마르틴이 그런 병을 앓고 있다고 생각하시는 겁니까?"

"확실히는 모르겠소. 이미 말했다시피 내 전공이 아니니까. 하지만 그가 몇 가지 가장 흔한 증세를 보이는 건 분명하오."

"처지가 이러니 그런 질병은 차라리 축복일 겁니다……"

"결코 축복일 순 없소, 페르민."

"그럼 그는 자신이 그런 병에 걸렸다는 걸 알고 있나요?"

"미친 사람에게는 항상 다른 사람들이 정신 나간 것처럼 보이는 법이지."

"내가 말한 칠십 퍼센트의 스페인 사람들도……"

보초 한 명이 성벽 위 작은 망루에서 마치 그들의 입술을 읽기라도 할 듯이 뚫어지게 내려다보고 있었다.

"목소리 낮추시오. 불시에 불호령을 내릴지도 모르니까."

의사는 뒤돌아 마당의 다른 쪽 끝으로 가자는 뜻을 페르민에게 내비쳤다.

"요즘은 벽에도 귀가 있소."

"지금 당장 우리 두 사람이 지혜를 짜낸다면 어쩌면 이곳에서 벗어날 수 있을지도 모릅니다." 페르민이 말했다.

"내가 교도소장의 권고로 마르틴을 처음 진찰했을 때, 마르틴이 내게 무슨 말을 건넸는지 아시오?"

"박사님, 이 교도소에서 벗어날 수 있는 유일한 탈출 방법을 찾아낸 것 같습니다."

"어떤 방법 말입니까?"

"죽는 겁니다."

"보다 현실적인 다른 방법은 없습니까?"

"『몽테스크리토 백작』을 읽어보셨나요?"

"어렸을 때요. 지금은 거의 기억이 나지 않습니다."

"그러면 그 책을 다시 읽어보십시오. 거기에 모두 나와 있으니까."

"사실 당신에게 이런 말을 하고 싶진 않지만, 소장이 교도소 도서관에서 알렉상드르 뒤마의 책과 디킨스, 갈도스 그리고 다른 많은 작가들의 책들을 모두 치워버렸소. 교육받지 않은 일반 서민이 즐길 만한 것이 못 되는 쓰레기 같은 작품들이라면서 말이오. 그런 다음 미발표된 자신의 창작물과 몇몇 지인들의 소설과 이야기 전집으로 대체시켰고, 인쇄 기술이 있던 죄수 발렌티에게 가죽 장정을 지시했소. 발렌티는 그 작업에 혼신의 힘을 다했는데, 소장은 정교한 자신의 산문을 조롱했다는 이유로 1월에 닷새 밤 동안 안마당에서 비를 맞게 해 그를 얼어 죽게 만들고 말았소. 발렌티는 마르틴식으로 용케 이곳에서 탈출한 거지. 죽어서 말이오.

교도관들의 대화 내용을 우연히 엿듣다가 알게 됐는데, 다비드 마르틴은 교도소장 본인의 요청으로 이곳 교도소에 이송됐다더군요. 어느 누구도 그가 했다고 믿지 않을 일련의 범죄 혐의로 처음에는 모델로 교도소에 수감됐었다고 해요. 교도관들은 또 마르틴이 질투에 눈이 멀어 자신의 스승이자 가장 좋은 친구이며 마찬가지로 작가였던 페드로 비달이라는 부유한 신사와 그의 아내 크리스티나를 살해했다고 하더군요. 그 외에도 많은 경찰관과 내가 모르는 더 많은 사람들을 무참히 죽였다고도 했소. 최근에는 사실 많은 사람들이 생각지도 못한 많은 죄목으로 고소를 당하고 있어요. 난 마르틴이 살인범이라는 게 믿어지지는 않지만, 사실 전쟁중에 양 진영의 많은 사람들이 가면을 벗고 자신들이 정말 어떤 사람인지 드러내는 걸 봤소. 모두가 다 돌을 던져놓고는 이웃을 손가락질하는 거죠."

"저도 잘 아는 바입니다." 페르민이 말했다.

"문제는 비달이라는 사람의 부친이 주체할 수 없을 정도로 재력이 있는 기업가이자 국민전선의 중요한 은행가들 중 한 사람이라는 거요. 대체 은행가들은 어떻게 모든 전쟁을 자기편으로 끌어들일 수 있을까요? 아무튼 결국 재계의 거물 비달은 마르틴을 찾아내 자신의 아들과 며느리에게 한 짓에 대한 대가로 확실히 교도소에서 썩게 해달라고 직접 법무부에 요청했소. 마르틴은 외국에서 삼 년 가까이 떠돌다가 국경 부근에서 잡힌 모양이고. 자신을 호되게 질타하려고 벼르고 있는 스페인에 돌아왔을 때 그는 정신이 아주 이상해져 있었소. 더 안 좋았던 것은 그가 돌아온 때가 전쟁 말기, 수천 명의 사람들이 역으로 국경을 넘어 이 나라로 들어오는 시기였다는 거요."

"도망치다보면 신물이 나기도 하죠." 페르민이 말했다. "갈 곳이 없을 땐 세상이 아주 좁게 느껴지거든요."

"마르틴도 분명 그렇게 생각했던 것 같소. 어떻게 국경을 넘었는진 모르지만 푸이그세르다라는 지역 사람들이 누더기 옷을 걸친 채 혼잣말을 하면서 며칠 동안 마을을 헤매고 다니는 그를 보고 민병대에 신고를 했다 하오. 몇몇 목동은 마을에서 약 이 킬로미터 떨어진 볼비르로 가는 길에서 그를 보았다고 진술했소. 부상병들을 위한 숙소로 이용되던 토레 델 레메이라는 오래된 대저택이 있는 곳이었지요. 여인들이 맡아 운영을 했는데 아마도 마르틴을 불쌍히 여기고, 그를 민병대원으로 생각해 잘 곳과 음식을 제공한 듯싶소. 추격자들이 그를 찾으러 갔을 때는 이미 모습을 감춘 뒤였지만, 그날 밤 꽁꽁 언 호수에 들어가 돌로 얼음에 커다란 구멍을 내고 있는 것을 현장에서 체포했다 하오. 처음엔 그가 자살 시도를 한 것으로 생각해 비야 산 안토니오 요양원으로 호송했는데, 의사가 진찰을 한 후, 어찌 된 영문인지 모르겠지만 그의 이름이 군사령관의 귀에 들어갔고, 그러자 그는 바르셀로나로 이송되었소."

"위험한 늑대의 입속으로겠죠."

"그렇다고 말할 수 있겠지요. 재판은 이틀도 걸리지 않았소.

그에게 씌워진 죄목은 끝이 없었고, 혐의를 인정할 단서나 증거가 거의 없었음에도 불구하고 무슨 이유에서인지, 검사는 수많은 증인들이 그에게 불리한 진술을 하게 했소. 법정에 열두 명의 사람들이 증인으로 출두했고, 그들은 마르틴을 극도로 증오해 재판관까지도 경악케 했는데, 짐작건대 아버지 비달로부터 뇌물을 받은 사람들 같았소. 한때 〈기업의 소리〉라는 변변찮은 신문에 같이 몸담았던 옛 동료들이자 불만스럽고 시기심이 강한 카페의 문인들은 시궁창에서 빠져나와, 마르틴이 기소당한 모든 죄와 그 이상의 죄를 범한 장본인이라고 맹세했소. 이런 경우 일이 어떻게 돌아가는지 당신은 이미 알 거요. 재판관의 명령과 아버지 비달의 의견에 따라 그의 모든 작품이 압수됐고, 반체제적 자료이자 도덕과 미풍을 해치는 음서로 낙인찍혀 불살라졌소. 하지만 마르틴은 재판에서 자신이 지지하는 유일한 미풍은 독서이며 그 밖의 것은 각 개인의 문제라고 진술했고, 이에 재판관은 이미 그에게 선고된 형량에 또다시 십 년을 추가했소. 침묵을 지키는 대신 자신에게 묻는 질문에 기탄없이 대답하여 결국 스스로 제 무덤을 판 형국이 된 것이지요."

"이런 세상에서는 진실을 말하는 걸 빼고는 모든 것이 용서되는 법이죠."

"문제는 그들이 그에게 종신형을 선고했다는 거요. 비달의 수중에 들어간 〈기업의 소리〉는 마르틴의 범행을 상세히 다룬 기사와 사설까지 실었소. 논설위원이 과연 누구였을지 알아맞혀보시오."

"위대하신 교도소장, 마우리시오 발스!"

"맞소. '최악의 작가에 대한 이야기'라는 제목으로 '인류와 고상한 취향에 대한 모욕'이 된다는 이유로 그의 책들이 파기되어버린 걸 축하했소."

"사람들이 카탈루냐 음악당*을 두고 했던 말이네요. 이 나라에도 세계적 지성의 정예가 있나봅니다. 우나무노**는 이런 말을 한 적이 있죠. '창조는 다른 이들이 하고 우리는 의견을 말한다!'"

"결백하건 그렇지 않건, 공공연히 굴욕을 당하고 자신이 쓴 모든 작품이 한 장 한 장 소각되는 걸 현장에서 목도한 후 마르틴은 모델로 교도소의 감방에 수감되었소. 교도소장이 그 사건에 지나치리만큼 관심을 보이며 이상하게도 마르틴에게 집착하여 그의 일건서류를 살핀 후 송치 요청을 하지 않았다면 그는 그곳에서 아마 수주일 내 죽었을 거요. 마르틴은 이곳에 도착한 날 발스가 자신을 사무실에 불러 연설을 늘어놓았다고 했소."

---

* 1908년에 개관한 도메네크 이 몬타네르의 최고 걸작. 카탈루냐 신흥 부르주아들의 지원으로 전통적 스타일에서 벗어나 최첨단 기술과 벽돌, 타일, 유리, 철 등 새로운 소재를 사용해 지은 화려하고 정교하며 장식성이 강한 모더니즘 건축. 기능주의와 표현주의가 결합된 실험적 작품으로 평가받았다.

** 미겔 데 우나무노(1864~1936). 스페인의 소설가이자 사상가.

“마르틴, 당신은 유죄를 선고받은 범인이고 분명 반체제적인 신념을 지닌 불온분자이지만 우리에겐 약간의 공통점이 있소. 우리 둘 다 문인이니까. 비록 당신이 지적인 지도자가 없는 무지한 대중들을 위해 형편없이 조악한 글이나 쓰는 데 평탄치 않은 인생을 바치기는 했지만, 어쩌면 나를 도움으로써 실수를 만회할 수 있을 거라 생각하오. 내게는 최근 몇 년 동안 저술한 소설과 시 작품들이 있소. 문학적 수준이 대단하지만 안타깝게도 불학무식한 이 나라에선 그 가치를 인정하고 존중해줄 독자들이 과연 삼백 명 이상이나 있을지 아주 의심스럽소. 그래서 대중이 전차 안에서 가볍게 읽을 수 있는 추잡한 글이나 쓰는 당신이 나를 도와서 이 나라 독자들의 하찮은 수준에 맞게 내 작품을 약간 손보면 어떨까 생각해봤소. 당신이 기꺼이 협력한다면 장담하건대 이곳에서 훨씬 더 즐거운 생활을 할 수 있도록 보장하겠소. 더불어 당신 사건이 재개되도록 힘쓰겠소. 당신의 애인이…… 이름이 뭐였더라? 아, 그래, 이사벨라. 개인적인 견해를 밝히자면 참으로 아름다운 여인이오. 그런데 당신 애인이 나를 찾아와 브리앙스라는 젊은 변호사를 고용했고, 용케 당신 변호에 필요한 돈을 모았다고 하더군. 우리 서로 진실을 외면하지 맙시다. 사실 당신 사건에 아무런 근거가 없고 논란의 여지가 있는 증거로 당신에게 유죄 판결이 내려졌다는 것을 우리 두 사람은 알고 있잖소. 마르틴, 당신은 사람들을 적으로 만드는 데 대단한 재능이 있는 것 같소. 내 확신하는데, 당신이 알지도 못하고 존재하지도 않는 이들까지 포함해서 말이오. 하지만 날 당신의 또다른 적으로 만드는 실수는 범하지 마시오, 마르틴. 난 그런 불운한 사람들 중 하나가 아니니까. 이곳, 성벽 안에서 나라는 사람은, 쉽게 말하자면 곧 신이오."

"마르틴이 교도소장의 제안을 수락할지 어떨지 모르겠지만, 난 받아들였으면 하오. 그는 목숨을 이어가고 있고, 분명 우리의 특별한 신께선 적어도 당분간 그 상태가 유지되길 바라실 테니 말이오. 게다가 그의 감방에 필기도구를 제공했으니 우리의 교도소장은 자신의 걸작을 개작하도록 만들어 그토록 갈망하던 문학적인 호평을 받으며 명예의 전당에 발을 들여놓게 될 거요. 사실, 난 어떻게 해야 할지 모르겠소. 내 보기에 불쌍한 마르틴은 신발 치수도 다시 쓰지 못할 상태에 있으니 말이오. 그리고 그는 자신의 머릿속에 만들어놓은 일종의 연옥에 빠져 양심의 가책과 고통에 괴로워하며 대부분의 시간을 보내고 있소. 전공이 내과이니 내가 진단할 수 있는 것은 아니지만……"

7

닥터 사나우하가 들려준 이야기는 페르민에게 강한 호기심을 자아냈다. 승산 없는 소송을 끈질기게 물고 늘어지듯, 그는 자발적으로 조사하고 마르틴에 대해 좀더 알아낸 뒤 이 기회에 알렉상드르 뒤마식의 '죽음을 통한' 도주 계획을 완성시키기로 결심했다. 생각하면 할수록, 적어도 그 문제에 대해서만큼은 '천국의 수인'이 사람들이 보는 것처럼 그렇게 미치진 않았다는 생각이 들었던 것이다. 교도소 안마당에서 자유 시간을 보낼 때면 언제나 페르민은 교묘하게 마르틴에게 다가가 말을 걸려고 했다.

"페르민, 당신과 내가 연인관계나 다름없다고 생각하던 참이오. 내가 뒤돌아설 때마다 그곳에 당신이 있으니 말이오."

"죄송합니다, 마르틴 씨. 실은 아주 궁금한 게 있어서요."

"그래, 대체 뭐가 그리 궁금한 거요?"

"글쎄, 단도직입적으로 말해서 당신같이 점잖은 사람이 왜 그 구역질 나고 허영심 가득한 얼뜨기를 돕겠다고 했는지 도무지 이해가 되지 않습니다. 젊은 교도소장은 문단에 들어가려고 교활하게 잔꾀를 부리는 거잖습니까."

"저런, 당신은 말을 에둘러댈 줄 모르는군요. 그리고 이곳엔 비밀이 없는 것 같고."

"사실 저는 사악한 음모를 파헤치거나 기타 탐정 활동을 수행하는 데 특별한 재능이 있습니다."

"그럼 내가 점잖은 사람이 아니라 범죄를 저지른 죄인이라는 것도 알겠네요."

"그건 판사의 말이죠."

"더불어 일단의 증인들 중 반절이 맹세했지요."

"무법자에게 매수된 자들과 시새움 많고 편협한 사고를 지닌 야비한 자들이죠."

"말해보시오, 페르민. 당신이 모르는 게 있긴 하오?"

"엄청 많죠. 하지만 요즘 저를 수렁에서 옴짝달싹 못하게 만드는 건 왜 당신이 그 건방진 얼간이와 거래를 했느냐는 겁니다. 그런 사람들은 이 나라 타락의 근원입니다."

"그런 사람들은 도처에 널려 있소, 페르민. 어느 누구에게만 특허가 있는 일이 아니오."

"하지만 이곳에서만은 상황이 다르죠."

"그렇게 속단하진 마시오. 교도소장은 이 모든 우스꽝스러운 상황 속에서, 보이는 것보다 훨씬 더 이해하기 어려운 사람이오. 그리고 무엇보다, 당신 표현대로 그 시건방진 얼간이는 아주 힘 있는 사람이잖소."

"신이라고 했다면서요."

"이 특별한 연옥에선 틀리다고만 할 순 없을 거요."

페르민은 코를 찡그렸다. 그런 소리를 듣는 게 마음에 들지 않았다. 마르틴은 마치 패배를 인정하는 와인을 음미하고 있는 것 같았다.

"당신을 협박했나요? 그래요? 당신에게 또 무슨 짓을 할까요?"

"내겐 아무 짓도 할 수 없소. 비웃는 것 외에는. 하지만 바깥의 다른 사람들에겐 큰 타격을 줄 수 있겠지."

페르민이 한동안 침묵했다.

"미안합니다, 마르틴 씨. 심기를 불편하게 할 마음은 없었습니다. 제가 생각이 짧아 미처 그 생각은 못했습니다."

"언짢지 않소, 마르틴. 오히려 그 반대지. 당신이 아주 너그러이 내 사정을 봐주고 있다고 생각하오. 당신이 보여준 선의는 나보다 당신에 대해 훨씬 더 많은 것을 말해주니까요."

"그 아가씨군요, 그렇죠? 이사벨라."

"아가씨가 아니라 부인이오."

"결혼하신 줄 몰랐네요."

"안 했소. 이사벨라는 내 아내가 아니오. 내 애인도 아니고. 당신이 생각하고 있는 게 그런 것이라면 말이오."

페르민은 입을 다물었다. 마르틴의 말을 의심하고 싶진 않았지만 그녀에 대해 말할 때 풍기는 미묘한 뉘앙스에서 의심의 여지 없이 명백하게 느낄 수 있었다. 불쌍한 마르틴은 그 아가씨인지 부인인지를 저 바깥세상에 있을 때 가장 좋아했고, 어쩌면 그가 그 비참한 구렁텅이에서 살아갈 수 있었던 유일한 존재 이유였다는 것을. 그런데 정작 그 자신은 까맣게 모르는 것 같아 너무 안타까웠다.

"이사벨라와 그녀의 남편은 서점을 운영하고 있소. 어릴 적부터 내게 늘 아주 특별한 의미를 주었던 곳이오. 교도소장은 자신의 요구를 들어주지 않으면 불온서적을 판매한 혐의로 그들을 고발하여 가게를 몰수하고 둘 다 투옥시킨 다음 세 살도 채 안 된 그들의 아들을 빼앗겠다고 위협했소."

"이런 개 후레자식 같으니라고."

"그럴 것 없소, 페르민." 마르틴이 말했다. "이건 당신의 문제가 아니오. 내 문제요. 내가 한 행동에 달게 벌을 받는 거요."

"당신은 아무 짓도 하지 않았잖아요, 마르틴."

"당신은 날 모르잖소, 페르민. 사실 알 필요도 없고. 당신이 전력투구해야 할 일은 이곳에서 탈출하는 거요."

"그건 별도로 제가 묻고 싶었던 내용입니다. 전해 듣기론 이 똥통에서 빠져나갈 실험적인 방법을 모색중이라고 하던데, 비록 몸이 부실하고 여위었지만 열정 넘치는 실험 대상이 필요하다면 제가 지원하고 싶습니다."

마르틴은 생각에 잠긴 얼굴로 그를 관찰했다.

"뒤마의 작품을 읽어보셨소?"

"처음부터 끝까지요."

"보아하니 정말 그런 것 같군요. 그렇다면, 머잖아 때가 되면 사태를 예측할 수 있을 거요. 내 말을 잘 들으시오."

8

페르민이 교도소 생활을 한 지 육 개월이 되었을 무렵, 일련의 사건들이 발생하더니 그의 삶을 송두리째 바꿔놓았다. 그 첫번째 사건은, 히틀러와 무솔리니 그리고 그들의 벗이 전쟁을 승리로 이끌어 유럽이 곧 프랑코 총통의 팬티와 똑같은 색을 띠게 될 거라는 믿음이 계속되고 있던 그 기간 동안, 아무런 제약 없이 급증한 폭력배와 밀고자 그리고 신임 정치위원 들로 인해 수감되고 체포되고 기소되거나 행방불명된 시민들의 숫자가 사상 최고 수준에 달하게 된 것이었다.

하지만 국가의 교도소는 충분치 않았고, 군 당국은 패배의 고배를 마시며 비참해진 바르셀로나에 넘쳐났던 수많은 죄수들을 흡수하기 위해 몬주익 교도소 집행부에 수용 인원을 두 배 혹은 세 배까지 늘리도록 명령했다. 그리하여 교도소장은 일요일 유창한 연설중에 이 시간 이후 교도소 정책이 바뀌어 감방을 함께 사용해야 한다고 죄수들에게 공지했다. 닥터 사나우하는 마르틴의 감방으로 들어가게 되었는데, 짐작건대 그를 감시하고 충동적인 자살을 방지하기 위해서였다. 페르민은 13호 감방을 바로 옆방의 선임인 14호 수감자와 함께 써야 했고, 이렇게 2인 1실 체제가 연이어졌다. 복도의 죄수들은 모조리 짝을 이루며, 매일 밤 호송차에 실려 모델로 교도소나 캄포 데 라 보타 교도소에서 이감되는 신참들에게 자리를 내줬다.

“당신보다 내가 더 달갑잖으니 그런 표정 짓지 마시오.” 14호 수감자가 자신의 새로운 동료와 짐을 나르면서 경고했다.

“미리 말하는데 공기연하증空氣嚥下症 때문에 속이 불편해 괴로워서 그러는 겁니다.” 페르민이 대들었다. “버팔로 빌이나 된 듯이 허세 부리지 말고 예의바르게 행동하십시오. 그리고 오줌은 벽에 튀기지 말고 똑바로 누고요. 그렇지 않으면 어느 날 얼굴에 버섯이 뒤덮인 채 아침을 맞이하게 될 테니까 말입니다.”

14호는 닷새 동안 페르민에게 말도 걸지 않았다. 하지만 결국 페르민이 새벽녘에 내뿜은 유황 방귀냄새에 지칠 대로 지쳐 전략을 바꾸었다.

“이미 경고했잖습니까.” 페르민이 말했다.

“알았소. 항복하지. 내 이름은 세바스티안 살가도요. 직업은 노동조합 운동가. 이제 악수하고 사이좋게 지냅시다. 그런데 제발 부탁이니 방귀 좀 그만 뀌시오. 환상에 시달리고 찰스턴* 춤을 추는 '슈거 보이'**의 꿈을 꾼단 말이오."

페르민은 살가도와 악수를 나누며 그의 새끼손가락과 약지가 없다는 걸 알아차렸다.

"페르민 로메로 데 토레스입니다. 어쨌든 만나서 반갑습니다. 직업은 카탈루냐 자치주 정부 소속 카리브해 지역의 첩보원입니다. 지금은 한물갔지만 서지학에 능하고 미술 애호가이기도 하죠."

살가도가 고락을 함께할 새 동료를 바라보더니 눈을 휘둥그렇게 떴다.

"사람들이 실성한 사람은 마르틴이라고 하던데."

"실성한 사람은 자신이 멀쩡하다고 생각하고, 바보들을 보면서 자신은 저렇지 않다고 믿지요."

살가도가 맥이 풀린 듯 고개를 끄덕였다.

두번째 사건은 수일 후 보초 두 명이 해질녘에 그를 찾아온 것

---

* 1920년대 미국에서 유행한 빠른 템포의 사교 댄스.

** 스페인 카탈루냐의 무정부주의적 노동조합 운동가인 살바도르 세기를 지칭한다. '슈거 보이'는 커피를 마시기 전 각설탕을 먹는 그의 습관 때문에 붙여진 별명이다.

이었다. 베보는 감방 문을 열면서 애써 근심을 감추려고 했다.

"너, 갈비씨, 일어나." 보초 한 명이 우물거렸다.

살가도는 순간 자신의 기도가 받아들여져 페르민이 총살대로 향하게 되는가보다 생각했다.

"용기 내시오, 페르민." 그는 입가에 미소를 지으며 응원했다. "신과 스페인을 위해 죽는 건 근사하기 이를 데 없는 일이니까."

두 명의 보초가 페르민을 꽉 붙들고 손발에 수갑을 채웠다. 그리고 침통해하는 수감동의 죄수들과 너털웃음을 치는 살가도의 눈앞에서 질질 끌고 갔다.

"이제부터 넌 방귀도 뀌지 못할 거야!" 야유를 보내는 살가도의 웃음소리가 뒤에서 귀청을 때렸다.

9

그는 미로 같은 터널을 지나 기다란 복도까지 안내되었고, 그 끝에는 커다란 목조 문이 있었다. 페르민은 욕지기를 느끼면서 자신의 고달픈 인생 여정이 거기까지이고, 그 문 뒤로 자신을 기다리고 있는 푸메로가 용접토치로 마침내 구속 없는 밤을 선사할 거라고 중얼거렸다. 하지만 놀랍게도 문에 다다르자 보초 한 명이 수갑을 풀었고, 다른 한 명은 조심스럽게 노크를 했다.

"들어와." 익숙한 목소리가 대답했다.

이렇게 해서 페르민은 교도소장의 집무실에 들어가게 되었다. 보나노바의 어느 대저택에서 몰래 훔쳐온 양탄자와 고급 가구로 호화롭게 장식된 방이었다. 거기에 독수리*와 문장紋章 그리고 글귀가 새겨진 스페인 국기와 여배우 마를레네 디트리히의 광고 사진보다 더 정성껏 손본 프랑코 총통의 초상화 그리고 책상 뒤에서 미소를 지으며 수입 담배와 브랜디를 음미하고 있는 교도소장 마우리시오 발스가 완전한 무대 배경을 이루고 있었다.

"앉게. 두려워 말고." 교도소장이 자리를 권했다.

페르민은 자신 옆에 은쟁반이 놓여 있는 걸 깨달았다. 고기와 완두콩 그리고 따끈한 버터크림 냄새를 풍기며 김이 모락모락 피어나는 진한 감자 수프가 담겨 있었다.

"신기루가 아니네." 교도소장이 부드럽게 말했다. "자네 저녁이야. 마음에 들길 바라네."

1936년 7월 이래 그와 같은 경이적인 광경은 본 적이 없었기에, 페르민은 음식물이 사라지기 전에 걸신이라도 들린 사람처럼 허겁지겁 입에 쑤셔넣었다. 교도소장은 잔뜩 멋을 부린 머리를 일 분에 한 번씩 매만지며 다른 한 손에는 담배를 든 채 그를 쳐다보았다. 위선적인 미소 뒤에는 혐오와 경멸이 어려 있었다. 페르민이 식사를 마치자 발스가 보초들에게 나가 있으라고 손짓했다. 둘만 남자, 페르민은 무장 호위 속에 있는 것보다 훨씬 더 불길한 느낌에 사로잡혔다.

"페르민, 맞지?" 때마침 교도소장이 불쑥 말문을 열었다.

---

* 1938년부터 스페인 국기에 독수리가 들어갔는데, 1981년 수정을 가해 현재 스페인 국기에는 독수리가 없다.

페르민이 천천히 고개를 주억거렸다.

"왜 자네를 불렀는지 궁금하겠군."

페르민이 의자에서 몸을 움츠렸다.

"걱정할 것 하나도 없네. 오히려 정반대야. 난 자네의 생활 조건을 개선시켜주려고 불렀거든. 그리고 누가 아나? 혹시 자네의 판결을 재검토할지. 우리 두 사람 모두 자네가 받고 있는 혐의가 오래가지 않을 것임을 아니까 말이야. 문제는 시간이 흐르고 큰 소동이 많이 일어나다보면 그 흙탕물 속에서 이따금 어이없게도 순진한 사람이 죄인이 범한 잘못을 대신 받게 된다는 거야. 그것이 국가 재건을 하면서 치러야 할 대가 아니겠나. 그렇지만 그 생각과는 별개로 난 자네 편이라는 걸 알아줬으면 좋겠네. 나 역시 어떤 의미에선 자네들과 마찬가지로 이곳의 죄수이기도 하니까. 우리 둘 다 가능한 한 빨리 이곳에서 벗어나고 싶을 테니 서로 도울 수 있다고 생각하네. 담배 피울 텐가?"

페르민이 소심하게 받아들였다.

"괜찮으시다면 보관해뒀다가 나중에 피우겠습니다."

"물론이지. 자, 담뱃갑을 챙겨두게."

페르민은 호주머니에 담뱃갑을 집어넣었다. 교도소장이 빙긋이 웃으며 책상 위로 몸을 숙였다. 동물원에 가면 이자를 닮은 뱀이 있지, 페르민은 생각했다. 그 뱀이야 쥐만 잡아먹지만.

"새로운 감방 동료는 어떤가?"

"살가도요? 친합니다."

"교도소에 들어오기 전에 그 성질 더러운 놈이 무장강도이자 공산당의 청부 살인업자였다는 걸 자네가 아는지 모르겠군."

페르민이 고개를 가로저었다.

"노동조합 운동가라고 소개하던데요."

발스가 나지막이 웃었다.

"1938년 5월 그는 혼자서 보나노바 거리에 있는 빌라호아나 일가의 집에 살그머니 들어가 가족들을 몰살했네. 다섯 명의 아이들과 네 명의 가정부 그리고 여든 넘은 노친네까지 포함해서 말이야. 빌라호아나 일가가 어떤 사람들인지 알고 있나?"

"글쎄요……"

"보석상 집안이네. 범행 당시 집 안엔 총 이만 오천 페세타 상당의 보석과 경화가 있었지. 지금 그 돈이 어디 있는지 아나?"

"모르는데요."

"자네도 모르고 아무도 모르네. 그걸 아는 유일한 사람은 바로 자네 동료 살가도지. 그는 그걸 프롤레타리아 계급에 건네지 않고 전쟁이 끝나면 호사스러운 생활을 하려고 숨겨두었네. 하지만 어림 반 푼어치도 없는 일이야. 그런 일은 절대 일어나지 않을 테니까. 그자가 털어놓을 때까지, 아니면 자네 친구 푸메로가 그를 아작낼 때까지 이곳에서 한 발짝도 나가지 못하게 우리가 잡아둘 거거든."

페르민은 고개를 끄덕이며 상황을 종합적으로 추론해보았다.

"그의 왼손 손가락 두 개가 없는 건 이미 알고 있습니다. 그래서 좀 이상하다고 생각했죠."

"언제 한번 속바지를 내려보라고 하게. 다른 것들도 없다는 걸 알게 될 걸세. 자백을 완강하게 거부해서 쓸데없는 고생을 겪고 있지."

페르민이 침을 꿀꺽 삼켰다.

"내가 그런 잔학한 행위를 혐오스러워한다는 걸 알아줬으면 좋겠군. 이것이 내가 자네를 이곳으로 부른 첫번째 이유야. 살가도를 자네 감방으로 이동시킨 이유이기도 하고. 사람들은 이야기를 나누면서 서로를 이해하게 되니까. 빌라호아나 일가의 약탈품을 포함해 최근 몇 년 동안 도둑질과 범행을 저지르면서 얻은 것들을 대체 어디에 숨겼는지 자네가 염탐해줬으면 하네."

페르민은 심장이 쿵 하고 발밑까지 내려앉는 듯한 느낌이었다.

"다른 이유는요?"

"두번째 이유는 최근 들어 자네가 다비드 마르틴과 매우 친하게 지낸다는 걸 알게 됐다는 거지. 고무적인 일이긴 하네. 우정이란 인간을 기품 있게 하고 죄수들의 사회 복귀에 도움이 되는 참으로 가치 있는 행동이야. 마르틴이 작가라는 걸 자네가 아는지 모르겠군."

"그에 관해서 약간 들은 바가 있습니다."

교도소장이 싸늘한 눈길을 그에게 던졌지만 이내 타협하는 듯한 미소를 지었다.

"실은 마르틴이 나쁜 사람은 아닌데 많은 일에 있어서 잘못 판단하고 있어. 자신이 불순한 사람과 비밀 들을 보호해야 한다는 순진한 생각에 빠져 있다는 게 그중 하나고."

"정말 이상하고 별난 사람입니다."

"그렇지. 그래서 자네가 두 눈 부릅뜨고 귀 쫑긋 세우고 그의 곁에 있으면서 그자가 말하고 생각하고 느끼는 것을 내게 말해 주면 좋겠다고 생각했네. 필시 뭔가 자네에게 언급했거나 주의를 끈 것이 있을 텐데."

"교도소장님이 그렇게 말씀하시니 생각나는데, 최근에 팬티 자국 때문에 사타구니에 생긴 종기로 상당히 괴로워하고 있습니다."

교도소장이 한숨을 내쉬더니 달갑지 않은 사람에게 친절을 베푸는 일이 너무 짜증스럽다는 듯 고개를 절레절레 저었다.

"이봐, 얼간이. 우린 수단방법 가리지 않고 일처리를 할 수 있어. 나야 최대한 분별 있게 행동하려고 애쓰는 사람이지만 이 수화기를 드는 것만으로도 네 친구이자 고문기술자인 푸메로가 삼십 분 안에 이곳으로 달려올 거야. 최근에는 용접토치 외에도 지하실 독방 한쪽에 가구 제작용 도구 상자를 갖다놓고 그것으로 장난감을 만든다고 하더군. 내 말뜻 이해하겠나?"

페르민은 부들부들 떨리는 두 손을 애써 맞잡았다.

"아주 잘 알아들었습니다. 죄송합니다, 교도소장님. 고기를 먹어본 지 너무 오래되어서 갑작스러운 단백질 섭취로 머리가 잠시 이상해졌나봅니다. 다시는 그런 일 없을 겁니다."

교도소장이 엷은 웃음을 띠며 마치 아무 일도 없었던 듯 이야기를 계속했다.

"특히, 그가 혹시 '잊힌 책들의—아니, '죽은 책들'이던가—묘지'를 언급한 적이 있는지 알고 싶네. 대답하기 전에 먼저 차분히 잘 생각해보게. 마르틴이 언젠가 그곳에 대해 말하지 않았나?"

페르민이 고개를 저었다.

"맹세하는데 마르틴 씨에게서든 누구에게서든 제 평생 그런 곳에 대해선 들어본 적이 없습니다만……"

교도소장이 그에게 윙크했다.

"자네를 믿지. 그럼 차후 마르틴이 그곳에 대해 언급하면 내게 전하게. 그리고 언급하지 않는다면 자네가 먼저 그 이야기를 꺼내 그게 어딘지 슬쩍 물어보게."

페르민이 여러 번 고개를 주억거렸다.

"또 한 가지 더. 만약 내가 그자에게 부탁했던 일에 대해 마르틴이 말을 꺼내면 무엇보다 그가 존경해 마지않는 어떤 여자분의 행복을 위해 그리고 그 남편과 아들을 위해 맡은 바 소임을 다해 충실히 걸작을 쓰는 게 본인 신상에 좋을 거라고 일깨워주게."

“이사벨라 부인을 말씀하시는 겁니까?” 페르민이 물었다.

“아, 벌써 그녀에 대해 말했나보군…… 자네도 그녀를 한번 만나볼 필요가 있겠어.” 그가 손수건으로 안경을 닦으며 말했다. “젊지. 아주 젊은 숙녀야. 까무잡잡한 피부의 여학생 같아…… 불쌍한 마르틴을 위해 애원하면서 지금 자네가 앉아 있는 바로 그 의자에 얼마나 자주 앉았었는지 자넨 모를 걸세. 찾아와서 내게 뭘 줬는지 굳이 말하진 않겠네. 난 엄연한 신사니까. 하지만 우리끼리 하는 말인데, 마르틴에 대한 그 계집의 눈물 어린 헌신은 말짱 다 거짓말이야. 위선이라고. 다니엘이라는 갓난아이가 남편의 자식이 아니라 마르틴의 자식이라는 데 내기를 걸어도 좋아. 하여튼 마르틴은 문학에 있어선 취향이 최악이지만 헤픈 여자를 고르는 데는 타의 추종을 불허할 정도로 아주 훌륭해.”

교도소장은 마음에 들지 않는 불가해한 시선으로 죄수가 자신을 관찰하고 있다는 걸 깨닫고 말을 멈췄다.

“뭘 봐!”

손가락 관절로 책상을 쾅 내리치자 페르민 뒤에서 문이 벌컥 열렸다. 두 명의 보초가 양옆에서 그의 팔을 단단히 붙잡고 의자에서 일으키자 두 발이 바닥에 닿지 않았다.

“내가 했던 말을 명심하게.” 교도소장이 말했다. “한 달 안에 자네가 다시 그곳에 앉아 있는 걸 봤으면 좋겠군. 성과를 가져오면 형량 단축에 힘써주겠다고 약속하지. 하지만 그렇지 않을 시엔 지하실 독방을 예상해야 할 거야. 물론 푸메로와 그의 장난감도 함께. 알아들었나?"

"하나도 빠짐없이 잘 알았습니다."

이후 교도소장은 따분한 표정을 짓더니 부하들에게 손짓해 죄수를 데려가도록 했다. 그리고 브랜디잔을 단숨에 들이켰다. 연일 밤낮으로 저 천박하고 타락한 최하층민들을 상대해야 하는 현실에 신물이 났던 것이다.

10

1957년 바르셀로나

“다니엘, 얼굴이 백지장처럼 하얘.” 너무나 충격적인 이야기에 멍하니 있던 나를 정신 차리게 하면서 페르민이 속삭였다.

지금 우리가 앉아 있는 칸 유이스 식당과 그곳까지 오면서 지나왔던 모든 거리들이 순식간에 사라져버렸다. 눈에 보이는 거라곤 몬주익 성에 있는 그 집무실과 내 어머니를 함부로 욕보이며 왈칵 나를 성나게 만든 그 남자의 얼굴뿐이었다. 여태껏 한 번도 알지 못했던 분노가 가슴속에서 뜨겁게 용솟음치면서 이글이글한 독기를 뿜어내는 걸 느꼈다. 잠시 동안, 무엇보다 먼저 천하에 막돼먹은 그 작자를 내 면전에 데려다놓고 멱살을 틀어쥔 채 모가지를 비틀고 눈동자의 실핏줄이 들여다보일 정도로 가까이에서 낯짝을 보고 싶었다.

"다니엘……"

나는 잠시 눈을 감고 깊이 숨을 들이마셨다. 다시 눈을 뜨자 나는 칸 유이스에 돌아와 있었다. 페르민 로메로 데 토레스는 풀이 죽은 얼굴로 나를 바라봤다.

"미안해, 다니엘." 그가 머뭇거리며 말했다.

입안이 바싹바싹 타들어갔다. 나는 물 한 잔을 벌컥벌컥 마셨다. 말문이 트이기를 바라면서.

"미안해할 것 없어요, 페르민. 내게 말한 그 무엇도 아저씨 잘못은 아니니까요."

"처음부터 네게 이야기를 꺼낸 것 자체가 잘못이야." 들릴락 말락 한 목소리로 그가 말했다.

그는 감히 나를 똑바로 쳐다볼 수 없는 듯 시선을 떨어뜨렸다. 그 사건을 머릿속에 떠올리고 내게 진실을 털어놓을 수밖에 없어 고통스러웠을 그의 마음을 십분 이해했다. 너무 엄청난 진실이라서 날 사로잡은 원한이 도리어 낯부끄럽게 느껴졌다.

"페르민, 날 봐요."

그제야 페르민이 곁눈질로 바라봤고, 나는 그에게 옅은 미소를 지었다.

"진실을 말해줘서 얼마나 고마운지 몰라요. 그리고 이 년 전에 왜 이 일에 대해 아무 말도 하지 않았는지 이해해요."

페르민이 희미하게 고개를 끄덕였지만 그의 시선 속에서 내 말이 그에게 조금도 위안이 되지 못했다는 걸 알 수 있었다. 오히려 그 반대였다. 우린 한동안 서로 말이 없었다.

"더 있는 거죠. 그렇죠?" 결국 내가 먼저 입을 뗐다.

페르민이 수긍했다.

"그럼, 더 나쁜 얘기인가요?"

페르민이 고개를 끄덕였다.

"훨씬 더 나빠."

난 시선을 딴 데로 돌려 알부르케르케 교수를 향해 미소를 지었지만 그는 우리에게 인사를 건네고 이내 자리를 떴다.

"그렇다면, 물 한 잔 더 주문하고 계속 이야기하실래요?"

"와인이 더 좋겠어. 저렴한 걸로."

11

페르민과 교도소장의 면담이 있은 지 일주일 후, 이제껏 누구도 복도에서 마주친 적 없는, 분명 비밀경찰의 냄새가 나는 남자 두 명이 나타나 살가도를 수갑 채워 아무 말도 없이 데려가버렸다.

"베보, 그를 어디로 데려가는지 알고 있지?" 12호 수감자가 물었다.

교도관은 모른다고 대답했지만, 그의 눈에서 뭔가를 알고 있으나 입에 담고 싶어하지 않는다는 기색을 읽을 수 있었다. 별다른 소식이 없던 차에 살가도의 부재를 두고 죄수들 간에 논쟁과 억측이 난무하면서 별별 의견들이 오갔다.

"그자는 이곳에 잠입한 국민전선의 스파이야. 노동조합 운동가였다는 거짓말로 우리를 현혹시켜 정보를 빼내려 했던 거지."

"맞아. 그래서 손가락 두 개를 잘라낸 거야. 하느님만이 아시겠지만 아마 모든 걸 보다 설득력 있게 보이려고 그랬을걸."

"지금쯤 아마야에 있을 게 틀림없어. 그 패거리들과 함께 바스크식 대구 요리를 탐하면서 우리 모두를 한껏 비웃고 있겠지."

"그 패거리가 그에게서 정보만 얻어내고는 목에 돌을 매달아 십 킬로미터 바다 저 멀리 내다버렸을지도 모르지."

"그는 팔랑헤 당원처럼 보였어. 여하튼 내가 아무 말도 하지 않아 참 다행이야. 그랬다면 저들이 자네들을 가만 안 두고 닦달했을 테니까."

"그래, 이 사람아. 우리가 교도소에 수감되어 있는 동안 내내 그랬겠지."

달리 소일거리가 없자 토론은 길어졌고, 이틀이 지나서야 살가도를 데려갔던 바로 그 사람들이 그를 도로 데려왔다. 가장 먼저 모두들 깨달은 건, 그가 두 발로 서 있지 못해 커다란 짐 보따리처럼 질질 끌려왔다는 사실이었다. 그는 시체처럼 핏기 하나 없이 창백했고 식은땀으로 온몸이 흠뻑 젖어 있었다. 반라 상태였는데 밤색의 굳은 딱지가 덕지덕지 들러붙어 있었다. 말라붙은 핏덩이와 본인의 분뇨가 뒤섞인 딱지 같았다. 그들은 마치 퇴비 자루처럼 그를 감방에 내팽개치더니 입을 굳게 다문 채 가버렸다.

페르민이 그를 품에 안아 간이침대에 드러눕혔다. 자신의 셔츠를 찢어 만든 천쪼가리와 베보가 남몰래 가져다준 물로 천천히 그의 몸을 닦기 시작했다. 살가도는 겨우 의식이 있고 간신히 숨을 내쉬었지만 두 눈은 누군가 안쪽에 불을 켜놓은 듯 빛을 발했다. 이틀 전 왼손이 있던 자리는 이젠 절단되고 타르로 지져져 보랏빛으로 뭉툭하게 남은 부분만 팔딱거리고 있었다. 페르민이 그의 얼굴을 닦자 살가도는 몇 개 남지 않은 이를 드러내며 미소 지었다.

"일단 저 도살자들이 알고 싶어하는 걸 그냥 말해주는 게 어때요, 살가도? 그래봐야 돈일 뿐입니다. 얼마나 숨겼는지 잘 모르겠지만 이런 일을 당할 만한 가치는 없습니다."

"엿이나 드쇼." 그가 숨을 헐떡이며 투덜거렸다. "그 돈은 내 거요."

"엄밀히 말하면 당신이 암살하고 약탈한 사람들의 것이겠죠."

"난 누구에게서도 빼앗지 않았소. 그들이 먼저 서민들에게서 약탈한 거요. 설령 내가 그 일을 했다 하더라도 그건 민중이 요구하는 정의를 구현하기 위해서였소."

"그랬군요. 마타데페라*의 로빈후드께서 부당함을 바로잡으러 오셨다니 정말 고맙습니다. 용감한 정의의 사도로서 당신은 마땅히 해야 할 일을 했단 말이죠?"

---

* 스페인 동북부 바르셀로나 주에 있는 도시.

"그 돈은 내 미래요." 살가도가 잇새로 내뱉었다.

페르민이 젖은 천으로 차갑고 긁힌 자국이 있는 그의 이마를 닦았다.

"미래란 원한다고 다 이루어지는 게 아닙니다. 누릴 자격이 있어야지. 그런데 당신에겐 미래가 없어요, 살가도. 당신도 이 나라도 미래가 없긴 매한가지입니다. 당신이나 교도소장처럼 나쁜 짓을 일삼는 인간쓰레기나 양산해내다가 추후에 외면해버리는 나라니까요. 모든 희망뿐만 아니라 하나 남은 희망까지도 쑥대밭이 된 우리의 미래는, 당신이 쏟아냈고 이젠 난 닦는 것에 신물이 난 이 똥과 같단 말입니다."

살가도의 목구멍에서 신음이 흘러나왔지만 페르민은 그가 너털웃음을 터뜨린 것이라고 생각했다.

"연설일랑 아껴두시오, 페르민. 그리고 이제 슬슬 영웅으로 나서보는 게 좋을 듯싶소."

"아뇨, 영웅은 남아돌 만큼 충분합니다. 난 그저 겁쟁이에 불과합니다. 그 이상도 그 이하도 아니죠. 하지만 적어도 내 분수를 알고 있고 순응합니다."

페르민은 말없이 계속해서 그의 몸을 깨끗이 닦아준 다음 모포를 덮어주었다. 빈대가 잔뜩 달라붙어 있고 함께 나눠 쓰는, 지린내가 진동하는 모포였다. 살가도가 두 눈을 감고 잠에 빠져들 때까지 곁을 지키던 페르민은 그가 당분간 잠에서 깨어나지 않을 거라 확신했다.

"죽었는지 말해주시오." 12호 수감자의 목소리였다.

"내기를 하고 있는 거요." 17호 수감자가 덧붙였다. "죽는다에 담배 한 개비."

"모두들 잠이나 자든지 똥이나 처먹으시오!" 페르민이 모멸에 찬 비난의 눈길로 말했다.

간이침대 맞은편에 웅크리고 앉아 잠을 청하려고 애를 썼지만 이내 그날 밤을 하얗게 지새우게 되리라는 걸 알았다. 잠시 후 창살 사이로 얼굴을 내밀고 가로질러진 쇠 빗장 위에 양팔을 걸쳐놓았다. 복도 건너편 정면의 어두운 감방에서 담배 불빛에 이글거리는 두 눈이 그를 뚫어지게 쳐다보고 있었다.

"일전에 왜 발스가 당신을 불렀는지 얘기하지 않은 것 같은데." 마르틴이 입을 열었다.

"한번 상상해보시죠."

"특이한 요구였소?"

"도통 알아들을 수 없는 무슨 책의 묘지인가 뭔가 하는 것에 대해 당신에게서 정보를 캐내오라고 하더군요."

"흥미롭군."

"아주 흥미진진하죠."

"그것에 관심 갖는 이유를 설명하던가요?"

"솔직히 말해, 마르틴 씨, 우린 그다지 친밀한 관계가 아닙니다. 교도소장은 한 달의 말미를 주면서 그 안에 자신의 명령을 따르지 않으면 사지를 절단해 불구로 만들겠다고 위협했어요. 그래서 난 그저 명령을 따르겠다고 대답했을 뿐이고요."

"걱정 마시오, 페르민. 한 달 안에 당신은 이곳을 벗어날 수 있을 테니까."

"그래요? 카리브해 연안의 해변에서 발 마사지를 해주는 미끈한 아가씨 두 명과 함께 말이죠?"

"믿어보시오."

페르민은 실의에 빠져 한숨을 내쉬었다. 자신의 운명의 카드패를 미친 자와 도살자 그리고 빈사 상태에 있는 사람들이 나누어 쥐고 있었던 것이다.

12

일요일, 안마당에서 연설을 끝마친 교도소장이 페르민에게 탐색하는 듯한 시선과 함께 숨 막히는 미소를 던졌지만 그는 전혀 달갑지 않았다. 보초들이 죄수들에게 해산하도록 명령하자 페르민은 몰래 마르틴에게 다가갔다.

"훌륭한 연설이었소." 마르틴이 평했다.

"역사에 남을 만하죠. 저 사람이 말할 때마다 서양 사상사가 획기적인 방향 전환을 하는 것 같아요."

"천성이 다정한 당신에게 빈정거리는 건 어울리지 않소, 페르민."

"지옥에나 가세요!"

"지금 그곳에 있잖소. 담배 한 대 피우겠소?"

"안 피웁니다."

"좀더 빨리 죽는 데 도움이 된다고 하던데."

"그럼 주시죠. 어차피 얼마 남지 않은 인생이니."

그러나 페르민은 한 모금도 제대로 빨지 못했다. 마르틴이 그의 손가락에서 담배를 빼앗더니 등을 토닥토닥 두드렸다. 그러는 동안 페르민은 쿨룩거리면서 첫영성체에 대한 기억까지 모조리 토해냈다.

"도무지 무슨 맛으로 피우는지 모르겠습니다. 불에 그슬린 멍멍이 맛이 나는 걸 말입니다."

"이곳에서 손에 넣을 수 있는 것 중 가장 좋은 것이오. 모누멘탈 투우장의 관람석에서 주워 모은 꽁초 잔해라더군요."

"그런데 그 '부케'에선 남자 소변기 냄새가 나네요. 잘 맡아봐요."

"숨을 깊이 내쉬시오, 페르민. 좀 나아졌소?"

페르민이 고개를 끄덕였다.

"그 묘지에 대해 얘기해주시겠습니까? 우두머리 돼지가 덥석 받아먹도록 말입니다. 굳이 진실을 말해줄 필요는 없습니다. 문득 떠오르는 대로 얘기해봐요. 그 어떤 뚱딴지같은 소리라도 내겐 도움이 될 테니까 말이죠."

마르틴이 잇새로 누린내 나는 연기를 내뿜으며 빙긋이 웃었다.

"당신의 감방 동료 살가도는 좀 어떻소? 가난한 자들을 옹호하기 위해 발 벗고 나서는 사람 말이오."

"글쎄, 연배도 있고 이 혼돈스러운 세상에서 겪을 만큼 겪은 사람 같습니다. 그런데 오늘 새벽에 죽은 것처럼 보이던 그 사람이 자리에서 일어나 제 침대로 다가오더군요. 흡혈귀 같았어요."

"그런 면이 좀 있긴 하지."

"아무튼 다가와 저를 뚫어지게 내려다봤습니다. 그런데 제가 모르는 척 잠든 체하자 속아 넘어가 슬그머니 감방 구석으로 가더군요. 그리고 아직 성한 손으로 의학에서 직장 혹은 대장의 마지막 부분이라 일컫는 곳을 후비기 시작했습니다."

"뭐라고요?"

"들으신 대로입니다. 최근에 중세식의 신체 상해를 입고 몸조리를 하던 살가도가 스스로 일어나 처음으로 한 행동이 인간 해부학에서 참을성 많은 그 구석을 탐험한 거라 이 말입니다. 자연의 법칙상 햇빛이 미치지 않는 그곳을요. 믿기지 않아 숨을 쉴 수도 없었죠. 잠시 뒤 살가도는 두세 개의 손가락을 그 안에 집어넣어 현자의 돌인지 뿌리 깊은 치질인지를 찾는 것처럼 보였습니다. 그 모든 행동을 숨죽인 신음을 내면서 했는데, 저는 도저히 흉내내지 못할 것 같습니다."

"어이가 없군."

"'멋진 피날레'를 듣고 싶다면 앉으시죠. 항문 부근을 일이 분 정도 탐색한 그가 산 후안 데 라 크루스처럼 한숨을 내쉬더니 기적이 일어났습니다. 그 아래에서 손가락을 빼내면서 내가 있는 곳에서도 반짝이는 게 보이는 뭔가를 꺼냈으니까요. 그냥 평범한 똥은 절대 아니었다고 장담할 수 있습니다."

"그럼 뭐였소?"

"열쇠! 자그마한 열쇠였습니다. 서류가방이나 체육관 사물함 열쇠 같은 거요."

"그다음엔 어떻게 됐소?"

"열쇠를 쥐고 침을 한 번 뱉어서 윤을 냈죠. 내 생각엔 분명 '들장미' 냄새가 나서 그랬을 겁니다. 그리고 나서 벽 쪽으로 다가와 제가 계속 자고 있는지 확인했죠. 제가 최대한 세인트버나드 강아지처럼 생생하게 코 고는 소리를 내자 살가도는 안심하고 돌 틈새에 열쇠를 끼워넣더니, 먼지 쓰레기와, 정말 잊히지도 않는데, 그의 아래쪽에서 나온 또다른 부산물로 덮어서 숨기더군요."

마르틴과 페르민은 아무 말 없이 서로를 바라봤다.

"당신도 저와 같은 생각을 하십니까?"

마르틴이 고개를 끄덕였다.

"대체 얼마나 많은 보물이 그 탐욕의 보금자리에 숨겨져 있는 걸까요?"

"그가 손가락과 손 그리고 고환을 잃으면서까지 보상받을 거라 굳게 믿을 정도는 되겠죠. 그리고 신은 그가 그 장소의 비밀을 지키기 위해 얼마나 갖은 노력을 했는지 아실 테고 말이오." 마르틴이 조심스럽게 말했다.

"그럼 이젠 전 어떻게 하죠? 살모사 같은 교도소장이 대가리를 바짝 쳐들고 살가도의 보물에 마수를 뻗쳐 자신의 양장본 걸작에 자금을 대고 왕립국어연구원 자리 하나를 꿰차기 전에, 그 열쇠를 삼키든지 필요하다면 저 역시 그걸 제 소화기관의 수치스러운 부분에 집어넣어야 하니 말입니다."

"당분간은 아무것도 하지 마시오. 열쇠를 계속 그곳에 두고 내 지시를 기다리시오. 당신의 탈출 계획을 다 짜놓았으니 말이오."

"기분 상하게 할 마음은 추호도 없지만 마르틴 씨, 저는 당신이 조언해주고 정신적으로 힘이 되어줘 정말 고맙긴 하지만 이번엔 제 목과 다른 소중한 부속기관이 걸려 있고, 당신이 몰두하고 있는 뒤마 소설의 확장판이 세상의 빛을 보느냐 마느냐에 따라 생명이 좌지우지된다고 생각하면 마음이 심란합니다."

"당신이 소설가의 말을 믿지 않으면 대체 누가 믿으려 하겠소?"

페르민은 모락모락 피어오르는 담배연기에 휩싸인 채 마당 아래쪽으로 걸어가는 마르틴을 우두커니 바라봤다.

"성모 마리아여!" 그가 바람결에 중얼거렸다.

13

17호 수감자가 제안한, 섬뜩하게 느껴지는 내기 도박은 며칠 동안 계속되었다. 그동안 금방 죽을 것 같았던 살가도는 자리에서 일어나 감방의 창살까지 기어가더니 '호래자식들, 너희들이 나를 두고 일 센티모라도 딸 수 있을쏘냐! 난 네놈들의 매춘부 어미와 정사를 즐길 터이니 어디 두고 봐라, 이 천하에 막돼먹은 놈들아!'라는 시구를 큰 소리로 읊었다. 그리고 평소처럼 이러저러한 말들을 목이 쉬도록 외쳐대더니 급기야 의식을 잃고 바닥에 쓰러졌다. 페르민은 부득이하게 그를 일으켜 간이침대로 데려다 눕혀야 했다.

"바퀴벌레는 죽었소, 페르민?" 살가도가 실신하여 바닥에 넘어지는 소리를 듣자마자 17호가 물었다.

페르민은 일부러 감방 동료의 상태를 말해주지 않았다. 적당한 시기가 되면 어차피 면 자루가 지나가는 모습을 보게 될 테니까.

"이봐요, 살가도. 죽으려거든 그만 죽고, 살 생각이면 조용히 좀 삽시다. 입에 게거품을 물고 시부렁대는 시 낭송에 이젠 정말 진저리가 납니다." 페르민이 더러운 면 쪼가리로 그를 덮어주면서 말했다. 베보가 비번일 때 교도관 하나에게 알랑거려 얻어낸 것이었다. 페르민은 꽃다운 열다섯 소녀들의 마음을 훔치려면 달콤한 레체 메렝가다*와 멜린드레**가 기본이라고 교도관에게 근거 없는 낭설을 일러줬다.

"본심이 얼굴에 다 쓰여 있으니 내게 자비로운 척일랑 하지 마시오. 팬티까지 내걸고 내가 죽기를 바라는 저 하이에나 같은 놈들과 당신이 똑같다는 걸 이미 알고 있으니까." 마지막 순간까지도 그 못된 심보를 유지하려는 듯 살가도가 말했다.

"글쎄요, 임종이 다가온 듯 목에서 거친 숨소리를 내며 빈사지경에 있는 사람을 상대로 구태여 반박을 하는 것도 우습지만, 난 이 도박에 한 푼도 걸지 않았어요. 그리고 어느 날 악습에 발을 들여놓게 되더라도 사람의 목숨을 걸고 내기를 하진 않을 거요. 당신이 굳이 사람이라고 여기는 것이 내겐 한낱 딱정벌레처

* 우유, 레몬, 달걀 흰자, 설탕 및 계피로 만든 아이스크림.

** 손가락 모양의 작고 부드러운 과자.

럼 보이지만 말입니다."

"그런 허풍으로 나를 따돌릴 생각일랑 하지 마시오." 살가도가 악의에 찬 목소리로 대답했다. "난 당신과 당신의 소울 메이트인 마르틴이 『몽테크리스토 백작』이라는 책으로 무슨 음모를 꾸미고 있는지 잘 알고 있으니까."

"도무지 무슨 소리를 하는지 모르겠군요, 살가도. 잠시, 아니 한 일 년쯤 푹 잠이나 자둬요. 아무도 당신이 없는 걸 서운해하지 않을 테니까."

"만약 이곳에서 탈출할 수 있을 거라 생각한다면 당신은 마르틴 그 사람만큼이나 미친 거요."

순간 페르민의 등줄기에 식은땀이 흘러내렸다. 살가도는 몽둥이찜질에 이가 빠진 잇몸을 드러내며 씩 웃어 보였다.

"내가 무슨 말을 하는지 당신은 알고 있을 테지."

페르민은 시치미를 뗀 채 고개를 가로젓고는 살가도에게서 아주 멀찌감치 떨어진 한쪽 귀퉁이로 가 몸을 웅크렸다. 하지만 평온은 채 일 분도 지속되지 않았다.

"내 침묵의 대가는 값이 좀 나가오."

"저들이 당신을 데려왔을 때 그냥 죽도록 내버려뒀어야 했는데." 페르민이 중얼거렸다.

"그에 대한 감사의 표시로 가격을 낮춰줄 용의는 있소. 내 마지막 부탁을 들어준다면 당신의 비밀을 지켜주지."

"그게 마지막일 거라는 걸 내가 어찌 압니까?"

"저들은 이곳을 걸어서 도망치려 했던 모든 사람들에게 했듯이 당신을 붙잡으려 할 거요. 며칠 동안 고문을 하면서 괴롭힌 다음 교화적인 볼거리 용으로 당신을 안마당에서 교수형에 처할 것이고, 그러면 난 당신에게 더이상 다른 것을 부탁할 수 없게 될 것 아니겠소? 뭐 내게 할 말 있소? 사소한 부탁을 들어주는 대신 내 전적인 협력을 얻는 거요. 내 명예를 걸고 맹세하리다."

"명예를 건다고? 세상에! 왜 진작 그렇게 말하지 않았습니까? 그 말 한마디로 모든 게 바뀌는데 말입니다."

"가까이 오시오……"

페르민은 잠시 망설였지만 자신은 조금도 손해볼 게 없다고 판단했다.

"그 비열한 발스가 당신에게 내가 돈을 숨긴 장소를 알아오라고 시켰다는 걸 알고 있소. 구태여 그걸 부정할 생각은 마시오."

페르민은 그저 어깨를 한 번 으쓱했다.

"당신이 그에게 내가 말하는 그 장소를 전해줬으면 하오."

"그러지요. 돈은 어디 있습니까?"

"교도소장에게 본인이 직접 혼자 가야 한다고 전하시오. 누구라도 동행하면 한 푼도 찾을 수 없을 거라고. 공동묘지 뒤편, 푸에블로 누에보에 있는 옛 빌라르델 공장에 가보라고 하시오. 자정에. 그 이전도 이후도 아닌 반드시 그 시각에."

"어째 카를로스 아르니체스의 미스터리 사이네테*처럼 들리네요……"

"내 말 잘 들으시오. 공장에 들어가 직물 제작실 바로 옆에 있는 오래된 수위실을 찾으라 하시오. 일단 거기서 노크를 하고, 안에서 누구냐고 물으면 '두루티**가 살아 왔노라'고 대답해야 하오."

페르민이 툭 터져나오려는 웃음을 참았다.

"교도소장의 마지막 연설 이후 내가 들은 가장 멍청한 소리네요!"

"당신은 그저 내가 한 말을 그에게 옮기기만 하면 되는 것이오."

"내가 대신 가서 페세타와 관련된 일련의 암호를 대고 돈을 가져가버리면 어쩌려고요?"

살가도의 두 눈이 탐욕에 불타올랐다.

"그리하면 죽게 될 거라고 말하지는 마요." 페르민이 말을 끝마쳤다.

살가도의 입술 위로 비열한 미소가 활짝 피어올랐다. 페르민은 복수심에 불타는 그의 두 눈을 유심히 살폈다. 그제야 살가도가 무엇을 노리는지 알 수 있었다.

---

* 스페인의 단막 소극. 운문 형식의 풍속 희극이다.

** 스페인의 노동조합 운동가이자 무정부주의 혁명가(1896~1936).

"함정이군요, 그렇죠?"

살가도는 대답하지 않았다.

"그런데 발스가 목숨을 건진다면? 저들이 당신에게 어떻게 나올지 후환을 생각해보지는 않았습니까?"

"저들은 더이상 내게 어찌할 수 없을 거요."

"그럼 내가 한마디 하겠는데, 좌우 한 쌍 있던 고환이 지금은 하나밖에 남지 않았다는 걸 당신이 굳이 내게 밝히지는 않더라도, 이 각본이 실패로 돌아가면 그것마저도 잃게 될 겁니다."

"그건 내 문제요. 그래서 어찌하겠소, 몽테크리스토? 그렇게 하는 걸로 합의하겠소?"

살가도는 자신에게 남은 유일한 손을 내밀었다. 페르민은 잠시 그의 손을 뚫어지게 바라보다가 마지못해 그와 악수를 나누었다.

14

페르민은 일요일 미사 후 안마당에서 관례적인 교도소장의 연설을 기다리는 동안, 약간의 간격을 두고 마르틴에게 접근해 살가도가 자신에게 요구한 것을 털어놓았다.

"계획에 차질이 생기진 않을 거요." 마르틴이 단언했다. "그가 원하는 대로 하시오. 지금 와서 밀고를 당할 수는 없으니까."

며칠 동안 구토와 울렁증으로 고생하던 페르민은 이마에 송골송골 맺히며 흘러내리는 식은땀을 닦아냈다.

"마르틴, 믿지 못하는 건 아니지만 당신이 준비하고 있는 그 계획이 그렇게 훌륭하다면 왜 직접 이곳을 빠져나가는 데 활용하지 않는 겁니까?"

마르틴이 마치 그런 질문을 기다렸다는 듯 응했다.

"왜냐하면 난 이곳이 있을 만하기 때문이오. 뭐, 이런 식은 아니었지만 말이오. 여하튼 이제 이 담장 밖에는 내 몸을 의탁할 곳이 없소. 갈 곳이 없단 말이오."

"이사벨라가 있잖습니까……"

"이사벨라는 나보다 열 배는 더 좋은 사람과 결혼했소. 이곳에서 나가봤자 오히려 그녀를 불행하게 만들 뿐이오."

"하지만 그녀는 당신을 여기서 빼내려고 온갖 노력을 다하고 있는데……"

마르틴이 고개를 가로저었다.

"내게 약속 하나만 해주시오, 페르민. 당신의 탈주를 돕는 대신 내가 부탁하는 건 그것밖에 없소."

이달은 '부탁의 달'인가보다고 생각하면서 페르민은 쾌히 승낙했다.

"무엇이든 말씀해보십시오."

"당신이 나가게 되면, 힘닿는 데까지 그녀를 보살펴주시오. 멀리서, 그녀가 눈치채지 못하게, 당신의 존재조차도 알지 못하게 말이오. 그녀와 그녀의 아들 다니엘을 잘 돌봐주시오. 날 위해 그렇게 해주겠소, 페르민?"

"물론입니다."

마르틴이 애수에 젖은 미소를 띠었다.

"당신은 좋은 사람이오, 페르민."

"벌써 두 번이나 제게 그리 말했는데, 어찌 매번 제겐 더 불길하게 들립니다."

마르틴은 냄새 고약한 담배 한 개비를 꺼내 불을 붙였다.

"우린 시간이 별로 없소. 이사벨라가 내 사건을 제소하려고 고용한 변호사 브리앙스가 어제 이곳에 왔었소. 그런데 난 어이없게도 발스가 내게 원하는 걸 그 변호사에게 발설하는 실수를 저질렀소."

"그 허섭쓰레기 같은 걸 다시 쓰는 일 말입니까?"

"맞소. 이사벨라에게 아무 말도 하지 말라고 신신당부했지만, 내가 그를 아는데 그 사람은 조만간 입을 열 거요. 그러면 내가 아는 그녀는 벼락같이 화를 내며 쫓아와 만인에게 그의 치부를 까발리겠다며 발스를 협박할 거요."

"당신이 그녀를 만류할 순 없나요?"

"이사벨라를 제지하는 건 화물차를 세우려는 것과 같소. 바보나 할 짓이지."

"들으면 들을수록 만나고 싶어지네요. 나는 그런 여자들이……"

"페르민, 난 당신의 약속을 기억하고 있소."

페르민이 가슴에 손을 얹고 엄숙하게 받아들였다. 마르틴이 이야기를 계속했다.

"하던 얘기로 돌아가, 그런 일이 벌어지면 발스는 어떤 멍청한 짓이라도 할 거요. 허영과 시기심 그리고 탐욕으로 똘똘 뭉친 사람이니, 자신이 궁지에 몰렸다고 생각되면 허튼짓을 할 거란 말입니[illegible]르지만 뭔가 계책을 꾸밀 것임은 확실하오. 그러니 그 전에 당신이 이곳을 빠[illegible]

"이곳에 남고 싶은 건 아니지만, 사실……"

"당신은 날 이해하지 못하오. 아무튼 계획을 앞당겨야겠소."

"앞당겨요? 언제로 말입니까?"

마르틴은 피어오르는 짙은 담배연기 너머로 오랫동안 그를 바라보았다.

"오늘밤."

페르민은 침을 삼키려 했지만 입안이 먼지로 가득했다.

"하지만 저는 아직 어떤 계획인지도 모르는데……"

"이제부터 귀를 쫑긋 세우고 잘 들으시오."

15

그날 오후 감방으로 되돌아가기 전, 페르민은 발스의 집무실로 자신을 안내했던 보초 중 한 명에게 다가갔다.

"교도소장님에게 할 얘기가 있다고 전해주십시오."

"알아도 된다면 그게 뭔데?"

"기다리던 결과를 얻었다고만 전해주십시오. 그러면 아실 겁니다."

한 시간 후 보초와 그의 동료가 페르민을 데리러 13호 앞에 모습을 드러냈다. 살가도는 간이침대에서 절단된 손목 부위를 마사지하면서 짓궂은 표정으로 그 모든 걸 지켜봤다. 페르민은 그에게 눈을 찡긋한 뒤 보초의 감시하에 걷기 시작했다.

교도소장은 함박웃음을 지으며 접시 한 가득 '에스크리바'의 빵과자를 차려놓고 그를 열렬히 환영했다.

"페르민, 내 친구여. 다시 이곳에서 당신을 만나 지적이고 유익한 담소를 나누게 되어 정말 기쁘군. 어서 자리에 앉아 이 최상품의 단것들을 마음껏 맛보시오. 어떤 죄수의 부인이 내게 가져온 거라오."

며칠 동안 곡식 낟알조차 삼킬 수 없었던 페르민은 발스의 뜻을 거역할 수 없어, 도넛 하나를 집어 마치 부적처럼 손에 들었다. 페르민은 교도소장이 더이상 자신에게 반말을 하지 않는다는 걸 깨달았지만, '당신'이라는 새로운 경칭이 어쩌면 불행한 결과를 가져올 수도 있다는 사실에 새삼 마음이 불편했다. 발스는 브랜디잔을 쭉 들이켜더니 안락의자에 몸을 파묻었다.

"그래, 잘 지냈소? 희소식을 가져왔다고 들었소만." 교도소장이 먼저 입을 뗐다.

페르민이 고개를 끄덕였다.

"문학 작업과 관련해선, 마르틴을 설득하고 독려한 덕에 그가 한층 더 분발해서 소장님께서 요청한 세련되고 매끄러운 윤문 작업을 열심히 하고 있다는 걸 확인시켜드리고 싶었습니다. 제공하신 소재가 수준이 높고 고상하여 본인의 작업이 한결 수월해질 것 같다더군요. 소장님께는 천부적 재능이 있는 만큼 작품을 두세 번만 세심하게 손보아도 파라셀수스*에 버금가는 걸작을 만들기에 충분하다면서 말입니다."

발스는 페르민이 늘어놓는 장황설에 가만히 몰두했지만 여전히 차가운 미소를 머금은 채 점잖게 말했다.

"내게 아첨할 필요는 없소, 페르민. 마르틴이 맡은 바 소임을 다할 것임을 아는 것만으로도 충분하니까. 우리 두 사람은 그가 그 일을 탐탁지 않아한다는 걸 잘 알고 있잖소. 하지만 어쨌든 그가 이유를 납득하고, 일을 쉽게 풀어가는 게 우리 모두에게 유익하다는 걸 이해했다니 기쁘군. 그럼 이제 다른 두 문제에 대해서……"

"그 이야기도 했습니다. 미친 책들의 묘지에 대해서……"

"잊힌 책들의 묘지요." 발스가 정정했다. "마르틴에게서 그 위치를 알아낼 수 있었소?"

페르민이 확신에 차서 고개를 주억거렸다.

"제가 수집한 정보에 의하면 앞서 말씀하신 그 납골당은 보르네 시장 아래, 터널과 창고 들의 미로 뒤에 숨겨져 있습니다."

뜻밖의 사실을 전해 들은 발스의 얼굴엔 놀란 빛이 역력했고 신중하게 생각하는 듯했다.

"그럼 입구는?"

"거기까지는 알 수 없었습니다, 소장님. 하지만 몇몇 야채 도

---

* 스위스 태생의 의사이자 연금술사(1493~1541).

매 점포 뒤, 잡동사니가 모여 있고 의미심장한 악취가 나는 곳 바닥에 작은 뚜껑 문이 있지 않을까 추정됩니다. 그 부분에 대해선 마르틴도 말을 아끼더군요. 너무 다그치면 암만 해도 엇나갈 것 같았습니다."

발스는 천천히 고개를 끄덕였다.

"잘했소. 계속해보시오."

"그럼 마지막으로 소장님의 세번째 요구사항과 관련해서 보고드리겠습니다. 저는 비열한 살가도가 빈사지경에 빠져 거친 숨소리와 단말마의 신음을 토해내다 잠시 섬망 상태에 있을 때, 프리메이슨단과 마르크스주의의 하수인으로 범죄 행각을 일삼으며 모은 막대한 약탈품의 은닉 장소를 실토하도록 그를 설득했습니다."

"지금 그 소리는 그가 죽을 거라는 뜻이오?"

"머지않았다고 봅니다. 제 생각에 그는 이미 성자 레온 트로츠키에게 가호를 빌었고 후세의 소비에트연방 공산당 정치국에 오를 마지막 순간을 기다리고 있는 것 같습니다."

발스가 고개를 절레절레 저었다.

"저 짐승 같은 놈들에게 폭력으론 아무것도 얻지 못할 거라고 진작부터 말했건만."

"저들은 기술적으로야 그의 생식샘 혹은 수족을 제거했습니다. 하지만 살가도 같은 골칫거리를 다루는 유일한 방법은 응용

심리학이라는 교도소장님의 의견에 저는 전적으로 공감합니다."

"그래서? 그는 돈을 어디에 숨겼소?"

페르민이 앞으로 몸을 숙이며 은밀하게 말했다.

"그게 설명하기 좀 복잡합니다."

"에둘러 말하지 마시오. 당신을 지하실로 보내 저들이 당신의 말재주를 되찾도록 할 수도 있으니까."

페르민은 마침내 살가도가 그럴싸하게 꾸며낸 그 기이한 음모를 발스에게 들려주기 시작했다. 교도소장은 다분히 미심쩍어하면서도 귀를 기울였다.

"경고하는데 만약 내게 거짓말을 했다간 후회하게 될 것임을 알아두시오. 그랬을 경우 저들이 살가도에게 했던 짓은 당신이 당하게 될 일에 비하면 애피타이저도 안 될 테니까."

"장담하건대 살가도가 제게 했던 말을 글자 하나 틀리지 않고 그대로 말씀드리는 겁니다. 원하시면 하느님의 가호로 소장님 책상 위에 있는 저 믿음직스러운 프랑코 총통의 초상화에 대고 맹세하겠습니다."

발스는 뚫어져라 그를 쳐다봤다. 하지만 페르민은 마르틴이 일러준 대로 눈썹 하나 까딱하지 않고 그 시선을 의연하게 견뎌냈다. 급기야 교도소장은 미소를 거두었고 일단 자신이 원하던 정보를 손에 넣었기에 빵과자 접시도 치워버렸다. 그리고 느닷없이 손가락을 튕기자 페르민을 다시 감방으로 데려갈 두 명의 보초가 들어왔다.

발스는 이번에는 페르민을 위협하며 귀찮게 하지 않았다. 복도 아래쪽으로 끌려가는 동안 페르민은 교도소장의 부관이 자신들을 지나쳐 소장 집무실 문지방에 멈춰 서는 걸 보았다.

"소장님, 마르틴 감방의 닥터 사나우하가……"

"사나우하가 왜?"

"마르틴이 정신을 잃었는데 조금 심각하다고 합니다. 구급약 보관실에 가서 조치를 취할 만한 약품이 있나 살펴보게 해달라고 합니다만……"

발스가 눈에 쌍심지를 켜고 벌떡 일어났다.

"그럼 대체 뭘 꾸물거리고 있는 거야? 어서 가. 박사를 데리고 가서 필요한 걸 챙길 수 있도록 도우란 말이야!"

16

닥터 사나우하가 치료를 하는 동안 교도소장의 명령대로 교도관 한 명이 마르틴의 감방 앞에서 보초를 섰다. 스무 살도 채 안 되어 보이는 젊은이로 교대 근무를 서기는 처음이었다. 야간 근무는 베보의 몫이었는데, 아무런 공지도 없이 시골에서 갓 상경한 듯 어수룩해 보이는 그 풋내기가 대신 나타난 것이었다. 열쇠 다발도 제대로 분간하지 못할 듯 보였고 초조해하는 기색이 역력한 것이 죄수들보다도 완연한 신참이었다. 밤 아홉시가 되었을 무렵, 눈에 띄게 피곤해 보이는 닥터 사나우하가 창살 가까이 다가와 교도관에게 말을 걸었다.

"깨끗한 거즈와 과산화수소수가 더 필요하오."

"나는 자리를 비울 수 없습니다."

"나도 환자를 떠날 수 없소. 부탁이오. 거즈와 과산화수소수를 가져다주시오."

교도관은 안절부절못하며 동요했다.

"지시받은 대로 따르지 않으면 교도소장님이 언짢아하실 겁니다."

"당신이 내 부탁을 들어주지 않아 마르틴에게 뭔 일이 생기면 더 탐탁지 않게 여길 거요."

젊은 교도관은 상황을 따져보았다.

"교도관, 우린 벽을 뚫고 나가지도 창살을 먹어치우지도 않을 거요……" 닥터 사나우하가 논리적으로 설득했다.

교도관은 욕설을 내뱉더니 황급히 자리를 떴다. 교도관이 구급약 보관실 방향으로 멀어져가는 동안 사나우하는 창살 앞에서 기다렸다. 살가도는 가쁜 숨을 몰아쉬며 두 시간 남짓 잠들어 있었다. 페르민은 살그머니 복도 쪽으로 다가가 닥터 사나우하와 시선을 교환했다. 사나우하가 트럼프 카드 한 벌 크기에도 못 미치는, 천 조각으로 포장해 가는 끈으로 묶은 꾸러미를 그에게 던졌다. 페르민은 텁석 그것을 낚아채 재빨리 어두운 감방 안쪽으로 물러났다. 잠시 후 사나우하가 부탁한 것을 가지고 돌아온 교도관은 창살 안을 들여다보며 살가도의 모습을 유심히 살폈다.

"임종이 임박한 것 같소." 페르민이 입을 뗐다. "내일까지 살 수 있을지 모르겠군."

"여섯시까지는 살아 있으라고 하십시오. 내게 불똥이 떨어지지 않게 말입니다."

"인간이 할 수 있는 최선을 다할 거요." 페르민이 대답했다.

17

그날 밤 페르민이 자신의 감방에서 닥터 사나우하가 복도 너머에서 던져준 꾸러미를 풀고 있는 사이, 검은 스튜드베이커 한 대가 교도소장을 태우고 포장도로를 달려 몬주익을 벗어나더니 항구에 인접한 어두운 거리로 접어들었다. 운전사 하이메는 뒤에 앉은 승객의 심기를 불편하게 하거나 사색을 방해할지도 모르는 구덩이와 돌부리를 피하기 위해 운전에 세심한 주의를 기울였다. 신임 교도소장은 전임자와 영 딴판이었다. 전임 교도소장은 함께 차를 타고 갈 때 이따금 조수석에 앉기도 하며 곧잘 자신과 대화를 주고받았던 것이다. 하지만 신임 교도소장 발스는 명령을 내릴 때 외에는 자신에게 말을 걸지 않았고 좀처럼 시선을 마주치지도 않았다. 그러나 실수를 범했다거나 돌부리에 걸렸다거나 급커브를 돌았을 때는 사정이 달랐다. 백미러에 비친 두 눈은 노기를 띠었고 얼굴에는 싸늘한 표정이 피어올랐다. 교도소장 발스는 라디오 켜는 걸 허락하지 않았다. 라디오에서 흘러나오는 방송 프로그램을 두고 그의 지성을 모독하는 저급한 내용이라고 했다. 또한 계기판 옆에 아내와 딸의 사진을 내거는 것도 용인하지 않았다.

다행히 밤늦은 시각이라 교통량이 없어서 노정은 편안했다. 고작 몇 분 만에 차는 왕립 조선소를 지나 콜럼버스 기념탑을 끼고 돌더니 람블라스 거리 쪽으로 향했다. 이 분여 만에 오페라 카페 앞에 도착해 멈춰 섰다. 길 건너편 리세오 대극장의 관중들은 벌써 야간 공연 시간에 맞춰 입장했기 때문에 람블라스 거리는 비교적 한산했다. 차에서 내린 운전사는 주위에 아무도 없는 것을 확인한 후 마우리시오 발스가 앉은 뒷좌석의 문을 열었다. 교도소장은 차에서 내려 무심히 거리를 둘러봤다. 그리고 넥타이를 조여 매더니 웃옷의 어깨를 손으로 매만졌다.

"여기서 기다리게."

교도소장이 들어갔을 때 카페 안은 텅 비다시피 했다. 카운터 뒤의 시계가 밤 아홉시 오십오분을 가리켰다. 그는 웨이터의 인사에 답례한 뒤 안쪽 테이블에 가서 앉았다. 침착하게 장갑을 벗고 은제 담뱃갑을 꺼냈다. 결혼 1주년에 장인이 선물한 것이었다. 담뱃불을 붙이고 오래된 카페 안을 휘 둘러봤다. 웨이터가 손에 쟁반을 들고 다가오더니 표백제 냄새가 나는 젖은 행주로 테이블을 닦았다. 교도소장이 경멸에 찬 눈길을 던졌지만 종업원은 모른 체했다.

"뭘 드시겠습니까, 선생님?"

"캐모마일 차 두 잔 주시오."

"한 잔에 같이 담아드릴까요?"

"아니, 따로 주시오."

"일행이 있으십니까?"

"물론이오."

"잘 알겠습니다. 더 필요한 게 있으신가요?"

"꿀도 주시오."

"알겠습니다, 선생님."

웨이터가 유유히 자리를 뜨자 교도소장은 나지막이 경멸적인 말을 중얼댔다. 카운터 위에 놓인 라디오에서는 전화 참여 프로그램의 진행자와 청취자가 도란거리는 소리가 흘러나왔고, 중간에 베야 아우로라 사의 화장품 광고가 삽입되었다. 그 제품을 매일 사용하면 젊음과 아름다움 그리고 생기를 보장한다는 내용이었다. 네 개의 테이블 너머로 한 노신사가 손에 신문을 펼쳐든 채 꾸벅꾸벅 졸고 있었다. 나머지 테이블은 텅 비어 있었다. 오 분쯤 지나자 김이 모락모락 피어나는 찻잔 두 개가 도착했다. 웨이터는 찻잔을 테이블 위에 아주 천천히 놓더니 이윽고 꿀단지를 내려놓았다.

"됐습니까, 선생님?"

발스가 고개를 끄덕였다. 그는 웨이터가 카운터로 돌아가기를 기다렸다가 호주머니에서 작은 병을 꺼냈다. 병뚜껑을 돌려 열면서 곯아떨어져 신문에 고개를 처박고 있는 다른 손님에게 시선을 던졌다. 웨이터는 카운터 뒤에서 등을 돌린 채 컵을 닦고 있었다.

발스는 병을 쥐고 맞은편 찻잔에 내용물을 부었다. 그런 다음 다량의 꿀을 넣어 완전히 녹을 때까지 티스푼으로 휘저었다. 라디오에서는 베탄소스에 사는 한 부인의 구구절절 애달픈 사연이 소개되었는데, 만성절 스튜를 태워버려서 화가 난 듯한 그녀의 남편이 축구경기를 보러 친구들과 술집에 간 뒤로 두 번 다시 집에 들어오지도 미사에 참석하지도 않는다는 내용이었다. 진행자는 그녀에게 기도하고 의연하게 대처하면서 여인의 무기를 최대한 사용하라고 조언했다. 물론 기독교 가정의 엄격한 한계를 벗어나지 않는 범위 내에서. 발스는 다시 시계를 바라봤다. 열시 십오분이었다.

18

열시 이십분, 이사벨라 셈페레가 카페 문을 열고 들어왔다. 검소한 외투 차림에 머리에는 핀을 꽂고 화장기 없는 얼굴이었다. 발스가 그녀를 알아보고 손을 들었다. 이사벨라는 잠시 서서 그를 주시하더니 천천히 테이블로 다가왔다. 발스가 자리에서 일어나 나긋나긋하게 미소지으며 손을 내밀었다. 하지만 이사벨라는 그의 손을 못 본 체하고 자리에 앉았다.

"실례를 무릅쓰고 내 마음대로 캐모마일 차를 두 잔 주문했습니다. 오늘처럼 신경이 날카로운 날 밤에 마시면 기분이 좀 나아질 것 같아서요."

이사벨라는 발스의 시선을 외면하면서 고개를 끄덕였다. 교도소장이 조심스럽게 그녀를 응시했다. 셈페레 부인은 그를 면담하러 오던 여느 날처럼 아주 엉망인 모습으로 자신의 아름다움을 애써 감추고 있었다. 하지만 발스는 그녀의 관능적인 입술 윤곽과 가느다란 목에서 빠르게 뛰는 맥박 그리고 외투 아래 감춰진 풍만한 가슴의 굴곡을 관찰했다.

"먼저 말씀하세요." 이사벨라가 말했다.

"우선, 시간적 여유가 별로 없을 텐데 이렇게 짬을 내어 만남에 응해줘서 고맙습니다. 오늘 오후 당신의 연락을 받고 집무실이나 교도소 밖에서 만나 이야기를 나누는 게 좋겠다고 생각했습니다."

이사벨라는 아무 말 없이 그저 고개만 끄덕였다. 발스가 캐모마일 차를 마시더니 입술을 핥았다.

"아주 좋군. 바르셀로나에서 가장 맛이 좋습니다. 한번 마셔봐요."

이사벨라는 그의 권유를 무시했다.

"당신도 알 테지만 지나친 신중함은 과히 좋지 않습니다. 그건 그렇고, 오늘밤 이곳에 온다고 누구에게 말했는지 물어봐도 되겠습니까?"

이사벨은 고개를 가로저었다.

"남편에게도?"

"남편은 서점에서 재고 정리를 하고 있어요. 새벽이 되어야 집에 돌아올 거예요. 그러니 내가 여기 있는 건 아무도 몰라요."

"다른 걸 주문할까요? 캐모마일 차가 싫다면……"

이사벨라가 거절하더니 잔을 손에 쥐었다.

"이것으로 됐어요."

발스는 침착하게 빙긋이 미소지었다.

"좀전에 말했듯 나는 당신 편지를 받았습니다. 당신이 분노를 느끼는 건 이해합니다만 모든 게 오해라는 걸 나름 해명하고 싶었습니다."

"당신은 불쌍한 정신병 환자인 죄수를 공갈했어요. 그에게 작품을 쓰도록 해 명성을 얻으려 하고 있죠. 뭐가 오해라는 건지 모르겠군요."

발스가 이사벨라를 향해 살며시 한 손을 내밀었다.

"이사벨라…… 이렇게 불러도 되겠소?"

"내게 손대지 마요!"

발스는 화해의 제스처를 취하며 손을 거두었다.

"좋소, 그저 마음을 차분히 가라앉히고 얘기합시다."

"아무런 할 말 없어요. 당신이 다비드를 가만히 내버려두지 않으면 당신의 신상은 물론 모든 사기 행각을 마드리드든 어디든 필요로 할 만한 곳에 알릴 거예요. 그러면 모두들 당신이 어떤 사람인지 어떤 부류의 문인인지 알게 되겠죠. 아무것도 누구도 날 막을 수는 없을 거예요."

이사벨라의 눈시울에 눈물이 그렁거렸고 캐모마일 찻잔이 그녀의 손에서 바르르 떨렸다.

"제발, 이사벨라. 조금만 마셔봐요. 마음이 진정될 겁니다."

이사벨라가 멍하니 두어 모금 홀짝였다.

"이렇게, 꿀을 약간 넣으면 맛이 좀 나을 거요."

그러자 이사벨라는 두세 모금 더 마셨다.

"당신은 정말이지 감탄스러운 사람입니다, 이사벨라." 발스가 말했다. "마르틴처럼 불쌍한 사람을…… 모두가 포기하고 등을 돌린 누군가를 보호하면서 화를 내고 의연함을 보여주는 사람은 요즈음 거의 없을 테니까요. 당신 이외의 사람들은 남을 배려할 줄 모릅니다."

이사벨라는 초조해하며 카운터 위의 시계를 바라보았다. 열시 삼십오분이었다. 그녀는 두어 모금 차를 더 마시더니 찻잔을 마저 비웠다.

"당신은 그를 높이 평가하고 있음에 틀림없습니다." 발스가 과감히 말했다. "가끔 나는 궁금합니다. 언젠가 당신이 있는 그대로의 나를 더 잘 알게 되면 그를 존경하는 것만큼 날 존경하게 될까 하고 말이죠."

"생각만 해도 속이 메스꺼워 토할 것 같네요, 발스! 당신과 당신 같은 인간쓰레기들 모두 다 말이에요!"

"알고 있습니다, 이사벨라. 하지만 이 나라에서 명령을 내리는 건 항상 나 같은 인간쓰레기이고 당신 같은 사람들은 언제나 어둠 속에서 숨 죽이며 살죠. 어떤 당파가 권력을 장악하든 마찬가지일 겁니다."

"이번은 아니에요. 이번엔 당신 상관들도 당신이 뭘 하고 있는지 알게 될 테니까요."

"과연 그들이 그것을 중요하게 생각할 것 같습니까? 그들이 나와 매한가지이거나 혹은 나보다 훨씬 더할 거라는 생각은 안 해봤나요? 그들에 비하면 난 아마추어에 불과할 거라는 생각은 안 해봤냐 이 말입니다."

발스가 입가에 미소를 지으며 상의 호주머니에서 접은 종이 한 장을 꺼냈다.

"이사벨라, 난 당신이 생각하는 그런 사람이 아니라는 걸 알아줬으면 좋겠습니다. 그래서 당신에게 증명해 보이려고 여기 내일 날짜로 된 다비드 마르틴의 석방 명령서를 가져왔습니다."

발스가 그녀에게 서류를 보여주었다. 이사벨라는 쉽사리 믿지 못하겠다는 듯 그것을 꼼꼼히 살폈다. 발스가 펜을 꺼내더니 지체 없이 서류에 서명했다.

"여기 있습니다. 다비드 마르틴은 법적으로 자유인입니다. 당신 덕분에, 이사벨라. 당신 덕택으로……"

이사벨라는 뭐가 뭔지 얼떨떨한 눈빛으로 그를 바라봤다. 발스는 그녀의 동공이 서서히 확장되고 윗입술 위로 땀방울이 송송 돋아나는 모습을 조용히 감상했다.

"괜찮습니까? 얼굴이 핏기 하나 없이 창백한데……"

이사벨라는 비틀거리며 일어서더니 의자를 꽉 움켜잡았다.

"머리가 어지럽습니까, 이사벨라? 동행해드릴까요?"

이사벨라는 몇 발짝 뒷걸음치다가 웨이터와 부딪쳤고 비틀거리며 출구로 향했다. 하지만 발스는 테이블에 앉아 캐모마일 차를 음미하면서 시계가 열시 사십오분을 가리킬 때까지 그대로 있었다. 마침내 테이블에 동전을 놓아두고 천천히 출구를 향해 걸었다. 포장도로에서 대기하고 있던 운전사가 즉각 뒷좌석의 문을 열었다.

"소장님, 댁으로 모실까요, 아니면 성으로?"

"집으로 가지. 그런데 먼저 푸에블로 누에보에 있는 옛 빌라르델 공장에 잠시 들렀다 가세."

약속받은 약탈품을 찾으러 가면서, 장차 스페인 문학계의 저명인사가 될 마우리시오 발스는 지독히도 싫어하는 저주받은 바르셀로나의 어둡고 황량한 거리들의 행렬을 바라보았다. 그리고 이사벨라와 그녀가 겪게 될 일 때문에 눈물을 흘렸다.

19

살가도가 기면 상태에서 깨어나 눈을 떴을 때 가장 먼저 깨달은 건 누군가 꼼짝 않고 침대 발치에 앉아 자신을 주시하고 있다는 것이었다. 돌연 공포스러운 위협감 속에 자신이 아직도 지하실 방에 있다는 착각이 들었다. 하지만 곧이어 복도의 기름등잔불에서 흘러나오는 가물거리는 불빛 아래 낯익은 윤곽이 드러났다.

"페르민, 당신이오?"

어둠 속에 있는 형상이 고개를 끄덕이자 살가도는 깊이 안도의 한숨을 쉬었다.

"입이 마르군. 마실 물이 좀 남았소?"

페르민이 천천히 다가왔다. 손에 뭔가를 들고 있었다. 옷감과 유리병이었다.

살가도는 페르민이 천에 병 속의 액체를 붓는 걸 쳐다봤다.

"그게 뭐요, 페르민?"

페르민은 대답하지 않았다. 그의 얼굴은 무표정했다. 그가 살가도 위로 몸을 숙이며 그의 눈을 지그시 바라보았다.

"페르민, 안 돼……"

더이상 찍소리도 내기 전에 페르민이 천으로 그의 입과 코를 막았다. 그리고 침대 위에서 그의 머리를 단단히 붙잡고 힘껏 짓눌렀다. 살가도는 남아 있던 미약한 힘으로 바동거렸다. 하지만 페르민은 계속 그의 얼굴에 천을 대고 있었다. 살가도가 겁에 질린 눈빛으로 그를 바라보았다. 몇 초 뒤 그가 의식을 잃었다. 페르민은 바로 천을 거두지 않았다. 오 초를 센 뒤에야 비로소 그것을 치웠다. 그는 살가도에게 등을 돌린 채 침대에 걸터앉아 잠시 기다렸다. 그런 다음 마르틴이 말한 대로 감방 문 쪽으로 다가갔다.

"교도관!"

복도에서 다가오는 신참 교도관의 발소리가 들렸다. 마르틴의 계획대로라면 그날 밤 당직을 서는 사람은 베보여야 했다. 바로 그 촌뜨기가 아니라.

"대체 무슨 일입니까?"

"살가도가 죽었소."

교도관은 머리를 가로젓더니 성난 표정을 지었다.

"재수 옴 붙었군, 씨발! 그래, 이제 어떻게 해야 합니까?"

"자루를 가져오시오."

교도관이 자신의 운수를 저주했다.

"내가 대신 집어넣길 바란다면 그리 하겠소, 교도관."

교도관은 고마워하는 기색을 보이며 고개를 끄덕였다.

"지금 자루를 갖다주면 내가 그를 집어넣는 사이에 당신은 연락을 취할 수 있을 것이고, 그럼 자정이 되기 전에 사람들이 와서 수거해갈 거요."

교도관이 다시 고개를 끄덕이더니 면 자루를 찾아 자리를 떴다. 페르민은 감방 문 앞에 서서 꼼짝도 하지 않았다. 복도 맞은편에서 마르틴과 사나우하가 조용히 그를 지켜보고 있었다.

십여 분 뒤, 교도관이 자루의 한쪽 끄트머리를 잡고 되돌아왔는데 썩은 고기 냄새가 밴 악취 때문에 구역질을 숨길 수 없는 듯했다. 페르민은 지시를 기다리지 않고 감방 안쪽으로 성큼 물러났다. 교도관이 감방 문을 열고 안에 자루를 휙 내던졌다.

"지금 그들에게 연락하시오, 교도관. 이렇게 해서 열두시 전에 시체를 치워버려야지 그렇지 않으면 내일 밤까지 이곳에 둬야 할 거요."

"혼자 할 수 있겠습니까?"

"걱정 마시오, 교도관. 경험이 있으니까."

교도관은 약간 석연치 않은 표정을 지으면서도 그의 의견을 다시 받아들였다.

"우리가 운이 좋은지 봅시다. 절단된 손목 부위에서 고름이 흘러나오고 뭐라 형언할 수 없는 고약한 냄새가 나니……"

"맙소사!" 교도관이 툭 내뱉더니 황급히 줄달음쳤다.

그의 발소리가 복도 끝에 다다르는 소리를 듣자마자 페르민이 살가도를 발가벗기기 시작했고 곧이어 자신의 옷도 벗었다. 추접스럽고 악취 나는 도둑의 넝마를 입고 그에게는 자신의 옷을 입혔다. 살가도를 침대 위에 비스듬히 벽을 보게 눕힌 다음 시트로 그의 얼굴을 반쯤 가렸다. 그러고 나서 면 자루를 단단히 잡고 그 안으로 들어갔다. 자루를 묶으려는데 불현듯 뇌리를 스치는 생각이 있었다.

페르민은 부랴부랴 다시 나와 벽 쪽으로 다가갔다. 살가도가 열쇠를 숨겨둘 때 보았던 돌 틈새를 손톱으로 득득 긁자 그 끝이 빼꼼히 엿보였다. 손끝으로 붙잡아보려 했지만 열쇠는 스르르 돌 사이에 들어박혀버렸다.

"서두르시오." 복도 너머에서 마르틴의 목소리가 들려왔다.

페르민은 열쇠 위에 손톱을 세우고 힘껏 잡아당겼다. 약지의 손톱이 들려 떼이며 몇 초 동안 통증이 찌르르했다. 페르민은 비명을 삼키며 손가락을 입술 사이로 가져갔다. 짭조름하고 비릿

한 피 맛이 입안 가득 퍼졌다. 다시 눈을 뜨자 갈라진 돌 틈으로 열쇠가 일 센티미터쯤 삐죽이 보였다. 이번에는 손쉽게 열쇠를 꺼낼 수 있었다.

다시 면 자루 속으로 들어가 한 뼘 남짓 구멍만 남겨두고 매듭을 지었다. 목구멍을 타고 올라오는 욕지기를 억누르며 바닥에 길게 드러누워 숨 구멍만 남을 때까지 자루 안쪽에서 줄을 잡아 당겨 묶었다. 손으로 코를 막았다. 그 썩은 악취를 받아들이느니 땟국이 흐르는 손가락 사이로 호흡하는 편이 나았다. 이제 기다리는 일만 남았군, 그가 중얼거렸다.

20

푸에블로 누에보 거리를 뒤덮고 있던 눅눅하고 칠흑 같은 어둠은 소모로스트로 해변, 빈민들의 공동주택가와 오두막까지 뻗어 있었다. 교도소장을 태운 스튜드베이커가 자욱한 안개를 뚫고 어둠에 싸인 공장과 창고 그리고 우중충하고 노후한 격납고 사이를 지나 천천히 앞으로 나아갔다. 자동차 불빛에 앞쪽으로 두 개의 터널이 선명하게 모습을 드러냈다. 이윽고 옛 빌라르르델 방직 공장의 실루엣이 안개 속에 보이기 시작했다. 폐기된 가설 건물과 공장의 굴뚝과 용마루들이 거리의 막다른 곳에 검은 윤곽을 그리고 있었다. 커다란 정문을 파수하는 건 뾰족한 쇠 촉이 박힌 격자 철문이었다. 철문 뒤로 미로처럼 무성한 잡초가 어슴푸레 보였고 그 사이로 방치된 트럭과 대형 유개 화물차의 앙상한 골격이 불쑥 비어져나와 있었다. 운전사가 낡은 공장의 출입구 앞에 차를 세웠다.

"시동을 켜두게." 교도소장이 명령했다.

두 개의 전조등 불빛이 정문 너머의 암흑 속을 뚫고 들어가 다 허물어져가는 공장 상태를 드러내 보였다. 전쟁중 폭격 맞은 도시 전역에 있는 수많은 건물들처럼 황폐하게 버려진 건물이었다.

한쪽에는 두꺼운 나무판자로 봉쇄된 허름한 가건물들이 보였고, 한때 화염에 휩싸였을 것으로 보이는 차고 앞에는 발스가 경비원들의 숙소였을 것이라 추정하는 건물이 서 있었다. 양초 혹은 기름등잔의 불그스름한 불빛이 닫힌 창문의 주변에서 일렁였다. 교도소장은 차의 뒷좌석에 느긋하게 앉아 그 광경을 주시했다. 그리고 얼마간 시간이 지나자 앞으로 몸을 숙여 운전사에게 말을 걸었다.

"하이메, 자네 좌측에 저 집 보이나? 차고 앞에 있는 것 말이야."

교도소장이 자신의 세례명을 부르기는 처음이었다. 느닷없이 다정하고 따뜻하게 말을 걸어오다니, 운전사는 차라리 평소의 차갑고 서먹한 관계가 더 낫지 싶은 불안감이 일었다.

"저 수위실 말씀입니까?"

"그래, 바로 그거. 자네가 저곳으로 가서 문을 두드렸으면 하는데."

"저기에 들어가라고요? 공장 안에 말입니까?"

교도소장이 초조한 기색을 보이며 한숨을 내쉬었다.

"공장이 아니야. 내 말을 잘 듣게. 저 집이 보이지, 그렇지?"

"네, 소장님."

"좋았어. 우선 철책에 다가가 쇠창살 사이에 난 구멍을 통해 몰래 안으로 들어가는 거야. 그런 다음 저 집까지 가서 문을 두드리는 거지. 거기까지 모두 이해했지?"

운전사가 덤덤하게 고개를 끄덕였다.

"좋아. 자네가 문을 두드리면 누군가 문을 열어줄 거야. 그럼 그에게 이렇게 말해. '두루티가 살아 왔노라.'"

"두루티요?"

"내 말 가로막지 마. 자넨 내가 시키는 대로만 하면 돼. 그러면 저편에서 자네에게 뭔가를 건네줄 거야. 여행가방이나 커다란 꾸러미 같은 거. 그걸 가져오면 다 끝나네. 간단하지, 그렇지?"

운전사의 안색이 백지장처럼 창백해지면서 마치 누군가 혹은 뭔가가 아무 때라도 어둠 속에서 불쑥 튀어나오길 기다리는 것처럼 백미러 너머로 연신 밖을 내다봤다.

"안심하게, 하이메. 아무 일도 없을 테니까. 이 일은 내가 자네에게 사사로이 부탁하는 걸세. 말해보게, 자네 결혼했나?"

"삼 년쯤 될 겁니다, 소장님."

"아 그래, 좋아. 아이는 있나?"

"두 살짜리 딸아이가 하나 있고, 아내가 지금 임신중입니다,

소장님."

"가족이란 정말 소중한 거라네, 하이메. 자넨 훌륭한 스페인 사람이야. 괜찮다면 아이에게 미리 세례 선물도 하고 자네의 탁월한 업무 능력에 대한 감사의 표시도 할 겸 백 페세타를 주지. 그리고 나의 이 작은 부탁을 들어준다면 자네의 승진을 알선해 보겠네. 의회의 사무직은 어떤가? 내가 그곳에 호형호제하는 친구들이 있는데 사람을 찾는다고 하더군. 과격주의자들이 수렁에 빠뜨린 이 나라를 구할, 의지가 강한 사람으로 말이야."

돈과 전도유망한 청사진에 대한 이야기를 듣자 희미한 미소가 운전사의 입가에 떠올랐다.

"위험하다거나 뭐…… 그렇지는 않겠죠?"

"하이메, 내가 바로 교도소장이네. 그런데 설마하니 자네에게 위험하다거나 불법적인 일을 시키겠나?"

운전사는 말없이 그를 바라봤다. 발스가 그에게 싱긋 웃었다.

"자네가 해야 될 일이 뭔지 내게 한번 되뇌어보게. 자, 어서."

"수위실 문으로 가서 노크를 합니다. 문이 열리면 이렇게 말하죠. '두루티 만세.'"

"두루티가 살아 왔노라."

"맞아요! '두루티가 살아 왔노라.' 저편에서 가방을 주면 그걸 받아오는 겁니다."

"그리고 우린 유유히 집에 가는 거지. 별 어려움 없이."

운전사가 고개를 끄덕였다. 그는 잠시 망설이더니 차에서 내려 철책으로 다가갔다. 발스는 전조등 불빛을 가로질러 출입구 앞에 다다르는 그의 모습을 지켜봤다. 거기서 그가 잠시 차 쪽을 뒤돌아봤다.

"어서 가, 이 멍청아, 들어가라고." 발스가 중얼댔다.

운전사는 창살 사이로 들어가, 건물 잔해와 무성한 잡초를 요리조리 피하면서 천천히 수위실로 다가갔다. 교도소장은 외투 안쪽 호주머니에 소지하고 있던 권총을 꺼내 공이치기를 뒤로 당겼다. 마침내 운전사는 문에 다다라 그곳에 멈춰 섰다. 발스는 그가 문을 두 번 두드린 뒤 기다리는 모습을 지켜보았다. 일 분여가 지났지만 아무 일도 일어나지 않았다.

"다시 한번 해봐." 발스가 혼잣말을 했다.

운전사는 마치 어떻게 해야 할지 모르겠다는 듯 차 쪽을 바라봤다. 순간 누르스름한 불빛이 조금 전만 해도 굳게 닫힌 문이 있던 곳에 나타났다. 발스는 운전사가 암호를 대는 모습을 멀리서 바라봤다. 그가 다시 한번 더 차 쪽을 바라보며 미소지었다. 별안간 총성이 그의 관자놀이 부근에서 탕 하고 울리더니 정통으로 두개골을 관통했다. 핏방울이 실안개처럼 반대쪽으로 뿜어져나왔다. 시체가 되어버린 몸통은 화약의 후광에 휩싸인 채 주춤 멈춰 서 있다가 부서진 인형처럼 맥없이 땅바닥으로 퍽 쓰러졌다.

발스는 비호처럼 뒷좌석에서 내려 스튜드베이커의 운전대에 앉았다. 왼손으로 권총을 계기판 위에 떠받치고 공장 입구 쪽을 겨냥한 채 차를 후진시키며 가속 페달을 밟았다. 자동차는 어둠 속으로 후진하면서 거리 곳곳에 파인 구덩이와 물웅덩이를 지나며 요동쳤다. 멀리 도망치는 동안 공장 입구에서 연거푸 탕탕거리는 수십 발의 총성이 들려왔지만 밤공기를 가르며 자동차까지는 하나도 미치지 못했다. 그렇게 이백 미터를 후진하다가 빙글 방향을 돌렸고, 힘껏 속도를 올려 그곳을 벗어나면서, 발스는 치미는 울화에 입술을 깨물었다.

21

자루 안에 갇힌 채 페르민은 그저 그들의 목소리를 들을 수밖에 없었다.

“이봐요, 우린 운이 좋았습니다.” 신참 교도관이 말했다.

“페르민은 벌써 잠들었소.” 사나우하 박사가 자신의 감방에서 대꾸했다.

“몇몇 사람들만 거머쥐는 행운이 여기 있으니, 이제 머지않아 당신들에게도 운 좋은 날이 있을 겁니다.”

주변에서 발기척이 들리더니 페르민은 갑작스러운 흔들림을 느꼈다. 매장꾼 하나가 다가와 매듭을 다시 만들며 자루를 꽁꽁 묶은 것이다. 두 사람이 자신을 일으켜 세우더니 거침없이 포석을 깐 복도 바닥으로 질질 끌고 갔다. 페르민은 감히 근육 하나도 움직일 엄두를 내지 못했다.

계단과 모퉁이, 문지방 그리고 디딤돌에서 전해오는 충격으로 온몸이 사정없이 칼로 베이는 것 같았다. 주먹으로 입을 틀어막고 고통의 비명이 새어나오지 않게 이를 악물었다. 얼마나 지났을까, 페르민은 갑작스레 온도가 떨어졌다는 것과 성 내부에 두루 존재했던, 폐소공포증을 느끼게 하는 메아리가 사라진 걸 감지했다. 밖이었다. 그들은 포석이 깔리고 물웅덩이의 흙탕물이 튄 노면 위로 그를 몇 미터 끌고 갔다. 삽시간에 냉기가 자루 속으로 스며들기 시작했다.

마침내 그들이 자신을 들어올려 허공에 내던지는 게 느껴졌다. 그는 나무 바닥 같은 곳에 쿵 하고 떨어졌다. 발소리들이 멀어져갔다. 그제야 페르민은 깊은 한숨을 토해냈다. 자루 안에는 배설물과 썩은 고기 그리고 디젤 오일이 뒤섞인 악취가 진동했다. 트럭이 시동 거는 소리가 들리더니 순간 차체가 덜컹했고, 자루는 짐칸에서 데굴데굴 굴렀다. 페르민은 차량이 덜컹거리며 몇 달 전 성을 향해 오르던 바로 그 길을 따라 언덕 아래로 멀어져갈 거라고 믿었다. 오르막길이 길고 커브가 많았던 기억이 났다. 하지만 잠시 뒤 차량은 방향을 바꾸더니 아스팔트 도로가 아닌 비포장 평지를 달리기 시작했다. 그들은 경로를 이탈했다. 페르민은 그들이 도시 쪽으로 내려가는 게 아니라 산속으로 들어가고 있다고 확신했다. 탈출 계획에 뭔가 차질이 생긴 것이다.

페르민은 자신에게 그런 일이 벌어지고 나서야 어쩌면 마르틴도 모든 걸 계산해내지는 못했을 것임을, 일부 세부 사항에서 그의 예측이 빗나갔음을 깨달았다. 결국 누구도 죄수들의 시체가 어떻게 처리되는지에 대해 확실히 알지 못했던 것이다. 마르틴은 그들이 어쩌면 주검을 보일러 속에 던져 태워버릴지도 모른다는 생각은 미처 하지 못했을 것이다. 페르민은 살가도가 클로로포름의 마취 상태에서 깨어나 페르민 로메로 데 토레스 혹은 그가 악마라고 부를 존재가 지옥의 불구덩이 속에 던져지기에 앞서 산 채로 불타버렸다고 고소해하며 떠들어댈 걸 가히 짐작할 수 있었다.

트럭은 한참을 달렸다. 이윽고 움직임이 있은 이래 처음으로 차량이 속도를 떨어뜨리기 시작했다. 일찍이 한 번도 맡아본 적 없는 역겨운 악취가 코를 찔렀다. 가슴이 철렁 내려앉았고, 형언할 수 없는 그 증기 때문에 욕지기가 치밀어오르는 동안, 애당초 미치광이 마르틴의 말을 귀담아듣지 말고 감방에 가만히 죽치고 있었더라면 좋았을걸 하는 후회가 밀려왔다.

22

교도소장은 몬주익 성에 도착하자마자 차에서 내려 부랴부랴 자신의 집무실로 향했다. 부관이 문을 마주보고 있는 자그마한 책상 뒤에 앉아 업무일지를 독수리타법으로 타자치고 있었다.

"그것 그만두고 지금 당장 살가도 그 개자식을 데려오라고 해!"

부관이 당혹스러운 얼굴로 소장을 바라보며 말문을 열어야 할지 말지 망설였다.

"거기 멍청하게 서 있지 말고 빨리 움직여!"

부관은 난처해하며 일어섰지만 교도소장의 쌍심지 켠 눈을 피했다.

"살가도는 죽었습니다, 소장님. 바로 오늘밤에……"

발스는 순간 눈을 감고 심호흡을 했다.

"소장님……"

귀찮게 보고를 들을 필요도 없이 발스는 13호 감방까지 곧장 달려갔다. 그를 보자마자 교도관이 졸음을 쫓으며 자리에서 벌떡 일어나 거수경례를 붙였다.

"소장님, 무슨 일로……"

"문 열어. 빨리!"

교도관이 감방 문을 열자 발스가 눈길도 주지 않고 안으로 들어갔다. 침상으로 향해 거기 누워 있는 몸통의 어깨를 덥석 잡고 무서운 기세로 잡아당겼다. 살가도가 반듯이 누웠다. 발스는 그 위로 몸을 숙여 숨결을 살폈다. 그런 다음 홱 뒤돌아서서 교도관을 아연한 표정으로 바라봤다.

"시체는 어디 있나?"

"장의사 직원들이 가져갔습니다만……"

발스는 다짜고짜 그의 따귀를 후려쳤고, 교도관은 볼품없이 땅바닥에 나동그라졌다. 두 명의 보초가 복도에 나타나 교도소장의 지시를 기다렸다.

"산 채로 잡아와." 발스가 그들에게 명령했다.

두 명의 보초는 고개를 끄덕이더니 잰걸음으로 재빨리 자리를 떴다. 발스는 거기 그대로 남아 마르틴과 닥터 사나우하가 함께 쓰는 감방 창살에 등을 기댔다. 교도관은 비틀거리며 일어나 감히 숨을 쉴 엄두도 내지 못한 채 교도소장이 웃는 걸 우두커니 바라보았다.

"당신 아이디어야, 내가 넘겨짚기론 말이지. 그렇지, 마르틴?" 마침내 발스가 물었다.

교도소장은 머리를 숙여 존경을 표했고, 복도를 따라 멀어지면서 천천히 박수를 쳤다.

23

페르민은 트럭이 속도를 떨어뜨리며 비포장길의 마지막 난관을 잘 통과했다는 걸 깨달았다. 차체가 이 분여 요동치더니 엔진이 멈췄다. 자루의 올 틈새를 뚫고 풍겨오는 악취는 이루 말할 수 없이 지독했다. 두 명의 매장꾼이 차에서 내려 트럭 뒤쪽으로 다가왔다. 안전장치를 단단히 고정시킨 레버의 찰칵 소리가 들리더니 이윽고 누군가 자루를 확 잡아당겨 허공에 내던졌다.

페르민은 바닥에 옆구리를 부딪쳤다. 심장이 멎을 듯한 둔통이 어깨까지 전해졌다. 어떤 반응을 보이기도 전에 두 매장꾼이 포석 깔린 길바닥 위의 자루를 들어올려, 각자 양쪽 끝을 쥔 채 몇 미터 더 비탈길을 올라갔다. 그들이 다시 자루를 내려놓았을 때 페르민은 그중 한 명이 무릎을 꿇고 자루를 봉한 매듭 푸는 소리를 들었다. 다른 한 명의 발소리가 이 미터 정도 멀어지더니 금속제의 뭔가를 집어드는 걸 감지할 수 있었다. 페르민은 바람을 좀 들이마셔보려 했지만 주변의 독한 기운으로 목구멍이 따끔거렸다. 두 눈을 질끈 감았다. 쌀쌀한 공기가 얼굴을 스쳤다. 매장꾼이 한쪽 자루 끝을 쥐고 힘껏 잡아당기자, 페르민의 몸이 돌과 물이 고여 있는 지면 위로 굴러나왔다.

"이리 와봐, 셋에 하는 거야." 그들 중 한 명이 말했다.

네 개의 손이 그의 발목과 손목을 붙잡았다. 페르민은 숨을 참으려고 안간힘을 썼다.

"이봐, 땀 흘리는 것 같지 않아?"

"이 멍청아, 어떻게 죽은 사람이 땀을 흘린다고 지랄이야! 웅덩이 물일 테니 신경쓰지 말고 일이나 하자고. 자! 하나, 둘……"

셋! 페르민은 허공에서 몸이 좌우로 흔들리는 걸 느꼈다. 잠시 후 날아올랐고 자신의 운명을 자포자기했다. 한창 날고 있는 도중에 두 눈이 떠졌는데, 그 정신적 충격 앞에 그나마 감사했던 건 산에 깊이 파놓은 도랑을 향해 떨어지고 있다는 점이었다. 달빛만으로는 바닥에 잔뜩 깔린 어슴푸레한 것을 식별할 수 없었다. 페르민은 돌멩이들일 거라고 확신하며, 떨어지는 그 짧은 순간에 죽어도 상관없다고 초연하게 마음먹었다.

뜻밖에도 착륙은 부드러웠다. 페르민의 몸은 부드럽고 축축한 것 위에 떨어졌다. 오 미터 정도 위에서 매장꾼 한 명이 삽을 들더니 무언가를 공중으로 뿌렸다. 희뿌연 먼지가 찬란한 실안개 속에 흩어지며 그의 피부를 부드럽게 어루만졌고, 잠시 뒤 마치 산酸처럼 순식간에 그를 집어삼키기 시작했다. 두 매장꾼은 멀어져갔고, 상체를 일으킨 페르민은 자신이 생석회를 뒤집어쓴 시체들로 가득한 무덤구덩이 속에 있다는 걸 알아챘다. 그는 석회를 털어내려 애쓰며 시체 사이를 기어 토벽에 도달했다. 양손으로 토벽을 파헤치며 고통도 잊은 채 힘겹게 위로 올라갔다.

마침내 정상에 도달한 페르민은 더러운 물웅덩이까지 기어가 석회를 씻어냈다. 그리고 일어나 트럭의 불빛이 밤공기를 가르며 멀어져가는 모습을 감상했다. 한순간 뒤돌아보자, 자신의 발 아래 뒤얽힌 시체들이 드넓게 펼쳐진 무덤구덩이가 있었다. 구역질이 왈칵 치밀어올라 무릎을 꿇고 손에 담즙과 피를 토해냈다. 사체에서 나는 악취와 극심한 공포로 거의 숨을 쉴 수가 없었다. 바로 그때 멀리서 희미하게 웅웅거리는 소리가 들렸다. 시선을 들어보니 차량 두 대가 전조등을 켜고 다가오고 있었다. 그는 산허리 쪽으로 달려가 작은 평지에 이르러 아래쪽을 내려다보았다. 산 밑으로 펼쳐진 바다와 방파제 끄트머리에 항구의 등대가 보였다.

하늘을 올려다보니 스멀스멀 퍼져나가 달빛마저 삼켜버린 칙칙한 검은 구름을 배경으로 몬주익 성이 우뚝 솟아 있었다. 자동차 소리가 점점 다가왔다. 두 번 생각할 것도 없이 페르민은 망설이지 않고 곧장 산허리 아래로 돌진했다. 나무줄기에 걸려 넘어지고 구르면서, 돌부리에 치이고 덤불 사이를 헤치면서 살갗이 찢겨나갔다. 이제 더이상 아픔도 두려움도 피곤함도 느껴지지 않았다. 포장도로에 도착하자 항구의 창고 쪽으로 달리기 시작했다. 쉬지 않고 헐떡이며, 시간 감각도 없이, 만신창이가 된 몸을 의식하지도 못한 채 무작정 달렸다.

24

여명이 밝아올 무렵 그는 소모로스트로 해변을 따라 끝없이 펼쳐진, 미로같이 복잡한 빈민가에 도착했다. 새벽녘의 안개가 바다에서 슬며시 기어들어 지붕 사이를 굽이쳐 흐르고 있었다. 페르민은 가난한 사람들이 사는 도시의 좁은 뒷골목과 터널 속을 헤매다 소복이 쌓여 있는 돌무더기 사이에 쓰러졌다. 때마침 누더기를 걸친 두 아이가 나무 상자를 힘겹게 끌며 그곳을 지나가고 있었다. 아이들은 그를 발견하고 멈춰 서서 오도카니 바라보았는데, 그의 모습은 몸의 구멍이란 구멍으로 모조리 피를 흘린 것같이 피골이 상접해 있었다.

페르민은 아이들에게 미소를 지으며 두 손가락으로 승리의 브이 자를 그려 보였다. 아이들은 서로를 바라봤다. 한 아이가 무슨 말을 했지만 알아들을 수 없었다. 그는 피로에 지쳐 반쯤 뜬 눈으로 어떤 사람들 네 명이 다가와 자신을 땅바닥에서 들어올려 장작불 옆 간이침대에 눕히는 걸 보았다. 발에 온기가 느껴지면서 서서히 사지의 감각이 되살아났다. 하지만 뒤이어 고통이 찾아왔다. 느리지만 피할 수 없는 밀물처럼. 그의 주위에서 여인들이 나직한 목소리로 이해할 수 없는 말들을 속닥거렸다. 그들은 그가 걸치고 있던 넝마 쪼가리를 벗겼다. 그리고 따뜻한 물을 적신 천과 장뇌로 그의 상한 알몸을 아주 부드럽게 닦아주었다.

페르민은 자신의 이마 위에 한 노파가 손을 얹는 걸 느끼며 눈을 반쯤 떴다. 현명해 보이면서도 피로한 기색이 역력한 눈빛이 자신을 내려다보고 있었다.

"어디에서 왔소?" 페르민은 정신착란에 빠져, 순간 그 노파를 자신의 어머니라고 생각했다.

"죽은 자들의 세계에서요, 어머니." 그가 속삭였다. "죽은 자들의 세계에서 살아 돌아왔어요."

3부

다시 태어나다

1

옛 빌라르델 공장에서 일어난 사건은 결코 신문에 게재되지 않았다. 누구도 그 이야기가 세상에 알려지는 걸 원치 않았던 것이다. 그곳에서 일어난 일은 오직 현장에 있었던 사람들의 뇌리에만 깊이 각인되어 있을 뿐이었다. 마우리시오 발스가 성에 돌아와 13호 수감자가 탈옥한 것을 확인한 그날 밤, 비밀경찰 푸메로 경위는 죄수 하나에게서 제보를 받았다는 교도소장의 연락을 받았다. 푸메로와 그의 부하들은 해가 뜨기 전에 각자의 위치를 정했다.

경위는 부하 두 명은 주위를 감시하도록 배치하고 나머지 인원은 정문에 집결시켰는데, 발스가 가르쳐준 대로 그곳에서 수위실이 한눈에 들어왔다. 교도소장의 용감한 운전사이자, 죄수

하나가 폭로한 불온분자들에 관한 첩보의 진위를 밝히고자 단독 행동에 나섰던 하이메 몬토야의 송장은 거기 그대로 처참하게 건물 잔해 속에 널브러져 있었다. 여명이 밝아오기 직전, 푸메로는 부하들에게 옛 공장 안으로 진입할 것을 명령했다. 그들은 재빨리 수위실을 포위했는데, 그곳을 점유하고 있던 두 명의 남자와 한 명의 여자가 그들의 정체를 눈치챈 그때, 극히 사소한 사고가 발생했다. 총기를 휴대하고 있던 여자가 순간적으로 한 경찰관의 팔을 쏜 것이다. 상처는 대수롭지 않게 살짝 긁힌 정도였다. 하지만 그 부주의한 실수가 있은 지 삼십 초 만에 저항 세력은 푸메로와 그의 부하들에 의해 허망하게 진압당했다.

경위는 부하 전원에게 수위실에 진입할 것과 죽은 운전사의 시체를 안으로 끌고 들어갈 것을 명령했다. 푸메로는 이름도 신분증도 요구하지 않았다. 부하들에게 철사로 반역자들의 손과 발을 한쪽 구석에 방치되어 있는 녹슨 철제의자에 묶도록 하명했다. 일단 그들이 움직이지 못하게 되자, 푸메로는 부하들에게 수위실과 공장의 문 앞을 지키면서 다음 지시를 기다리라고 했다. 포로들과 남게 된 그는 문을 닫고 그들 앞에 마주앉았다.

"내가 밤새 한숨도 못 자서 지금 너무 피곤해. 집에 가서 좀 쉬고 싶어. 너희들이 그 살가도란 놈의 부탁을 받고 숨겨둔 돈과 보석이 어디에 있는지 내게 털어놓는다면 여기선 아무 일도 일어나지 않을 거야. 알겠지?"

포로들은 당혹감과 공포가 뒤섞인 표정으로 그를 쳐다봤다.

"우린 보석에 대해서도 살가도라는 작자에 대해서도 전혀 아는 바가 없습니다." 나이 든 남자가 말했다.

푸메로는 그럴 줄 알았다는 표정으로 고개를 끄덕였다. 그리고 세 포로의 얼굴을 찬찬히 뜯어보았다. 마치 그들의 생각을 훤히 읽을 수 있고 이러한 일들에 정말 진력이 난다는 듯. 잠시 주저하더니 여자 쪽으로 자신의 의자를 가까이 가져가 고작 두 뼘 정도의 거리를 두고 마주했다. 두려움에 사로잡힌 여자는 사시나무 떨듯 덜덜 떨었다.

"그 여자를 내버려둬, 이 씨발 새끼야." 젊은 남자가 침을 퉤 뱉었다. "그 여자한테 손댔다가는 맹세하는데 네 숨통을 끊어놓겠어!"

푸메로가 초연히 미소를 지었다.

"애인이 아주 예쁜데?"

수위실 문 앞에 서 있던 경찰관 나바스는 식은땀에 자신의 옷이 젖는 걸 느꼈다. 안에서 들려오는 비명을 애써 무시하며, 동료들이 공장 정문에서 은근슬쩍 보내는 눈길에도 고개를 가로저었다.

아무도 입을 열지 않았다. 푸메로가 그 안에 있은 지 삼십 분 정도 지났을 무렵 드디어 문이 열렸다. 나바스는 옆으로 한 발

비켜서며 경위의 새까만 옷 위에 묻은 축축한 얼룩을 보지 않으려고 시선을 피했다. 푸메로는 천천히 출구를 향해 멀어졌고 나바스는 수위실 안을 대충 돌아본 후, 속을 뒤집는 헛구역질을 참으며 문을 닫았다. 푸메로의 손짓에 부하 두 명이 커다란 휘발유통 두 개를 들고 다가와 집 주위와 외벽에 뿌렸다. 그리고 건물이 타는 걸 지켜보지도 않고 자리를 떴다.

푸메로는 차량 뒷좌석에 앉아 부하들이 돌아오길 기다렸다. 조용히 차가 출발하는 동안 붕괴된 옛 공장의 폐허 속에서 연기와 불기둥이 치솟았고 그 재가 바람에 흩날렸다. 푸메로는 창문을 열어 쌀쌀하고 습한 공기중에 손을 활짝 펼쳤다. 손가락에 피가 묻어 있었다. 나바스는 똑바로 정면을 응시한 채 운전하고 있었지만, 그의 두 눈에는 수위실 문을 닫기 전 아직 살아 있는 채로 자신을 바라보며 애원하던 젊은 여인의 눈빛이 어른거렸다. 그는 푸메로가 자신을 관찰하고 있다는 걸 깨닫고 떨림을 감추기 위해 핸들을 양손으로 꽉 쥐었다.

누더기 옷을 걸치고 땟국이 줄줄 흐르는 또래 아이들이 보도를 따라 걷고 있었다. 자동차가 지나가자, 한 아이가 손가락으로 권총 모양을 만들어 그들에게 방아쇠를 당기는 시늉을 했다. 푸메로는 엷은 미소를 지으며 같은 포즈로 대응했다. 푸메로를 태운 차량은 즐비하게 늘어선 굴뚝과 상점 들로 둘러싸인 복잡한 거리 속으로, 마치 결코 그곳에 없었던 것처럼 유유히 사라져갔다.

2

페르민은 의식이 혼미한 상태로 판잣집에서 일주일을 보냈다. 젖은 천으로 아무리 닦아내도 그의 열은 쉽사리 가라앉지 않았고, 고약으로도 '그의 몸을 잠식해가고 있다'는 질병을 진정시킬 수 없었다. 노파들은 때로는 순번까지 정해가며 그를 극진히 간호했고, 명맥을 이어갈 희망의 끈을 놓지 말도록 기운을 북돋웠다. 그러면서 외지인이 죄책감과 회한에 시달리는 탓에 그의 영혼이 터널 끝 쪽으로 달아나 암흑 공간에서 편안히 쉬고 싶어하는 거라고 말했다.

이레째 되는 날, 모두가 아르만도라 부르는 남자가 판잣집에 나타나 환자 곁에 앉았다. 빈민가에서 하느님 다음으로 절대적인 권위가 있는 사람이었다. 그는 페르민의 상처를 살피고 손가락으로 눈꺼풀을 올려 팽창된 동공에 담겨 있는 비밀을 캐내려 했다. 페르민을 보살피던 노파들은 그의 등 뒤에 빙 둘러서서 공손하게 조용히 기다렸다. 잠시 뒤 아르만도는 혼자서 고개를 끄덕이더니 판잣집을 나섰다. 문 밖에서 기다리던 청년 두 명이 조수의 파도가 부서지며 하얀 포말을 부그르르 일으키는 연안까지 따라와 그의 지시를 귀담아들었다. 아르만도는 그들이 떠나는 모습을 지켜보며 폭풍우로 풍비박산이 나 해변과 연옥 사이에 좌초되어 있는 어부들의 바지선 잔해 위에 앉았다.

그가 담배꽁초에 불을 붙여 새벽녘의 부드러운 바닷바람을 맞으며 천천히 음미했다. 담배를 피우면서 자신이 어떻게 해야 하는지를 곰곰이 생각하는 동안 아르만도는 며칠 전부터 호주머니 속에 가지고 다니던 신문지 조각을 꺼냈다. 〈라 방과르디아〉였는데, 거들 광고와 파랄렐로 대로에서 열리는 오락행사에 관한 간략한 광고 사이에 몬주익 교도소에서 죄수 한 명이 탈옥했다는 짤막한 기사가 실려 있었다. 원문은 공식 성명을 글자 그대로 옮겨놓은 것이어서 그저그런 기삿거리 같은 느낌이었다. 기자가 이전까진 그 어떤 이도 그 난공불락의 요새에서 탈출한 적이 없었다고 강조하는 한마디를 덧붙인 게 다였다.

아르만도는 시선을 들어 남쪽에 우뚝 솟은 몬주익 산을 바라보았다. 안개 사이로 들쭉날쭉 톱니 모양 탑의 윤곽을 드러낸 성이 상공에서 바르셀로나 시를 굽어보고 있었다. 아르만도는 씁

쓸하게 웃으면서 그 오려낸 신문지 조각에 이글거리는 담뱃불을 붙여, 그것이 재로 변해 미풍 속에 흩날리며 사라져가는 모습을 지그시 바라보았다. 신문들은 늘 그렇듯 진실을 교묘히 외면해 왔다. 마치 그것이 자신들의 생존 방식인 양, 그럴 만한 이유가 있어서인 양. 그 기사에 있는 내용이라봐야 구린내 나는 반쪽짜리 진실과 아무도 거들떠보지 않는 사건 경위뿐이었다. 지금껏 누구도 몬주익 교도소에서 탈옥한 적이 없었다는 주장까지 포함해서. 그러다 문득, 어쩌면 그 말이 진실일지도 모른다는 생각이 들었다. 모두가 아르만도라고 부르는 그는 사회에서 배척당한 빈민들이 모여 사는 보이지 않는 그 세계에서나 존재하는 인물이었으니까. 하지만 대단한 존재보다 미미한 존재가 더 명예로운 시대와 세상이 있는 법이다.

3

평온한 나날들이 흘러갔다. 아르만도는 하루에 한 번 판잣집에 들러 빈사 상태에 있는 페르민의 차도를 살폈다. 아주 조금씩이나마 열이 내려갔고 온몸에 난 타박상과 벤 상처들은 고약 덕택에 천천히 회복되어갔다. 그는 빈사지경을 헤매며 거의 하루 종일 잠을 자거나, 사이사이 이해할 수 없는 말들을 중얼댔다.

"살 수 있을까요?" 아르만도가 이따금 물었다.

"아직은 뭐라 단정짓기가 곤란해요." 페르민이 자신의 어머니로 착각했던, 몸집이 크고 나이 든 여인이 대답했다.

하루하루였던 것이 몇 주로 바뀌게 되면서 더이상 누구도 외지인에 대해 물어보지 않게 되었다. 차라리 몰랐으면 하는 것들에 대해 묻는 사람은 없으니까. 경찰과 민병대가 소모로스트로 안으로 들어오는 경우는 흔치 않았다. 무언의 규율이 분명히 존재해 도시와 그 세계는 빈민촌 입구를 경계로 분리되었고, 양측은 눈에 보이지 않는 그 경계선을 유지하고 싶어했다. 아르만도는 도시 사람들 중에, 어느 날 폭풍우가 몰아쳐 가난한 자들의 도시를 영원히 빼앗아가길 비밀리에 혹은 공공연하게 기도하는 이들이 많다는 것을 알고 있었다. 그들은 그날이 오기만을 기다리며 푸에블로 누에보의 번잡한 공장지대와 연안 사이에서 비참하게 살아가는 사람들과 바다를 무시하고 외면했다. 그런데 이번엔 뭔가가 달라질 것 같았다. 자신들이 따뜻하게 환대했던 외지인의 배후에 있을 거라 직감되는 사연으로 인해 무언의 규율이 깨질 수도 있다는 생각이 들었다.

몇 주 후, 두 명의 신참 경찰관이 찾아와 누구든지 이상한 사람을 본 적이 있는지 탐문했다. 아르만도는 며칠 동안 경계를 늦추지 않았지만, 이후 아무도 그를 찾으러 오지 않자 결국 누구도 그 남자를 찾고 싶어하지 않는 거라고 이해했다. 그가 죽었을 거라고 생각해 염두에 두지도 않는 거라고.

그곳에 온 지 한 달 반 만에 남자의 몸에 난 상처가 아물기 시작했다. 그가 눈을 뜨고 자신이 어디에 있는지 묻자, 사람들은 상체를 일으켜 수프를 떠먹는 그를 돕긴 했지만 아무런 대답도 하지 않았다.

"당신은 휴식을 취해야만 합니다."

"내가 살아 있나요?" 페르민이 물었다.

하지만 누구도 그에게 가타부타 대답해주지 않았다. 사람들에게 시달리는 데서 오는 피곤함과 잠 속에서 며칠을 보냈다. 피로에 지쳐 눈을 감을 때마다 그는 동일한 곳을 여행했다. 밤마다 시체들이 끝없이 널브러진 무덤구덩이를 기어오르는 꿈을 꿨다. 위에 올라 뒤를 돌아보니 그 소름끼치는 시체들의 물결이 소용돌이치는 뱀장어들처럼 움직이는 게 보였다. 죽은 자들은 입을 벌린 채 흙벽을 기어오르며 자신의 발자국을 뒤쫓았다. 산 너머로 뒤따라와 바르셀로나 거리 안으로 깊숙이 파고들고는 한때 그들의 가정이었던 곳을 찾아 사랑하는 사람들이 사는 집의 문을 두드렸다. 복수의 칼을 갈면서 자신을 죽인 자를 찾아 온 도시를 헤매다니는 사람들도 있었지만, 대부분은 뒤에 남겨졌던 자식들과 아내 그리고 사랑하는 연인들을 품에 안기 위해 그저 자신의 침대로 돌아가고 싶어했다. 그렇지만 그들에게 문을 열어주거나 쌍수를 들어 환영하거나 입맞춤을 해주는 사람은 아무도 없었다. 페르민은 땀에 흠뻑 젖은 채, 칠흑 같은 어둠 속에서, 귀청이 떨어질 듯 울부짖는 죽은 자들의 소리를 들으며 잠에서 깨어났다.

낯선 사람이 수시로 그를 방문했다. 여송연과 향수 냄새가 났는데, 당시에는 거의 유통되지 않는 물건들이었다. 낯선 사람은 그의 옆에 앉아 불가해한 눈빛으로 그를 바라봤다. 머리카락은 콜타르처럼 검었고 얼굴선이 날렵했다. 환자가 깨어났다는 걸 눈치채고 그가 미소를 보냈다.

"당신은 신인가요 아니면 악마인가요?"

낯선 이는 어깨를 으쓱 추켜 보이며 진지하게 생각했다.

"조금은 신이기도 조금은 악마이기도 하죠." 마침내 그가 대답했다.

"나는 원칙적으로 무신론자입니다. 실제로는 믿음이 대단하지만 말입니다."

"많은 사람들이 그러하죠. 아무튼 지금은 푹 쉬시오, 친구. 천국이 기다리고 있을 테니. 더이상은 지옥을 겪지 않을 거요."

4

새까만 머리의 낯선 신사가 자주 방문하는 와중에 회복기에 접어든 환자는 영양을 섭취하고 씻고 제법 품이 큰 깨끗한 옷으로 갈아입게 되었다. 비로소 혼자 서서 몇 발자국 걸을 수 있게 되자 사람들은 산책 삼아 그를 바다 연안까지 데려갔고, 그곳에서 그는 발을 물에 적시며 지중해의 따사로운 햇살을 한껏 즐겼다. 그러던 어느 날 아침 더러운 얼굴로 너덜너덜한 넝마를 걸친 채 모래사장에서 놀고 있는 아이들을 보면서, 최소한 좀더 살아야겠다는 강한 투지를 느꼈다. 시간이 지남에 따라 기억과 분노가 서서히 되살아나기 시작했고, 그와 더불어 도시로 돌아가고 싶다는 바람과 두려움이 동시에 일었다.

다리와 팔 그리고 다른 신체 기관들이 어느 정도 정상적으로 기능을 발휘하기 시작했다. 바람을 맞으며 스스럼없이 오줌을 누는 색다른 기쁨을 다시 누리게 되었고, 혼자 똑바로 서서 오줌을 눌 수 있는 남자는 자기 책임에 감연히 맞설 만큼 건강한 남자라고 스스로에게 말했다. 바로 그날 밤 그는 새벽녘에 살며시 자리에서 일어나 요새의 골목골목을 지나 선로가 나 있는 경계 지점까지 갔다. 건너편에 굴뚝과 봉우리를 이룬 공동묘지의 천사상과 영묘 들이 숲을 이루며 높이 솟아 있었다. 저 멀리 언덕을 오르는 빛의 향연 속에 한 폭의 그림처럼 바르셀로나가 누워 있었다. 등 뒤에서 발소리가 들렸다. 뒤를 돌아보자 머리카락이 새까만 남자의 침착한 눈빛이 그를 맞았다.

"당신은 다시 태어났소." 그가 말했다.

"이번엔 처음보다 나으면 좋겠습니다. 한평생 파란만장해서……"

남자는 엷은 미소를 지었다.

"내 소개를 하죠. 난 아르만도라고 하오. 집시지요."

페르민이 손을 내밀었다.

"페르민 로메로 데 토레스라고 합니다. 집시는 아니지만 비교적 건실한 사람이죠."

"페르민, 내 보기에 당신은 다시 그때로 되돌아갈 생각을 하고 있는 것 같소."

"세 살 적 버릇이 여든까지 가는 법이죠. 중도에 그만둔 일이 몇 가지 있습니다."

아르만도가 고개를 끄덕였다.

"이해하오. 하지만 아직은 때가 아니오, 친구. 너무 조급하게 굴지 마시오. 이대로 우리와 한 철을 같이 보냅시다."

그가 나타나기만을 기다리는 자들에 대한 두려움과 그곳 사람들의 관대함에 페르민은 그곳에 눌러앉았다. 그러던 어느 일요일 아침 한 젊은이에게 신문을 빌렸다. 바르셀로나 해변에 있는 간이매점 쓰레기통에서 주운 신문이었다. 얼마나 오랫동안 쓰레기 더미 속에 파묻혀 있었는지는 가늠하기 어려웠지만 그가 탈옥한 석 달 전 날짜가 찍혀 있었다. 암시나 흔적 혹은 일말의 언급을 찾아 신문을 뒤적였지만 아무것도 없었다. 그날 오후, 해가 지면 바르셀로나로 돌아가야겠다고 이미 마음먹었을 때 아르만도가 다가와 자신의 부하 하나가 그의 옛 하숙집에 다녀왔다는 소식을 전했다.

"페르민, 예전 물건을 찾으러 갈 요량이라면 가지 않는 게 낫소."

"어떻게 내 주소를 알았습니까?"

아르만도는 대답을 회피하면서 입가에 미소를 머금었다.

"경찰 측에서 이미 그들에게 당신이 죽었다고 알렸소. 그래서 몇 주 전 신문에 당신이 죽었다는 기사가 실렸었소. 하지만 난 당신에게 아무것도 알리고 싶지 않았소. 회복기에 있는 사람에게 본인의 사망 기사를 읽히는 게 하등 도움이 될 리 없으니 말이오."

"내가 어떻게 죽었습니까?"

"자연사였소. 체포를 피하려다가 벼랑에서 떨어졌소."

"그럼, 내가 죽은 겁니까?"

"폴카*의 운명처럼, 그렇소."

페르민은 자신의 새로운 상황이 몰고 올 파장을 따져보았다.

"그럼 이제 난 어떻게 하죠? 어디로 가죠? 이곳에 영원히 머무를 순 없습니다. 당신들의 호의를 악용해 당신들을 위험으로 내몰면서까지 말입니다."

아르만도는 그의 옆에 앉아 손수 만 담배 한 개비를 꺼내 불을 붙였다. 유칼리나무 향이 났다.

"페르민, 당신은 원하는 건 뭐든지 할 수 있소. 당신은 이제 존재하지 않으니 말이오. 하마터면 난 당신에게 우리와 함께 있으라고 말할 뻔했소. 이제 당신은 이름도 없고 실체도 없는 우리 가족의 일원이니까. 우리는 환영이라오. 눈에 보이지 않는 환영. 하지만 난 당신이 되돌아가 그곳에 남겨둔 일을 해결해야만 한다는 걸 알고 있소. 안타깝게도 일단 여길 떠나면 더이상 당신을

---

* 보헤미아의 민족무곡. 1830년대 보헤미아에서 발생하여 19세기 말까지 전 유럽의 살롱에서 열광적인 인기를 모았다.

보호해줄 순 없소."

"이미 당신은 내게 과분할 만큼 베풀어주었습니다."

아르만도가 그의 어깨를 두드리며 호주머니 속에 간직하고 있던 접힌 종이 한 장을 내밀었다.

"잠시 도시를 떠나 있으시오. 일 년 정도 지난 뒤 돌아와 여기서부터 시작하시오."

페르민은 접힌 종이를 펴 읽었다.

변호사 페르난도 브리앙스

바르셀로나 카스페 거리 12번지, 최상층 1호

전화 564375

"그동안 날 위해 애써준 당신들에게 어떻게 보답할 수 있을까요?"

"당신의 일을 해결하고 나면 어느 날 그곳에 들러서 나에 대해 물어보시오. 아무튼 지금은 함께 카르멘 아마야의 플라멩코 공연을 보러 갑시다. 그런 다음 어떻게 저 위에서 도망쳤는지 말해주시오. 무척 궁금하니까."

페르민이 아르만도의 검은 눈동자를 바라보며 천천히 고개를 주억거렸다.

"아르만도, 당신은 몇 호 감방에 있었습니까?"

"13호요."

"그럼 벽에 있는 십자가 표시들은 당신이 한 겁니까?"

"당신과 달리 페르민, 난 신자요. 믿음은 잃었지만 말이오."

그날 저녁 회색빛 땅거미가 질 무렵, 누구도 그가 밖으로 나가는 걸 저지하지 않았고 그에게 작별을 고하지도 않았다. 또 한 명의 보이지 않는 사람이 되어 흥분을 불러일으키는 바르셀로나 거리를 향해 발을 내디뎠다. 멀리 보이는 사그라다 파밀리아 성당의 탑들이 엄청난 폭풍우가 몰아칠 것 같은 붉은 구름층 위로 솟아 있었다. 그의 발걸음은 트라팔가르 거리에 있는 버스 정류장으로 향했다. 아르만도가 선물한 외투 호주머니에는 돈이 있었다. 그는 가장 먼 구간의 표를 구입해 내리퍼붓는 빗속에 처량한 고속도로를 달리는 버스 안에서 밤을 보냈다. 다음날도 똑같은 여정이었다. 기차와 장거리 도보 그리고 심야버스를 이용한 고달픈 여정 끝에 그는 마침내 어느 곳에 도착했다. 거리 이름도 없고 번지수도 없으며 누구도 그런 것들을 기억하지 못하는 곳이었다.

수많은 벌이를 전전했고, 친구 하나 사귀지 않았다. 그는 쓸 만큼 돈을 벌었다. 이제는 믿지 않는 세상에 관해 이야기하는 책도 읽었다. 결코 어떻게 끝맺어야 할지 알지 못하는 편지들을 쓰기 시작했다. 추억과 회한을 안고 살았다. 몇 차례 교량과 벼랑

위에 올라가 침착하게 그 심연을 내려다봤다. 하지만 마지막 순간이면 '천국의 수인'과의 약속과 그의 눈빛이 뇌리에 떠올라 마음을 다잡고 돌아섰다. 일 년 후 그는 주점 위에 임대해 살던 방을 비운 뒤 길을 나섰다. 짐이라고는 벼룩시장에서 발견한, 어쩌면 불타버리지 않은 마르틴의 유일한 책인지도 모를 『저주받은 자들의 도시』 한 부가 다였다. 그는 그 책을 열두 번이나 읽었다. 페르민은 기차역까지 이 킬로미터를 걸어가 그동안 학수고대했던 표를 구입했다.

"바르셀로나행 한 장 주십시오."

매표소 직원이 업신여기는 눈빛으로 그에게 표를 건넸다.

"이런 젠장, 빌어먹을 카탈루냐인들!"

5

1941년 바르셀로나

해가 질 무렵 페르민은 프란시아 역에 도착해 기차에서 내렸다. 기관차가 내뿜은 희뿌연 증기와 매연 구름이 플랫폼을 미끄러지듯 기어가 장거리 여행 뒤 하차하는 승객들의 발걸음을 흐릿하게 만들었다. 페르민은 조용히 출구로 걸어가, 너덜너덜한 옷을 걸친 채 여행가방을 가죽 끈으로 단단히 고정시켜 힘들게 끌고 가는 사람들과 커다란 짐 꾸러미 안에 자신의 모든 물건을 잔뜩 실어 나르는 조로한 노인들 그리고 텅 빈 호주머니를 채울 기회를 호시탐탐 넘보는 아이들 속으로 들어갔다.

두 명의 경찰관이 플랫폼 입구를 감시하면서 승객들을 하나

하나 주의 깊게 살피다가 몇몇 사람들에게 다가가 신분증을 요구하는 불심검문을 했다. 페르민은 태연히 그들 중 한 명 쪽으로 똑바로 걸어갔다. 십이 미터쯤 떨어져 있을 때 경찰관이 자신을 유심히 관찰하고 있다는 걸 깨달았다. 몇 달 동안 말동무로 지낸 마르틴의 소설 속 등장인물들 중 한 명에 의하면, 권위를 무너뜨리는 가장 좋은 방법은 먼저 다가가 기선을 제압해 콧대를 꺾는 것이라고 했다. 페르민은 경찰관이 자신을 손으로 가리키기 전에 먼저 그를 향해 다가가 차분한 목소리로 말을 건넸다.

"안녕하십니까, 경찰 나리. 괜찮으시다면 포르베니르 호텔이 어디 있는지 좀 가르쳐주시겠습니까? 팔라시오 광장에 있는 것으로 압니다만 제가 워낙 이 도시 지리에 어두워서 말이죠."

경찰관은 조금 당황한 듯 말없이 페르민을 살폈다. 동료가 다가와 그의 오른쪽에 섰다.

"그런 건 출구 쪽에 가서 물어봐야 할 거요." 경찰관이 시큰둥하게 투덜거렸다.

페르민이 정중하게 고개를 끄덕였다.

"귀찮게 해드려 죄송합니다. 말씀대로 하죠."

역의 중앙 홀을 향해 다시금 발걸음을 이어가려는 순간 다른 경찰관이 그의 팔을 붙잡았다.

"팔라시오 광장은 나가서 좌측에 있소. 항만관리청 맞은편이에요."

"대단히 감사합니다. 즐거운 밤 되십시오."

경찰이 그를 놓아주자 페르민은 천천히 한 걸음 한 걸음 재면서 자리를 떠나 중앙 홀까지 갔고, 마침내 거리로 나섰다.

주홍빛 하늘이 우중충하고 예리한 실루엣들로 채워진 음울한 바르셀로나를 뒤덮고 있었다. 절반 정도 비어 있는 전차 한 대가 희미한 불빛을 포석 위에 비추면서 느릿느릿 지나갔다. 페르민은 전차가 지나가기를 기다렸다가 반대편으로 길을 가로질렀다. 거울처럼 빛을 반사하는 선로를 건너면서 파세오 콜론 대로와 그 막다른 곳의 몬주익 산 그리고 그 위에 우뚝 솟아 도시를 한눈에 내려다보는 성을 응시했다. 시선을 내리깔고 보르네 시장을 향해 코메르시오 거리를 똑바로 걸었다. 거리는 한적했고 좁은 골목 사이로 차가운 산들바람이 불고 있었다. 마땅히 갈 만한 곳이 없었다.

순간 마르틴이 수년 전 살았었다는 오래된 대저택 생각이 났다. 인근 플라사데르스 거리의 후미진 좁은 골목 안쪽, 마우리 초콜릿 공장 바로 옆이었다고 했다. 그곳으로 향했지만 막상 도착해보니 건물과 이웃한 농가는 전쟁중에 폭격의 대상이 되어 있었다. 당국은 폭삭 내려앉은 건물과 이웃 주택의 잔해들을 치우는 수고를 하지 않았고, 그 때문에 페르민은 고급 주택지에 있는 일부 집들의 복도보다 더 비좁아진 길을 걸을 수밖에 없었다.

페르민은 주위를 둘러보았다. 발코니에서는 한 줄기 희미한 불빛도 촛불빛도 새어나오지 않았다. 페르민은 폐허 속으로 들어가 돌무더기와 부서진 이무깃돌 그리고 답답하게 엉켜 있는 대들보를 피해 지났다. 건물 잔해 사이에서 빈 공간을 찾아 커다란 돌 뒤에 몸을 웅크렸다. 돌에는 17번지라는 다비드 마르틴의 옛 주소가 여전히 적혀 있었다. 그는 외투를 여미고 옷 아래 간직하고 있던 오래된 신문으로 몸을 감쌌다. 몸을 동그랗게 움츠린 채 눈을 감고 잠을 청하려 했다.

삼십 분 정도 지나자 한기가 뼛속까지 파고들었다. 습기를 머금은 바람이 폐허를 핥듯이 가볍게 스치면서 돌 틈새로 속속들이 스며들었다. 페르민은 눈을 뜨고 일어났다. 좀더 바람막이가 될 만한 구석을 물색하려 할 때 하나의 그림자가 거리 쪽에서 자신을 관찰하고 있는 걸 깨달았다. 페르민은 가만히 있었다. 그 사람이 자신이 있는 쪽으로 몇 걸음 내디뎠다.

"누구십니까?" 페르민이 물었다.

그 사람이 좀더 다가왔고 멀리 떨어진 희미한 가로등 불빛에 그의 옆모습이 드러났다. 검은 옷을 입은 키가 크고 건장한 남자였다. 그의 옷깃이 페르민의 시선을 사로잡았다. 사제였다. 페르민은 평화의 몸짓으로 양손을 들었다.

"곧 갈 겁니다, 신부님. 그러니 제발 경찰을 부르지 마십시오."

사제는 그를 위아래로 훑어보았다. 시선은 근엄했고, 성배 대신 항구에서 포대 자루나 나르면서 반평생을 보낸 듯한 분위기였다.

“시장하시오?” 그가 물었다.

사실 올리브기름 세 방울만 떨어뜨려준다면 돌조각이라도 냉큼 먹을 수 있을 듯했지만 페르민은 고개를 가로저었다.

“방금 시에테 푸에르타스 레스토랑에서 아로스 네그로*로 배부르게 저녁식사를 했습니다.”

사제는 입가에 살짝 온유한 미소를 지었다. 그리고 뒤돌아서서 걷기 시작했다.

“따라오시오.”

---

* 오징어먹물 파에야.

6

발레라 신부는 보르네 거리의 끝자락, 어느 건물의 다락방에 살고 있었다. 시장 지붕들이 바로 내려다보였다. 페르민이 호기심 어린 눈빛으로 신부를 관찰하는 사이 신부는 오래된 마른 빵 조각을 곁들인 수프와 묽은 포도주 두 잔을 그의 앞에 차려놓았다.

"저녁식사를 못 하셨습니까, 신부님?"

"평소에는 저녁을 먹지 않소. 마음껏 드시오. 내 보기에 당신은 1936년부터 죽 굶은 사람 같으니."

큰 소리로 수프를 들이켜고 쩝쩝 빵 조각을 씹어 삼키며, 페르민은 주위를 뱅 둘러보았다. 옆쪽 진열장에는 접시와 컵 세트 그리고 여러 성상들과 수수한 은 식기 한 벌이 보였다.

"나 또한 『레 미제라블』을 읽은 적이 있으니 꿈도 꾸지 마시오."

페르민은 무안해하며 고개를 끄덕였다.

"이름이 뭐요?"

"페르민 로메로 데 토레스입니다, 신부님."

"쫓기고 있소?"

"그렇다고 볼 수도 있죠. 문제가 좀 복잡합니다."

"얘기하고 싶지 않다면 내가 관여할 바는 아니지. 하지만 그런 옷차림으론 저 바깥을 돌아다닐 수 없소. 비아 라예타나에 도착하기도 전에 당신은 교도소 독방에 갇히게 될 거요. 그들은 오랫동안 숨어 지낸 사람들을 벼르고 있소. 그러니 각별히 조심해야 하오."

"휴면계좌에 있는 잔고를 인출하자마자 엘 디케 플로탄테*에 들러 말쑥하게 차려입고 나올 생각이었습니다."

"어디, 잠시 일어나보시오."

페르민이 숟가락을 내려놓고 일어섰다. 신부는 그를 자세히 살폈다.

"당신 두 배 정도 체격이긴 했지만, 라몬이 젊었을 때 입던 옷 몇 가지는 얼추 맞을 것 같군."

"라몬이 누굽니까?"

"내 동생이오. 저들이 내 눈앞에서 죽였지. 1938년 5월 이 건

---

* 바르셀로나 그라시아 거리에 있는 부티크. 유행을 선도하는 의류점.

물 앞 거리에서. 나를 연행하러 온 자들이었는데 동생이 완강히 저지하다 화를 당한 거요. 동생은 음악가였소. 시립 교향악단의 제1트럼펫 연주자."

"정말 유감입니다, 신부님."

신부는 어깨를 으쓱 추어올렸다.

"정도의 차이는 있지만 모두들 누군가를 잃었소. 당파에 속한다 할지라도 말이오."

"전 어떠한 당파에도 속한 사람이 아닙니다." 페르민이 반사적으로 대답했다. "더욱이 제게 국기라는 것은 썩은 내가 진동하는 색칠한 넝마에 불과합니다. 누구라도 몸에 국기를 두르고 국가國歌와 훈장, 연설을 뽐내는 걸 보면 설사가 날 지경이니까요. 저는 무리에 집착하는 사람은 무지몽매한 사람이라고 줄곧 생각해왔습니다."

"이 나라에서 한바탕 홍역을 치른 모양이군요."

"어느 정도였는지 가히 짐작도 못하실 겁니다. 하지만 품질 좋은 하몽 세라노를 직접 맛볼 수만 있다면 모든 게 보상된다고 항상 마음을 추슬렀죠. 어디든 사람 사는 곳은 똑같으니까요."

"그건 사실이오. 말해보시오, 페르민. 마지막으로 질 좋은 하몽 세라노 맛을 본 게 언제요?"

"1934년 3월 6일. 에스쿠디에르스 거리에 있는 로스 카라콜레스 레스토랑. 다른 삶에서였죠."

신부가 빙긋이 미소지었다.

"페르민, 오늘은 이곳에서 묵는다 해도 내일은 다른 곳을 찾아야 할 거요. 세간에는 말이 많으니까. 숙박비로 쓸 약간의 돈을 쥐여줄 수도 있소. 하지만 저들이 도처에서 신분증을 요구하고 경찰서 명부에 세입자들을 등록한다는 걸 명심하시오."

"굳이 당부하실 필요 없습니다, 신부님. 내일 해가 뜨기 전에 가능한 한 빨리 떠나겠습니다. 물론 신부님께는 한 푼도 받지 않겠습니다. 벌써 이래저래 너무 신세를 져서……"

신부는 손을 들더니 손사래를 쳤다.

"라몬의 옷가지 중 당신에게 어울릴 만한 것이 있는지 어디 한번 가봅시다." 신부가 식탁에서 일어서며 말했다.

발레라 신부는 페르민에게 보통 품질의 신발 두 켤레와 수수하지만 깨끗한 모직으로 짠 옷 한 벌, 속옷 두 벌 그리고 가방에 넣어 다닐 수 있는 세면도구 몇 가지를 한사코 챙겨주었다. 한쪽 선반 위에 반짝반짝 빛나는 트럼펫과 사진 여러 장이 놓여 있었는데, 언뜻 보기에 그라시아 축제* 때 찍은 사진 같았다. 잘생긴 두 젊은이가 웃고 있었다. 한참을 들여다보고 나서야 한 사람이 발레라 신부라는 걸 깨달았다. 지금은 그때보다 삼십 년은 더

---

* 바르셀로나 그라시아 지구에서 매년 8월에 열리는 축제.

나이 들어 보였다.

"따뜻한 물이 없소. 아침은 되어야 물탱크가 찰 테니 기다리든지 물주전자로 만족해야 하오."

페르민이 가능한 대로 씻고 매무새를 다듬는 동안, 발레라 신부는 수상쩍어 보이는 물질들이 섞인 치커리 가루로 커피*를 내려 내놓았다. 설탕은 없었지만 누렁물이 담긴 찻잔은 따스했고, 상대는 호감이 가는 상냥한 사람이었다.

"이렇게 있으니 우리가 콜롬비아에서 엄선된 원두커피를 음미하고 있는 것 같습니다." 페르민이 말했다.

"당신은 특이한 사람이오, 페르민. 개인적인 질문을 하나 해도 되겠소?"

"고해성사의 비밀은 지켜지는 건가요?"

"그렇소."

"말씀해보세요."

"당신은 누군가를 죽인 적이 있소? 전쟁중에 말이오."

"아니요." 페르민이 선뜻 대답했다.

"나는 있소."

페르민은 반쯤 마신 찻잔을 손에 꼭 쥔 채 움직이지 않았다. 신

* 치커리 커피는 전쟁중과 같이 물자공급이 불안정할 때 커피 대용으로 사랑받았다.

부가 시선을 떨구었다.

"지금껏 누구에게도 털어놓은 적이 없소."

"고해성사의 비밀은 반드시 지키겠습니다."

신부가 눈을 쓱쓱 비비면서 한숨을 내쉬었다. 페르민은 얼마나 오랫동안 그 남자가 그 비밀을 유일한 벗 삼아 죽은 동생에 대한 아픈 기억을 안고 홀로 버텨왔을까 자못 궁금했다.

"신부님, 저는 신부님이 옳은 일을 하셨을 거라고 확신합니다."

신부가 고개를 가로저었다.

"신은 이 나라를 버리셨소." 그가 침통하게 말했다.

"그렇다면 걱정하지 마십시오. 피레네 산맥 북쪽에서 어떤 꼴이 벌어지고 있는지 아시면 기가 죽어서 바로 돌아오실 테니 말입니다."

신부는 한동안 침묵했다. 하지만 커피 대용품과 페르민은 가엾은 신부에게 용기를 북돋워주기엔 바닥을 드러내고 있었다. 갈수록 의기소침해 보이던 신부가 손수 두번째 잔을 따랐다.

"당신은 진실을 좋아하오?"

페르민은 고개를 끄덕였다. 그러자 신부가 뜬금없이 물었다.

"내가 당신의 고해성사를 들어줬으면 좋겠소?"

"불쾌하게 여기지 마십시오, 신부님. 사실 전 좀처럼 이런 걸 믿지 않아서……"

"하지만 적어도 신은 당신을 믿고 있소."

"저는 신의 존재를 의심합니다."

"신을 믿어야 고해를 할 수 있는 건 아니오. 고해란 당신과 당신의 양심 사이의 문제니까. 털어놓을 게 있소?"

페르민은 두 시간에 걸쳐 그동안 입 다물고 있었던 모든 것을 발레라 신부에게 털어놓았다. 탈옥한 지 벌써 일 년이 지나 있었다. 신부는 이따금 맞장구를 치면서 경청했다. 페르민은 마침내 마음을 비우고 자기도 모르게 몇 달 동안 옥죄여 있던 비밀 유지라는 무거운 짐을 내려놓았다. 발레라 신부는 서랍에서 휴대용 술병을 꺼내더니, 물어보지도 않고 남은 술을 몽땅 그에게 대접했다.

"신부님, 저의 죄를 사하여주시지 않나요? 고작 코냑을 들이켜는 게 다인가요?"

"매한가지일 거요. 게다가 난 이제 누구를 용서한다거나 심판할 자격이 없는 사람이오, 페르민. 하지만 그건 전부 마시는 게 좋을 듯싶소. 그래, 이제 뭘 할 생각이오?"

페르민이 어깨를 으쓱 추어올렸다.

"제가 죽을 각오를 하고 돌아온 이유는 마르틴과의 약속 때문입니다. 먼저 그 변호사를 수소문하고 그다음엔 이사벨라와 그의 아들 다니엘을 찾아서 그들을 보호해야 합니다."

"어떻게 말이오?"

"아직은 모르겠습니다. 하지만 뭔가 묘안이 떠오르겠죠. 조언을 들을 겁니다."

"하지만 당신은 그들과 일면식도 없잖소. 그래봐야 교도소 동료에게 들은 게 전부인 생판 모르는 사람들이고……"

"압니다. 제 말이 정신 나간 소리처럼 들리죠, 그렇죠?"

신부는 마치 그의 말에서 무언가 알아낼 수 있다는 듯 그를 차분히 바라보았다.

"당신은 호의를 베풀려는 사람들에게 도리어 인색하고 비참한 일을 당해본 적이 없소? 설령 어처구니없는 일이라도?"

"왜 없겠습니까."

발레라가 미소지었다.

"신이 왜 당신을 믿는지 이제야 알겠소."

7

다음날 페르민은 발레라 신부가 깨지 않게 발끝으로 걸어서 나왔다. 신부는 마차도*의 시집을 손에 든 채 투우처럼 요란하게 코를 골며 소파에 잠들어 있었다. 떠나기 전 신부의 이마에 입을 맞추고 그가 냅킨에 싸서 자신의 여행가방 속에 넣어준 은 제품을 식탁 위에 도로 올려놓았다. 그런 다음 깨끗한 옷과 떳떳한 마음으로 최소한 며칠만이라도 더 생명을 부지하겠다는 결의를 다지며 계단을 내려왔다.

그날 해가 모습을 드러냈고, 바다에서 불어온 산뜻한 바람이

* 스페인의 시인(1875~1939). 스페인 내전 때 프랑코의 반대 세력인 공화파를 지지했으며, 1939년 공화파의 패색이 짙자 프랑스로 망명했다.

대기에 감도는 가운데 화창하고 햇살 강한 하늘이 사람들의 발걸음에 가늘고 기다란 그림자를 그렸다. 페르민은 기억나는 거리들을 구석구석 돌아다니고, 진열창 앞에 멈춰 서고, 벤치에 앉아 마냥 어여쁜 소녀들이 지나가는 모습을 바라보며 아침나절을 보냈다. 정오가 되자 그는 에스쿠디예르스 거리 초입에 있는 선술집으로 향했다. 로스 카라콜레스 레스토랑 인근으로 좋은 추억이 깃든 곳이었다. 그 선술집은 여전히 바르셀로나 전역에서 가장 감칠맛 나고 저렴한 샌드위치를 파는 걸로 정평이 나 있었다. 전문가들은 그 비결이 원재료에 관한 불문이라고 했다.

말쑥하게 차려입은 새 양복과 옷 속에 반으로 접어 넣은 〈라 방과르디아〉의 뭉툭한 형체 덕분에 페르민은 외투를 벗으면 근육질의 단단한 체구가 나타날 것처럼 풍채가 점잖고 당당해 보였다. 페르민은 카운터에 앉아 여의치 않은 호주머니 사정과 자그마한 위장에 적당한 메뉴를 살펴본 후에 웨이터와 협상을 개시했다.

"한 가지 물어봅시다, 젊은이. 오늘의 특별 요리로 시골 빵에 코르네야산産 냉육과 대형 소시지를 끼워 넣은 샌드위치가 있던데, 신선한 토마토도 들어갑니까?"

"프라트에 있는 저희 과수원에서 갓 수확한 것들로요. 황산 공장 뒤편에 있죠."

"강렬한 향미가 나겠군. 말해보시오, 젊은이. 이 가게, 외상됩니까?"

웨이터는 쾌활하게 생글거리던 표정을 지우고 적의 어린 표정으로 어깨 위에 행주를 걸치면서 카운터 뒤로 들어가버렸다.

"하느님도 외상은 안 됩니다."

"훈장을 받은 상이군인들의 경우엔 예외가 되어야 하지 않소?"

"당장 나가든지 아니면 경찰을 부르겠습니다!"

상대방이 엄포를 놓자 페르민은 작전을 다시 세울 심산으로 조용한 구석을 찾아 꽁무니를 뺐다. 막 출입구 계단에 자리를 잡았을 때 한 소녀가 나타났다. 기껏해야 열일곱 정도의 앳된 얼굴이었지만 벌써 코러스 걸 같은 곡선미를 풍기는 소녀였다.

순간 그의 옆을 스쳐지나던 소녀가 바닥으로 고꾸라지려 했다. 페르민이 후닥닥 일어나 소녀의 팔을 잡았을 때 등 뒤에서 발소리와 함께 누군가의 목소리가 들렸다. 방금 전 자신을 쫓아내 천상의 음악처럼 들리는 신선한 바람을 맞도록 한 그 버릇없는 웨이터의 목소리인가 싶었다.

"야, 이 빌어먹은 갈보년아! 내게 다시 그딴 돼먹지 않은 수작질을 하기만 해봐. 그땐 가만두지 않을 거야. 당장 네년 낯짝에 흠집을 내어 거리로 내쳐버릴 거라고! 한번 나가봐라, 어떤 매춘부도 네년보다는 훨씬 나을 거다."

목소리의 주인공은 안색이 누리끼리하고 모조 장신구로 어정쩡한 미적감각을 드러낸 덩치 큰 남자였다. 페르민보다 몸집이 두 배는 육중하고, 손에는 날카로운, 정확히 말하면 뾰족한 물건으로 보이는 것을 들고 있었다. 하지만 불량배와 뚜쟁이 들에게 신물이 나 있던 페르민은 이에 개의치 않고 소녀와 그 남자 사이에 끼어들었다.

"넌 어떤 좆같은 새끼야, 이 재수 없는 자식아! 네놈 낯짝을 뭉개버리기 전에 빨리 꺼져!"

페르민은 소녀가 자신의 팔에 매달리는 걸 느꼈다. 소녀에게서는 계피와 튀김을 뒤섞은 희한한 냄새가 나는 것 같았다. 불한당을 흘낏 쳐다보는 것만으로도 대화로 해결될 상황이 아님을 짐작하고도 남았기에 페르민은 행동을 취하기로 했다. 상대방을 재빨리 분석해본 페르민은 그자의 몸뚱어리 대부분이 비곗살이고 근육이나 두뇌를 구성하는 회백질은 과히 많지 않다는 결론에 이르렀다.

"내게 그런 식으로 말하지 마시오. 그리고 어린 숙녀에게도!"

뚜쟁이는 어안이 벙벙해서 그저 멍하니 그를 바라볼 뿐 말대꾸를 하지 못했다. 잠시 뒤 이 약골이 몸싸움을 걸어올 것이라고는 전혀 생각지 못했던 그자는 여행가방이 자신의 유약한 부분으로 날아들자 깜짝 놀랐고, 땅바닥에 나동그라져 양손으로 중요 부위를 가렸다. 이윽고 여행가방의 가죽 모서리가 네다섯 번 연속으로 전략상 중요한 곳을 강타하자, 잠시 동안 그자는 허탈감에 꼼짝하지 못했다.

지나가던 사람들이 그 광경을 목격하고서 박수갈채를 보냈다. 소녀가 무사한지 확인하기 위에 뒤를 돌아본 페르민은 무한한 감사와 사랑을 보내는 황홀하고 치명적인 눈빛과 마주쳤다.

"나는 페르민 로메로 데 토레스란다."

소녀는 모둠발로 발돋움해 그의 뺨에 키스했다.

"전 로시이토예요."

나동그라져 있던 얼간이는 비틀비틀 일어나 호흡을 가다듬으려 애썼다. 하지만 그자가 기력을 회복해 제대로 다시 한판 붙어보기 전에 페르민은 대결 현장을 벗어나기로 했다.

"가능한 한 서둘러 움직여야 해." 페르민이 말했다. "주도권을 잃으면 싸움은 우리에게 불리하게 돌아가니까……"

로시이토가 그의 팔을 잡고 그물처럼 얽혀 있는 좁은 뒷골목을 통해 레알 광장으로 이끌었다. 일단 햇볕이 내리쬐는 확 트인 곳으로 나오자 페르민은 잠시 멈추고 숨을 가다듬었다. 페르민의 얼굴이 시시각각 창백해지고 있었다. 로시이토는 자신을 구해준 용감한 투사의 혈압이 급격하게 떨어졌다는 걸 직감적으로 깨달았다. 정신적으로 힘들거나 배가 고파서겠지. 페르민은 도스 문도스 여관의 테라스에 도착하자마자 어깨를 축 늘어뜨린 채 의자에 맥없이 주저앉았다.

로시이토는 열일곱 살 정도로 보였지만 트루에타 박사*도 부러워할 만한 뛰어난 관찰력이 있어, 그가 활기를 되찾도록 구색을 고루 갖춘 음식들을 주문했다. 페르민은 진수성찬이 도착한 걸 보고 흠칫 놀랐다.

"로시이토, 난 돈이 한 푼도……"

"이건 제가 사는 거예요." 로시이토가 의기양양하게 말을 가로막았다. "내 남자를 잘 보살펴서 훤칠하게 만들고 싶거든요."

로시이토는 초리소와 빵 그리고 웨지감자에 거대한 맥주잔까지 곁들여 그에게 식사를 권했다. 그리고 페르민이 점차 기운을 차리고 생기발랄한 말투를 되찾자 흐뭇한 미소를 지었다.

"아저씨가 원한다면 넋을 잃게 만드는 이 집의 특별 후식도 드릴게요." 로시이토가 혀로 입술을 핥으면서 제안했다.

"하지만 얘야, 넌 지금 수녀들과 함께 학교에 있어야 하지 않니?"

로시이토가 우습다는 듯 깔깔대며 웃었다.

"어머, 건달 아저씨. 있는 집 자식처럼 아주 말주변이 좋네요!"

향연은 차츰 끝이 났고, 페르민은 소녀에게 얹혀살면 뚜쟁이로서 자신의 전도가 유망하리라 직감했다. 그렇지만 보다 중요한 다른 일이 그의 주의를 환기시켰다.

"몇 살이지, 로시이토?"

"열여덟 살하고 육 개월입니다, 페르민 나리."

---

* 바르셀로나 출신의 의사(1897~1977).

"조숙해 보이는구나."

"가슴 부분이 그렇죠. 열세 살 때 봉긋해졌는데 뭇시선을 받으면 자랑스러워요. 이런 말을 하는 게 멋쩍지만 말이에요."

한때 아바나에서 욕정에 사로잡혀 뜨거운 나날들을 보낸 이후, 그에 필적할 만한 풍만한 곡선미를 보지 못했던 페르민은 애써 양식 있게 행동하려고 노력했다.

"로시이토." 그가 입을 뗐다. "난 널 책임질 수 없어……"

"알고 있어요, 아저씨. 난 바보가 아니에요. 아저씨가 한 여자와 살 사람이 아니라는 건 이미 알고 있어요. 나이는 어리지만 난 다른 사람의 의중을 헤아리는 법을 배웠거든요……"

"이 잔치의 비용을 어디로 보내야 하는지 말해주렴. 지금 당장은 주머니 사정이……"

로시이토가 고개를 가로저었다.

"여기 여관에 방이 하나 있는데 랄리와 공동으로 쓰고 있어요. 랄리는 온종일 밖에 있죠. 선원들을 상대하거든요…… 아저씨, 올라가서 마사지 한번 받아보는 게 어때요?"

"로시이토……"

"집에 초대하고 싶어요……"

페르민은 우울한 표정으로 소녀를 물끄러미 바라보았다.

"아저씨는 눈빛이 슬퍼요. 아주 잠깐이지만 이 로시이토가 삶의 기쁨을 선사해드릴게요. 괜찮죠?"

페르민은 부끄러워 시선을 내리깔았다.

"여자와 있어본 지 얼마나 됐어요?"

"이젠 기억도 나지 않아."

로시이토가 그에게 손을 뻗더니, 그를 잡아끌면서 계단을 올라 조그마한 방으로 안내했다. 안에는 엉성한 침대와 세면대밖에 없었고 광장 쪽으로 작은 발코니가 나 있었다. 그녀는 커튼을 치고 맨살 위에 입고 있던 꽃무늬 옷을 아슬아슬하게 벗었다. 페르민은 그 경이로운 모습을 말없이 응시했다. 그는 로시이토의 고달픈 가슴에 자신을 맡겼다.

"아저씨가 원치 않으면 우린 아무것도 하지 않을 거예요, 알았죠?"

로시이토가 그를 침대에 눕히고 자신도 그 옆에 누웠다. 그를 팔로 껴안고 머리를 쓰다듬었다.

"쉬, 쉬." 로시이토가 속삭였다.

페르민은 열여덟 살의 가슴에 얼굴을 묻고 울음을 터뜨렸다.

황혼이 깃들 무렵, 로시이토는 교대 시간이 되어 일어나야만 했다. 페르민은 아르만도가 일 년 전 자신에게 건네준 변호사 브리앙스의 주소가 적힌 종이쪽지를 찾아 그를 만나러 가기로 결심했다. 로시이토는 전차를 타거나 커피를 마실 때 필요할 거라며 집요하게 잔돈 몇 푼을 쥐여주었고 다시 자신을 만나러 오겠다는 약속을 하라고 종용했다. 영화관이나 미사에만 데려가도 좋다고 했다. 자기는 카르멘 성모의 독실한 숭배자로, 특히 성가 의식을 아주 좋아한다며. 로시이토는 아래층까지 그를 배웅했다. 작별할 때 그의 입술에 키스를 하면서 엉덩이를 살짝 꼬집었다.

"정말 근사한 사람이야." 로시이토는 광장의 낮은 아치문을 지나는 페르민을 바라보며 중얼거렸다.

카탈루냐 광장을 가로지르는데, 한바탕 비라도 내릴 듯 낮게 드리운 먹장구름이 하늘에 잔뜩 몰려들기 시작했다. 으레 광장 위를 날던 비둘기 떼가 피난처를 찾아 나무 위로 숨어들며 불안한 듯 서성거렸다. 사람들은 공기중에 떠도는 번개 냄새를 맡으며 서둘러 지하철 입구 쪽으로 향했다. 세찬 바람이 불더니 땅바닥에 뒹굴던 낙엽들이 조수처럼 밀려들었다. 페르민은 발걸음을 재촉했고 카스페 거리에 도착했을 때는 이미 들어붓듯 비가 쏟아지고 있었다.

8

브리앙스는 자유분방한 학생 같은 분위기를 풍기는 젊은 남자였다. 짭조름한 비스킷과 커피를 마신 듯 사무실에 냄새가 배어 있었다. 거기에 먼지투성이 서류 냄새까지. 사무실은 티볼리 대극장이 자리한 건물의 꼭대기층에 위치한 비좁은 방으로, 햇볕이 들어오지 않는 복도 끝에 자리하고 있었다. 페르민은 저녁 여덟시 삼십분쯤 그를 만났다. 브리앙스는 셔츠 차림으로 문을 열더니, 그를 보자마자 그저 고개를 끄덕이며 한숨을 쉬었다.

"페르민이죠? 마르틴에게서 당신 얘기를 들었습니다. 언제 이곳에 들를지 궁금하던 참이었습니다."

"잠시 도시 밖에 나가 있었습니다."

"그렇군요. 들어오시죠."

페르민은 그를 따라 작은 사무실 안으로 들어갔다.

"굉장한 밤이네요! 그렇죠?" 변호사가 안절부절못하며 물었다.

"비가 좀 오는 것뿐인데요, 뭘"

페르민은 주위를 빙 둘러보다 눈앞에 의자가 하나밖에 없다는 걸 알았다. 브리앙스가 그에게 의자를 권했다. 그리고 자신은 상법 관련 책 더미 위에 걸터앉았다.

"아직 가구가 다 배달되지 않았습니다."

연필깎이 하나도 들여놓을 수 없을 것 같았지만 페르민은 구태여 아무 말도 하지 않았다. 탁자 위에는 쇠고기 샌드위치 접시와 맥주잔이 있었다. 종이 냅킨으로 보건대, 변호사의 훌륭한 저녁식사는 아래층 카페에서 배달된 것이었다.

"식사중이었습니다. 괜찮다면 함께 드시죠."

"어서 드시오. 당신같이 젊은 사람들은 장성해야 하고, 난 먹고 왔으니까."

"아무것도 들지 않겠습니까? 커피는 어떠세요?"

"수구스 캐러멜이 있다면……"

브리앙스는 서랍 속을 뒤졌지만 잡다한 물품들뿐이었다.

"목에 좋은 후아놀라는 어때요?"

"좋습니다, 고맙소."

"그럼 저는 실례하고 먹겠습니다."

브리앙스가 샌드위치를 한 입 베어물더니 맛있게 씹었다. 페르민은 둘 중 누가 더 옹색한 생활을 하는지 궁금했다. 책상 바로 옆 반쯤 열린 문이 옆방으로 통해 있었는데, 접이식 침대와 쭈글쭈글한 셔츠들이 걸린 옷걸이 그리고 높이 쌓아놓은 책 더미가 어렴풋이 보였다.

"여기 사시오?" 페르민이 물었다.

이사벨라가 마르틴을 위해 수임료를 댈 수 있는 변호사는 분명 수완이 뛰어난 야심가는 아니었다. 브리앙스는 페르민의 시선을 좇더니 멋쩍은 미소를 지었다.

"네, 임시로 사무실 겸 숙소로 사용하고 있죠." 브리앙스가 대답하면서 침실 문을 닫기 위해 몸을 앞으로 숙였다.

"내가 변호사처럼 보이지 않을 겁니다. 사실 그렇게 생각하는 사람이 당신뿐만은 아니죠. 내 아버지도 같은 의견이시니까요."

"신경쓰지 마시오. 내 아버지는 늘 나와 형제들에게 껄렁한 식충이들이라고 악담을 퍼부으며 결국 채석장 인부로 밥 먹고 살 거라고 하셨소. 그런데 보란 듯이 여기 있잖소. 가족의 전폭적인 믿음과 아낌없는 성원을 받고 이뤄낸 성공은 무상한 법이오."

브리앙스는 마지못해 고개를 끄덕였다.

"이리 보이는 건…… 사실 혼자 힘으로 개업한 지 얼마 안 되었기 때문입니다. 전에는 그라시아 거리에 있는, 여기서 매우 가까운 유명한 로펌에서 근무했죠. 그런데 여러 가지 의견 차이로 불화가 있었습니다. 그때부터 상황이 어려워졌죠."

"혹시 발스 때문이오?"

브리앙스가 고개를 끄덕이더니 세 모금 만에 맥주를 다 마셔버렸다.

"마르틴 씨 사건을 의뢰받고부터 그는 횡포를 멈추지 않았습니다. 결국 고객들이 거의 모두 떠나버렸죠. 그나마 계속 찾아오는 사람들은 수임료로 땡전 한 푼 주지 못하는 사람들이었고요."

"이사벨라 부인은?"

변호사의 눈빛이 어두워졌다. 탁자 위에 맥주잔을 내려놓더니 망설이면서 페르민을 바라봤다.

"모르고 계셨습니까?"

"뭘 말이오?"

"이사벨라 셈페레는 죽었습니다."

9

폭풍우가 맹위를 떨치며 도시에 휘몰아쳤다. 페르민이 커피잔을 양손에 감싼 채 멍하니 앉아 있는 동안 브리앙스는 열린 창문 앞에 서서 신개발지구 건물들의 지붕 위로 내리퍼붓는 세찬 빗줄기를 바라보며 이사벨라의 마지막 날들을 애통한 목소리로 들려주었다.

"그녀는 갑자기 아무 이유 없이 아팠습니다. 당신이 그녀를 만난 적이 있는지 모르겠지만…… 이사벨라는 젊었죠. 앞길이 창창했어요. 건강했고 비참한 전쟁통에서도 살아남았어요. 모든 게, 말하자면 하룻밤 사이에 일어났습니다. 당신이 탈옥한 그날 밤, 이사벨라는 밤늦게 집에 돌아왔습니다. 남편이 그녀를 발견했을 때 이사벨라는 욕실 바닥에 무릎을 꿇은 채 땀을 흘리며 부르르 떨고 있었죠. 몸 상태가 좋지 않다고 말했어요. 의사를 불렀지만 의사가 도착하기도 전에 그녀는 경기를 일으키고 피를 토했습니다. 의사는 식중독이라며 며칠 동안 엄격한 식이요법을 해야 한다고 진단했지만 다음날 아침이 되자 상태가 더 악화되었죠. 셈페레 씨는 그녀를 모포로 감쌌고, 이웃집에 사는 택시기사가 그들을 마르 병원에 데려다주었어요. 그녀의 피부에 상흔처럼 검은 반점들이 생겨나고 머리카락이 한 움큼 빠졌죠. 병원에서 두 시간여 동안 기다렸지만 결국 의사들은 진찰을 거부했어요. 이유인즉 아직 진찰을 받지 못하고 대기실에 있던 어떤 환자가 자기가 셈페레 씨를 안다면서, 그가 공산주의자였거나 그와 비슷한 어리석은 짓을 저질렀다고 넌지시 일러바쳤기 때문이죠. 내 생각에는 새치기를 하려고 입에서 나오는 대로 지껄인 것 같아요. 아무튼 간호사가 시럽을 주면서 위세척을 하면 좋아질 거라고 했지만 이사벨라는 아무것도 삼킬 수 없었죠. 셈페레 씨는 어찌할 바를 몰랐어요. 그녀를 집에 데려와 차례차례 의사에게 왕진을 청하기 시작했죠. 하지만 누구도 그녀가 왜 그러는지 원인을 알지 못했어요. 서점 단골이었던 한 간호조무사가 종합병원에 근무하는 누군가를 소개해줬죠. 셈페레 씨는 아내를 그곳으로 데려갔어요.

종합병원에서는 그녀가 콜레라에 걸렸을 수 있지만 그냥 집에 데려가라고 했습니다. 질병이 발생해 환자가 넘쳐난다면서 말이죠. 이미 지역에서 많은 사람들이 목숨을 잃었어요. 이사벨라는 하루가 다르게 상태가 악화되었죠. 헛소리를 했어요. 셈페레 씨가 헌신적으로 최선을 다했지만, 급기야 너무 허약해져 병원에 데려갈 수도 없게 되었죠. 그렇게 아픈 지 일주일 만에 그녀는 세상을 떠났어요. 산타 아나 거리에 있는 서점 위의 집에서……"

무거운 침묵이 한동안 그들 사이에 감돌았고, 요란한 빗소리와 바람이 잦아들면서 멀어져가는 천둥의 으르렁거림밖에 들리지 않았다.

"그녀가 죽은 지 한 달도 되지 않아, 나는 사람들이 어느 날 밤 리세오 대극장 건너편 오페라 카페에서 그녀를 보았다고 하는 말을 들었습니다. 마우리시오 발스와 앉아 있었다고 하더군요. 이사벨라는 내 충고를 무시하고 마르틴을 이용하려는 그의 계획을 폭로하겠다며 발스를 협박했던 거예요. 내가 모르는 어떤 졸작을 마르틴에게 개작하도록 강요해서 그 작품으로 유명해지고 많은 상패를 받아보리라 잔뜩 기대에 부풀어 있던 그를 건드린 거죠! 그곳에 가서 확인을 했습니다. 웨이터는 발스가 차를 타고 왔다는 것과 캐모마일 차 두 잔과 꿀을 주문했던 것을 기억하고 있더군요."

페르민은 젊은 변호사의 말을 잘 따져보았다.

"그럼 당신은 발스가 그녀를 독살했다고 믿는 거요?"

"입증할 수는 없지만 그의 주변을 캐면 캘수록 확신하게 됩니다. 발스가 틀림없어요."

페르민은 시선을 바닥으로 떨어뜨렸다.

"마르틴 씨는 이 사실을 알고 있소?"

브리앙스는 고개를 내저었다.

"아니요. 당신이 도주한 후, 발스는 마르틴을 탑에 있는 독방에 가두도록 지시했습니다."

"그럼 사나우하 박사는? 두 사람을 함께 두지 않았소?"

브리앙스는 실의에 빠져 한숨을 내쉬었다.

"저들은 사나우하 박사를 반역죄로 군법 회의에 회부했습니다. 그리고 이 주 후 총살했죠."

기나긴 침묵이 방 안을 무겁게 짓눌렀다. 페르민이 일어나 안절부절못하고 서성거리기 시작했다.

"왜 아무도 날 찾지 않았죠? 결국 내가 이 모든 것의 원인인데……"

"당신은 존재하지 않으니까요. 상관 앞에서 굴욕을 당하지 않고 정권 내에 보장된 미래가 파멸되는 것을 막아보고자, 발스는 당신을 수색하러 보냈던 경비대를 단속시켰습니다. 당신이 몬주익 산 중턱으로 도망치자 발포했고, 시체는 공동묘지에 내던졌다고 턱없는 거짓말을 시킨 거죠."

페르민은 악의에 찬 욕설을 웅얼거렸다.

"그럼 지금 당장 군사 정부에 가서 '육시랄 놈, 엿 먹어라'라고

욕을 해줘야겠소. 그리고 발스가 내 부활을 어찌 해명하는지 어디 한번 보고 싶군요."

"허튼소리 하지 마세요. 그런 식으론 아무것도 해결되지 않습니다. 그래봤자 당신이 얻는 거라곤 아구아스 도로*에 끌려가 뒤통수에 총알이 박히는 일밖에 없어요. 그 버러지 같은 인간은 그럴 만한 가치도 없습니다."

페르민은 고개를 끄덕였지만 내심 수치심과 죄책감으로 괴로웠다.

"그럼 마르틴은? 그는 앞으로 어떻게 될까요?"

브리앙스는 어깨를 으쓱했다.

"기밀입니다만, 그는 감방에서 나올 수 없을 겁니다. 성에 베보라는 교도관이 근무하고 있는데, 내게 한두 번 신세를 진 적이 있습니다. 저들이 그의 동생을 사형시키려 했는데, 내가 변론을 맡아 십 년 형으로 감형해 발렌시아 교도소에서 복역하도록 했거든요. 베보는 착한 사람이고 성에서 보고 들은 일을 전부 내게 알려줬습니다. 발스는 내게 마르틴의 면회를 허락지 않았지만 베보를 통해 알 수 있었어요. 마르틴은 살아 있고, 발스가 그를 탑에 가둔 채 이십사 시간 철저히 감시하도록 지시했다더군

* 바르셀로나 시 서쪽 경계 지점, 콜세롤라 언덕에 있는 길. 바르셀로나 전경을 내려다볼 수 있는 곳이다.

요. 마르틴에게 종이와 펜을 주라고 했다는데, 베보의 말에 따르면 그가 무언가를 쓰고 있다고 합니다."

"뭘요?"

"알 턱이 없죠. 아무튼 베보가 전하길, 발스는 자신의 원고에 기초해 마르틴이 위탁받은 책을 쓰고 있다고 믿는다는군요. 하지만 당신과 내가 알다시피 제정신이 아닌 마르틴은 다른 걸 쓰고 있는 것 같습니다. 이따금 자신이 쓴 것을 큰 소리로 되뇌거나, 일어나 감방 안을 서성거리며 대화의 일부나 전 문장을 낭송한답니다. 베보는 그의 감방 옆에서 야간 교대를 서며 가능한 한 담배와 그가 유일하게 먹는 각설탕을 건네준다는군요. 그런데 혹시 마르틴이 당신에게 『천사의 게임』이라는 책에 대해 얘기한 적이 있나요?"

페르민은 고개를 가로저었다.

"그게 지금 그가 쓰고 있는 책의 제목이오?"

"베보 말로는 그렇다고 합니다. 마르틴이 그에게 들려주거나 큰 소리로 읊어대는 걸 들어보면 일종의 자서전이나 고해처럼 들린다고…… 내 생각엔 마르틴이 스스로 판단력이 흐려지고 있다는 걸 깨닫고 너무 늦기 전에 기억하고 있는 걸 종이 위에 옮겨놓으려 하는 것 같습니다. 자신이 어떤 사람인지 알기 위해 자신에게 편지를 쓴다고 할까요……"

"마르틴이 명령을 충실히 이행하지 않았다는 것을 발스가 알게 되면 무슨 일이 벌어질까요?”

변호사 브리앙스가 그에게 음울한 눈빛을 되돌려주었다.

10

자정 무렵에야 비가 그쳤다. 브리앙스의 꼭대기층 사무실에서 내려다본 바르셀로나는 찌푸린 하늘 아래 나직이 깔린 구름을 이고 있는 지붕들로 을씨년스러운 모습을 자아냈다.

"어디 갈 데는 있습니까, 페르민?" 브리앙스가 물었다.

"유혹적인 제안을 받았소. 배움이 많지 않아 조금 경망스러워 보이긴 하지만 마음이 따뜻하고 숨 막히게 아름다운 한 소녀가 내게 기둥서방 겸 보디가드가 되어달라고 하더군요. 하지만 난 하는 일 없이 밥만 축내는 군식구가 되고 싶지 않고, 하물며 헤레스 출신의 비너스에게 내둘릴 생각은 추호도 없소."

"당신이 거리를 나돌아다니는 건 도무지 마음이 놓이지 않습니다, 페르민. 너무 위험해요. 그러니 당신 좋을 대로 얼마든지 여기 머무르십시오."

페르민은 주위를 둘러보았다.

"이곳이 콜론 호텔 같지 않다는 건 인정합니다. 하지만 저 뒤에 접이식 침대가 하나 있고, 난 잘 때 코를 골지 않습니다. 벗이 있으면 좋기도 할 거고."

"당신은 애인이 없소?"

"로펌 공동 창립자의 딸과 사귀었는데 발스와 회사가 나를 해고시키면서 헤어지게 됐죠."

"마르틴 사건으로 당신은 정말 값비싼 대가를 치르고 있군요. 금욕과 청빈을 맹세하겠소."

브리앙스의 입가에 미소가 떠올랐다.

"물거품으로 돌아갈 게 뻔한 계획이지만 어쨌든 기쁘네요."

"약속할 테니 두고 보시오. 그리고 내 비록 미력하나마 당신을 도울 수 있게 해준다면 좋겠소. 청소, 정돈, 타자, 요리, 자문 역할 및 탐지와 감시 서비스도 제공할 수 있소. 또한 당신이 곤궁에 빠져 마음이 약해지는 순간이나 잠시 긴장을 풀 필요가 있을 때, 내 여자 친구인 로시이토를 통해 전문 서비스를 받고 생기를 되찾을 수 있을 거라고 난 확신하오. 정액을 과축적하는 건 금물이오. 나중에 더 안 좋아질 테니까."

브리앙스가 그에게 손을 내밀었다.

"좋습니다, 그렇게 하죠. 당신은 이제 '브리앙스와 브리앙스'

로펌의 인턴이자 파산자들의 보호자로 고용되었습니다!"

"내 이름 페르민을 걸고, 일주일 내로 당신에게 수임료를 선불로, 그것도 현찰로 지급할 고객 한 명을 데려오겠소."

이렇게 해서 페르민 로메로 데 토레스는 임시로 브리앙스의 변호사 사무실에 둥지를 틀었고, 그곳을 정리하면서 모든 일건 서류와 서류철 그리고 계류중인 사건들에 대해 훤히 알게 되었다. 페르민의 솜씨가 아주 깔끔해서 사무실은 이틀 만에 세 배는 넓어진 것 같았다. 페르민은 하루의 대부분을 그곳에 갇혀 지냈지만 그래도 두 시간 정도는 외출을 했다. 그럴 때면 티볼리 극장의 로비에서 꽃다발을 한 움큼 훔쳐오거나 아래층 주점의 여종업원을 구슬려 뭔가를 들고 오기도 했다. 그리고 킬레스 식료품 가게에서 질 좋은 물건들을 가져오면서는 브리앙스를 해고한 로펌 앞으로 계산을 달고 자신을 새로 온 사환이라고 소개했다.

"페르민, 이 하몽은 정말 기막힌데요, 대체 어디서 난 겁니까?"

"만체고 치즈도 먹어보시오. 아주 끝내주는 맛이니."

아침마다 그는 브리앙스의 사건들을 모두 훑어보고 문서들을 깨끗이 옮겨 적었다. 오후에는 전화를 받았고, 전화번호부를 뒤져 지불 능력이 있음직한 미래의 고객들을 찾는 데 주력했다. 가능성이 엿보이면 전화를 끊고 주소지를 방문했다. 지역 상인과 직장인 그리고 일반인들을 상대로 총 오십 통의 전화를 돌린 결과, 열 건은 방문으로 이어졌고 세 건은 브리앙스의 새로운 고객 창출에 이바지했다.

첫번째 고객은 남편의 사망보험금 지불을 거절하는 보험회사와 소송중인 미망인이었다. 보험사는 시에테 푸에르타스 레스토랑에서 가재를 과도하게 먹은 후 그에게 일어난 불의의 심부전 증상이 보험금 지급을 고려할 수 없는 자살 행위라고 주장했다. 두번째 고객은 박제사로, 은퇴한 투우사가 자신의 마지막 투우 경기에서 죽인 오백 킬로그램짜리 소를 옮겨와 부탁을 하기에 일단 박제를 해놓았는데, 막상 투우사는 박제 회수도 대금 지불도 거부하는 상태였다. '도와주소서'라는 비명을 내지르며 가게 밖으로 뛰쳐나가버릴 만큼, 박제사가 박아넣은 유리 눈이 악령 들린 인상을 주었다는 것이 은퇴한 투우사의 변명이었다. 그리고 세번째 고객은 산 페드로 거리의 재단사로, 무면허 치과의사가 어금니 다섯 개를 발치했는데 그중 어느 것도 충치가 아니었다. 대단한 사건들은 아니었지만, 어쨌든 고객들은 선금을 치르고 계약서에 서명했다.

"페르민, 당신에게 고정급을 지급하겠습니다."

"당치도 않소."

페르민은 알선의 대가로 변변찮은 돈을 가끔 빌릴 뿐 어떤 보수도 한사코 거절했다. 그는 빌린 돈으로 일요일 오후마다 로시이토와 극장에 가거나 춤을 추러 라 팔로마에 가거나 티비다보

공원에 갔는데, 그곳에 있는 거울의 집에서 그녀는 일주일 동안 애타게 기다렸던 그의 목에 선명한 키스 자국을 남겼다. 그러던 어느 날 바르셀로나 상공을 빙빙 나는 놀이기구 비행기 안에 단둘이 있는 기회를 이용해, 페르민은 조급한 사랑의 행위를 경험한 지 참으로 오랜만에 자신의 남성성을 충분히 발휘하면서 환희를 만끽했다.

어느 날 관람차 꼭대기에서 아름다운 로시이토를 음탕하게 더듬으면서, 페르민은 모든 예상을 뒤엎은 이런 일들이 결국 한때의 좋은 기억으로 남게 될 거라고 중얼거렸다. 그리고 두려움에 휩싸였다. 그런 시절은 오래 지속될 수 없으며, 살며시 다가온 잠시 동안의 평화와 행복은 싱그러운 젊음이 느껴지는 로시이토의 육체와 반짝이는 두 눈보다 먼저 사라질 것이었다.

11

그날 밤 그는 사무실에 앉아서 브리앙스가 법원과 관공서, 검찰청, 교도소 그리고 정보를 얻기 위해 거쳐야만 하는 수많은 접견을 마치고 돌아오길 기다렸다. 밤 열한시쯤 복도에서 젊은 변호사의 발소리가 들렸다. 문을 열자 브리앙스가 전에 없이 피로한 얼굴과 걸음걸이로 들어섰다. 그러더니 구석에 풀썩 주저앉아 양손으로 머리를 감쌌다.

"무슨 일이 있었소, 브리앙스?"

"몬주익에서 오는 길입니다."

"희소식이오?"

"발스가 내 면회를 거절했습니다. 네 시간 동안 기다리게 해놓고 결국 쫓아냈습니다. 면회 약속과 경내 출입 허가를 철회해버린 겁니다."

"마르틴은 만나게 해주던가요?"

브리앙스는 고개를 저었다.

"그는 거기 없었습니다."

페르민은 이해할 수 없다는 듯 그를 물끄러미 바라보았다. 브리앙스는 말을 고르면서 잠시 말없이 있었다.

"베보가 나를 쫓아와 알고 있는 걸 말해주었습니다. 이 주 전 일이라고 하더군요. 마르틴은 신들린 사람처럼 밤낮으로 거의 자지도 않고 무언가를 써대고 있었습니다. 그런데 발스가 뭔가 이상한 낌새를 눈치채고 마르틴이 이제까지 쓴 페이지들을 압수해오도록 베보에게 지시했죠. 세 명의 보초가 달려들어 그를 꼼짝 못하게 하고 간신히 육필 원고를 빼앗았습니다. 두 달도 채 안 되는 기간 동안 장장 오백 페이지가 넘는 원고를 썼나보더라고요. 베보가 발스에게 가져갔더니 원고를 읽으면서 노발대발했답니다."

"기대했던 내용이 아니었던 거군요……"

브리앙스가 말을 이었다.

"발스는 밤새 원고를 읽었고, 다음날 아침 부하 네 명의 호위를 받으며 탑으로 올라갔습니다. 부하들에게 마르틴의 손발에 수갑을 채우게 한 다음 안으로 들어갔죠. 베보는 감방 문지방에서 대화의 일부를 엿들었지요. 발스는 버럭 화를 냈답니다. 마르틴에게 무척 실망했다면서 장차 걸작이 될 씨앗을 넘겨주었는데 배은망덕하게도 자신의 지시를 따르지 않고 대관절 무슨 소리인지 이해할 수 없는 터무니없는 말을 멋대로 늘어놓았다고요. '이건 당신에게 기대했던 책이 아니야, 마르틴'이라는 말을 계속 되뇌었다고 합니다."

"그래, 마르틴은 뭐라 대답했소?"

"아무 말도. 그를 무시해버렸습니다. 마치 그곳에 없는 것처럼. 그래서 발스는 더욱더 격노하여 펄펄 뛰었죠. 베보는 그가 마르틴의 뺨을 내갈기며 구타하는 소리를 들었습니다. 하지만 마르틴은 신음 한 번 내지 않았어요. 때리고 욕설을 퍼붓는데도 마르틴이 일언반구 대꾸도 없자, 베보의 말로는 발스가 호주머니에서 편지 한 통을 꺼냈다고 합니다. 셈페레 씨가 몇 달 전 마르틴에게 보냈는데 발스가 압수했던 편지를요. 그 편지 속에는 이사벨라가 임종 직전에 그에게 남긴 메모가 들어 있었습니다……"

"개새끼……"

"셈페레 씨의 편지와 함께 그걸 잘 보관해놓았던 거죠. 이사벨라의 사망 소식보다 그에게 상처를 줄 수 있는 건 없다는 걸 알았을 테니…… 베보 말로는, 발스가 나가자 마르틴이 편지를 읽고 고래고래 고함을 지르더니 밤새도록 통곡과 절규를 쏟아내며 담벼락과 철문을 손과 머리로 들이받고……"

브리앙스가 시선을 들자 페르민은 그의 앞에 무릎을 꿇고 어깨에 손을 얹었다.

"당신 괜찮소, 브리앙스?"

"난 그의 변호사입니다." 브리앙스의 목소리가 떨리고 있었다. "자신을 보호하고 석방시키는 게 내 책무라고 생각했을 텐데……"

"당신은 최선을 다했소, 브리앙스. 마르틴도 그것을 알 거요."

브리앙스는 고개를 가로저었다.

"이야기는 거기서 끝나지 않습니다. 발스가 마르틴에게 더이상 종이와 잉크를 내주지 말라고 금했기 때문에 그는 자신의 얼굴에 내던져진 원고의 뒷면에 쓰기 시작했다고 합니다. 그리고 잉크가 떨어지자 손과 팔을 베어서 그 피로…… 베보가 그에게 말을 걸고 기분을 진정시키려고 무진 애를 썼는데…… 이젠 담배도, 그렇게 좋아하던 각설탕도 거부하고…… 베보의 존재조차도 인지하지 못하더랍니다. 마르틴은 이사벨라의 사망 소식을 접한 이후 완전히 미쳐서 지옥 같은 자기만의 세계에 갇혀 살며…… 밤마다 소리를 질러대는 통에 모든 사람이 그의 절규를 들을 수 있었죠. 방문객들과 죄수들 그리고 교도소 직원들 사이에 흉흉한 소문이 돌기 시작했습니다. 발스는 신경이 과민해졌죠. 결국 어느 날 밤 부하 저격수 두 명을 시켜……"

페르민이 마른침을 꿀꺽 삼켰다.

"어디로 데려간 거요?"

"베보도 확실히는 모릅니다. 구엘 공원 인근의 폐가라고 들었다는데…… 전쟁중에 저들이 죽인 수많은 사람들이 그곳 정원에 묻혀 있다는 소문이…… 일을 마치고 돌아온 저격수들은 발스에게 모든 일이 무사히 처리되었다고 보고했지만, 베보가 바로 그날 밤 그들끼리 말하는 걸 들었는데 위구심으로 잔뜩 긴장해 있었다고 합니다. 그 집에서 뭔 일이 있었던 겁니다. 그곳에 누군가 더 있었던 것 같습니다."

"누가 말이오?"

브리앙스는 어깨를 으쓱했다.

"그럼 다비드 마르틴은 살아 있소?"

"모릅니다, 페르민. 아무도 그걸 모릅니다."

12

1957년 바르셀로나

페르민은 침울한 눈빛을 띤 채 실낱같은 목소리로 말했다. 그 힘든 기억을 떠올리느라 지칠 대로 지쳐 간신히 의자에 버티고 앉아 있는 것 같았다. 나는 그에게 와인의 마지막 잔을 따랐고 그가 손으로 눈물을 훔치는 걸 지켜봤다. 냅킨을 건넸지만 그는 무시했다. 남아 있던 칸 유이스의 손님들마저 모두 집으로 돌아갔고 아마도 자정이 지났을 것 같았다. 하지만 우리에게 뭐라 하는 사람은 아무도 없었고 식당 안은 고요하기만 했다. 페르민은 마치 그 오랜 세월 간직해온 비밀을 밝힘으로써 삶의 의지마저 꺾여버린 것처럼 기진맥진한 얼굴로 나를 바라보았다.

"페르민……"

"내게 뭘 물으려는지 알고 있어. 대답은 노. 아니야."

"페르민, 다비드 마르틴이 내 아버지인가요?"

페르민은 준엄한 눈빛으로 나를 바라봤다.

"네 아버지는 셈페레 씨야, 다니엘. 그걸 절대로 의심해선 안 돼. 절대로!"

나는 고개를 끄덕였다. 페르민은 멍하니 초점 잃은 시선으로 의자에 파묻히듯 깊숙이 앉아 있었다.

"그럼 아저씨는요? 아저씨는 어찌 되었어요?"

페르민은 선뜻 대답하지 않고 우물쭈물했다. 마치 그 이야기는 전혀 중요하지 않은 것처럼.

"난 거리로 돌아갔어. 그곳에 브리앙스와 있을 수 없었거든. 로시이토 곁에도 있을 수 없었어. 어느 누구의 곁에도……"

페르민은 자신의 이야기를 도중에 멈추었고, 난 그를 대신하여 중단했던 이야기를 다시 시작했다.

"그래서 세상에 아는 이도 없고 아무것도 없는 이름 없는 거지가 되어, 모두가 미치광이로 오해하는 사람이 되어 거리에 돌아왔지요. 죽고 싶었지만 그럴 수 없었던 건 약속 때문에……"

"마르틴에게 약속을 했지. 이사벨라와 그녀의 아들…… 바로 너를 보살피겠다고 말이야. 하지만 난 겁쟁이였어, 다니엘. 너무 오래 숨어 지냈고 돌아오는 게 두려웠어. 막상 돌아왔을 때 네 어머니는 이미 그곳에 없었고……"

"그래서 내가 그날 밤 레알 광장에서 아저씨를 만난 거군요. 우연이 아니었던 거죠? 대체 얼마나 오래 날 따라다닌 거예요?"

"몇 달. 몇 년을……"

어린 시절의 나를 계속 쫓아다니는 그의 모습을 그려보았다. 내가 학교에 가고, 시우다델라 공원에서 놀고, 아버지와 진열창 앞에 멈춰 서서 경탄의 눈길로 만년필을 들여다보고—아버지와 나는 그 만년필이 빅토르 위고의 소유였다는 가게 직원의 말을 철석같이 믿었다—, 레알 광장에 앉아 클라라에게 책을 읽어주며 보는 눈이 없다 싶으면 그녀를 힐끔거리던 나를 하나하나 지켜봤을 그의 모습을. 어느 누구 하나 관심이나 눈길을 주지 않던 그림자 같은 거지를. 페르민, 그는 나의 수호자이자 친구였던 것이다.

"몇 년 후에는 진실을 털어놓을 수도 있었잖아요."

"처음엔 그러려고 했지. 그런데 이내 어찌 되었건 네 마음을 아프게 하리라는 걸 깨달았어. 그 무엇도 과거를 바꿀 수는 없으니까. 네가 네 아버지를 닮는 편이 더 낫다고 생각해서 진실을 감추기로 결심했지."

우리는 기나긴 침묵에 잠겨 슬쩍 시선을 주고받았지만 누구도 무슨 말을 꺼내야 할지 몰랐다.

"발스는 어디 있어요?" 결국 내가 조금 께름칙한 기분으로 물었다.

"그런 건 생각하지도 마." 페르민이 딱 잘라 말했다.

"지금 어디 있죠?" 내가 재차 물었다. "아저씨가 말해주지 않으면 직접 알아낼 거예요."

"대체 뭘 어쩔 건데? 그의 집에 찾아가 죽이기라도 하겠다는 거야?"

"그럼 안 되나요?"

페르민이 쓴웃음을 지었다.

"넌 아내와 아들이 있잖아. 네 삶과 널 사랑하는 사람들이 있고 그들을 사랑하잖아. 넌 모든 걸 가졌어, 다니엘."

"어머니만 빼고 모든 걸 가졌죠."

"복수한다고 네 어머니가 다시 살아 돌아오진 않아, 다니엘."

"그런 말을 하기는 아주 쉽죠. 자신의 소중한 사람이 살해당하는 일을 누구나 겪는 건 아니니까……"

페르민은 무슨 말인가를 하려다가 이내 입을 다물었다.

"네 아버지가 한 번도 네게 전쟁 이야기를 꺼내지 않은 이유가 뭐라고 생각하니, 다니엘? 혹시 지난 일을 떠올리고 싶지 않아서가 아닐까?"

"그렇더라도, 왜 잠자코 있었죠? 왜 아무것도 하지 않았냐고요!"

"너 때문이야, 다니엘. 바로 너 때문에. 네 아버지는 당시 이웃에 살던 많은 사람들이 모든 걸 묵인하고 입을 다문 것처럼 자신도 그렇게 했어. 그들은 더이상 용기를 낼 수 없었으니까. 다양한 정치색을 지닌 온갖 당파들에 둘러싸여 있었기에 어찌할 도리가 없었던 거야. 넌 매일 거리에서 그런 당파들의 깃발을 스쳐 지나갈 뿐 알지는 못해. 하지만 너나 너 같은 다른 사람들이 살아갈 수 있도록 그들은 지금껏 마음속에 아픔을 간직한 채 평생을 번민해왔어. 넌 네 아버지를 비난해선 안 돼. 넌 그럴 권리가 없어."

나는 마치 내 가장 좋은 친구에게서 입에 강력한 펀치 한 방을 맞은 기분이었다.

"내게 화내지 마세요……"

페르민은 고개를 저었다.

"난 화를 내는 게 아니야."

"난 다만 이 모든 상황을 더 잘 이해하고 싶었을 뿐이에요. 어쨌든 질문 하나만 할게요. 딱 하나만."

"발스에 대해서? 안 돼!"

"딱 하나만 할게요. 맹세해요. 원치 않으면 대답하지 않아도 돼요."

페르민이 마지못해 동의했다.

"그 마우리시오 발스라는 사람이 내가 생각하는 바로 그 발스인가요?"

내 초조한 물음에 페르민이 고개를 끄덕였다.

"같은 사람이야. 사오 년 전까지 문화부 장관을 역임했던 사람. 격일로 신문 지면을 장식했던 사람. 그가 그 위대한 마우리시오 발스야. 작가이자 발행인이며 사상가이자 국내 지식인들을 성장시킨 구세주. 그 발스지." 페르민이 씁쓸한 표정을 지으며 대답했다.

그러고 보니 신문에서도 여러 번 봤고 이름도 낯설지 않으며 서점에 있는 몇 권의 책등에까지 얼굴이 인쇄된 사람이었다. 지금껏 내게 마우리시오 발스라는 이름은 특별한 관심을 받지는 못하지만 항상 그 자리에 있는, 희미한 인상을 지닌 수많은 대중 가운데 한 사람이었다. 그전에 누군가 내게 마우리시오 발스가 누구냐고 물었다면 막연히 낯익은 인물이라고, 비참한 당대의 걸출한 재목이긴 하지만 전혀 눈여겨본 적은 없다고 대답했을 것이다. 그 이름, 그 얼굴이 내 어머니를 죽인 사람으로 영원히 각인되는 날이 오리라곤 상상조차 할 수 없었으니까.

"그런데……" 내가 항변했다.

"그런데는 없어. 넌 한 가지 질문만 한다고 했고 난 이미 네게 대답했어."

"아저씨, 이런 식으로 끝내버리면……"

"잘 들어, 다니엘."

페르민이 내 눈을 바라보며 손목을 움켜잡았다.

"맹세할게. 때가 되면 내가 직접 나서서 그 후레자식 찾는 걸 도와주겠다고 말이야. 그것이 내가 이승에서 할 수 있는 마지막 일이 되더라도 말이지. 그때 가서 그 자식에게 앙갚음을 하면 돼. 하지만 지금은 아니야. 이렇게는 안 돼."

나는 미심쩍은 눈길로 그를 바라봤다.

"어리석은 짓을 절대 하지 않겠다고 내게 약속해, 다니엘. 때를 기다리겠다고."

나는 시선을 떨구었다.

"아저씨는 내게 그걸 요구할 수 없어요."

"난 할 수 있어. 그리고 해야만 해."

결국 나는 어쩔 수 없이 동의했고, 페르민은 그제야 내 팔을 놓아주었다.

13

내가 집에 도착했을 때는 거의 새벽 두시였다. 건물 출입구 쪽으로 가려는데 서점에서 빛이 새어나오는 게 보였다. 뒷방 커튼 뒤의 희미한 불빛이었다. 건물 복도와 연결된 뒷문을 열고 들어서니 아버지가 책상에 앉아 담배를 피우고 있었다. 아버지가 담배를 피우는 모습은 내 평생 처음이었다. 책상 위에는 개봉된 봉투와 편지로 보이는 종잇장들이 놓여 있었다. 나는 의자 하나를 가져다가 그 앞에 앉았다. 아버지는 말없이 불가해한 눈빛으로 나를 바라봤다.

"좋은 소식이에요?" 내가 편지를 가리키며 물었다.

아버지는 내게 그것을 내밀었다.

"네 이모 라우라가 보낸 거란다. 나폴리에서."

"나폴리에 이모가 있어요?"

"네 엄마의 동생이지. 네가 태어나던 해 외가 친척들과 함께 이탈리아로 이민 갔어."

망연한 표정으로 나는 고개를 주억거렸다. 이모에 대한 기억은 전연 없었지만, 이름만은 어렴풋이 생각이 났다. 수년 전 어머니의 장례식에서 보고 다시는 만난 적이 없는 낯선 사람들 중 한 명이었다.

"딸이 바르셀로나로 유학 오는데 당분간 이곳에 머무를 수 있는지 묻는구나. 이름이 소피아라고."

"처음 듣는 이름이네요." 내가 시큰둥하게 대꾸했다.

"나 역시 마찬가지야."

잘 알지도 못하는 사춘기 소녀를 집에 들이는 건 아버지로서 도저히 받아들일 수 없는 상황이었다.

"뭐라고 답장하실 거예요?"

아버지는 영 마음이 내키지 않는다는 듯 어깨를 으쓱했다.

"모르겠다. 뭐라 답장을 쓰긴 써야 할 텐데."

우리는 아무 말 없이 잠시 덤덤하게 앉아 있었다. 생소한 사촌의 방문이 아닌, 정작 우리의 머릿속을 가득 메운 화두는 감히 입 밖에 꺼내지도 못한 채 서로의 눈치를 살폈다.

"페르민과 함께 있었던 모양이구나." 마침내 아버지가 이야기를 꺼냈다.

나는 고개를 끄덕였다.

"모처럼 칸 유이스에 저녁을 먹으러 갔어요. 페르민이 하나도 남김없이 싹 먹어치웠죠. 알부르케르케 교수가 먼저 와 있었는데 조만간 서점에 들르겠다고 했어요."

진부하고 쓸데없는 말을 주절대는 나의 목소리에는 책망이 서려 있었다. 아버지가 긴장하고 있는 나를 유심히 살폈다.

"무슨 일인지 네게 말하던?"

"결혼식이며 이러저러한 일들로 신경이 예민해진 것 말고는 달리 별일 없는 것 같아요."

"그게 다야?"

뛰어난 거짓말쟁이는 언제나 핵심 부분이 빠져 있는 진실이야말로 가장 효과적인 거짓말임을 알고 있는 법이다.

"알았어요. 얘기할게요. 옛날 교도소에 있었던 때 이야기를 해줬어요."

"그럼 브리앙스 변호사에 관해서도 얘길 했겠구나. 뭐라더냐?"

아버지가 내용을 알고 있는 것인지 아니면 단지 미심쩍어할 뿐인지 확실치 않았기 때문에 나는 신중하게 처신하기로 했다.

"몬주익 성에 수감되었다가 다비드 마르틴이라는 사람의 도움으로 탈출했다고 말했어요. 아버지도 아는 사람인 것 같네요."

아버지는 한동안 침묵하더니 무겁게 입을 열었다.

"내 앞에서 결코 누구도 감히 드러내놓고 말한 적은 없지만,

당시 그렇게 믿었고 지금까지도 믿는 사람들이 있다는 걸 알고 있다. 네 엄마가 마르틴을 끔찍이 사랑했다고 말이야." 아버지의 서글픈 미소는 아버지 자신도 그렇게 생각했다는 것을 말해주고 있었다.

아버지에겐 복받치는 울음을 삼키려 할 때 과장되게 웃는 버릇이 있었다.

"네 엄마는 좋은 여자였어. 착한 아내였지. 페르민이 한 말만 듣고 네가 해괴한 생각을 품지 않았으면 좋겠구나. 페르민은 네 엄마를 몰라. 네 엄마를 바로 아는 사람은 나야!"

"페르민은 아무것도 귀띔해주지 않았어요." 나는 거짓말을 했다. "다만 엄마와 마르틴이 우정으로 다져진 유대 관계를 맺고 있어서 엄마가 브리앙스라는 변호사를 고용해 교도소에서 나오도록 도우려 했다고만 했어요."

"그 사람, 발스에 대해서도 말했을 텐데……"

나는 시인하기 전에 머뭇거렸다. 내 눈에 비탄이 서려 있는 걸 눈치채고 아버지가 고개를 가로저었다.

"네 엄마는 콜레라에 걸려 죽었어, 다니엘. 어찌 된 연유인지 몰라도 브리앙스는 계속 그 과대망상에 빠진 관료에게 징후도 증거도 전혀 없는 범죄 혐의를 두고 있지만 말이야."

나는 아무 말도 하지 않았다.

"아무튼 넌 머릿속에서 그 생각을 지워버려야 해. 두 번 다시 쓸데없는 생각을 하지 않겠다고 내게 약속해라."

나는 입을 꾹 다문 채 침묵했다. 아버지는 정말 겉으로 보이는 것처럼 그렇게 순진한 걸까? 아니면 상실의 고통 때문에 분별력을 잃고 살아남은 자로서 소심하고 비굴하게 구는 것일까. 그러나 그것도 잠시, 페르민의 말을 떠올리며 나 역시 그 누구도 아버지를 비난할 권리가 없다는 생각이 들었다.

"어떤 미친 짓도 하지 않고 그 사람을 찾아 나서지도 않겠다고 약속해다오." 아버지는 고집스레 부탁했다.

나는 우유부단하게 동의했다. 아버지가 내 팔을 잡았다.

"맹세해다오. 네 엄마에 대한 추억을 걸고."

나는 고통으로 얼굴을 일그러뜨리며 있는 힘껏 이를 악물었다. 시선을 딴 데로 돌렸지만 아버지는 나를 놓아주지 않았다. 나는 아버지의 눈을 바라보았고, 급기야 거짓말을 하기로 마음먹었다.

"엄마에 대한 추억을 걸고 맹세할게요. 아버지 살아생전에는 아무 짓도 하지 않겠다고요."

"내가 원하는 건 그게 아니야."

"그게 제가 해드릴 수 있는 전부예요."

아버지는 두 손에 얼굴을 묻고 땅이 꺼질 듯 깊은 한숨을 내쉬었다.

"네 엄마가 죽던 날 밤, 위층에서……"

"똑똑히 기억하고 있어요."

"넌 겨우 다섯 살이었어."

"네 살이었죠."

"그날 밤 이사벨라는 절대로 네게 지난 일을 말하지 말라고 간곡히 부탁했어. 그게 낫다고 판단한 거야."

아버지가 엄마를 세례명으로 부른 건 처음이었다.

"알겠어요, 아버지."

아버지가 내 눈을 들여다보며 속삭였다.

"미안하구나."

나는 아버지를 가만히 바라보았다. 아버지는 가끔 내가 보고 기억하는 것보다 조금 더 나이 들어 보이는 때가 있었다. 나는 자리에서 일어나 아버지에게 다가가 가만히 가슴에 끌어안았다. 아버지는 자신의 품속에 나를 꽉 껴안더니 울음을 터뜨렸다. 이때껏 영혼 속에 깊숙이 묻어두었던 고통과 분노가 들끓는 피처럼 혈관을 타고 흐르기 시작했던 것이다. 명확하게 설명할 수는 없다. 하지만 그때 나는 천천히 그리고 가차 없이 내 아버지가 죽어가고 있음을 깨달았다.

4부

의혹

1

1957년 바르셀로나

새벽의 여명이 조금씩 스며들면서 꼬마 훌리안의 침실 문지방에 서 있는 나를 엄습해왔다. 아이는 입가에 미소를 머금은 채 세상 물정 모르고 곤히 잠들어 있었다. 복도를 따라 다가오는 베아의 발소리가 들리더니 등에 그녀의 손 감촉이 느껴졌다.

"여기 얼마나 있었어?"

"잠깐."

"뭐 했는데?"

"아이를 보고 있었어."

베아는 훌리안의 요람으로 다가가 몸을 숙여 아기의 이마에 뽀뽀를 했다.

"어제는 몇 시에 들어왔어?"

나는 대답하지 않았다.

"페르민은 어때?"

"괜찮아 보여."

"그럼 당신은?" 그녀의 물음에 나는 건성으로 엷은 미소를 지었다. "내게 얘기 안 해줄 거야?"

"나중에."

"난 우리 사이에 비밀이 없다고 생각했어." 베아가 불만스러운 듯 투덜거렸다.

"나도 그래."

그녀가 의아스럽다는 듯이 나를 바라봤다.

"무슨 소리야, 다니엘?"

"아냐. 아무것도 아니야. 나 너무 피곤해. 자러 갈까?"

베아는 내 손을 잡고 침실로 이끌었다. 우리는 침대에 누웠고 난 그녀를 품에 안았다.

"밤에 어머님 꿈을 꾸었어." 베아가 말했다.

빗소리가 유리창을 두드리며 할퀴기 시작했다.

"난 작은 어린아이였는데 어머님이 내 손을 잡아끌었어. 우린 아주 커다랗고 오래된 집에 있었지. 넓은 거실과 그랜드피아노 그리고 베란다 너머에는 연못이 있는 정원이 펼쳐져 있었어. 연못 옆에는 홀리안 또래의 남자아이가 있었는데, 이유는 모르겠지만 그 아이가 사실 당신이라는 걸 알 수 있었지. 어머님은 내 옆에 무릎을 꿇고 앉아 당신이 보이냐고 내게 물었어. 당신은 종이배를 띄우며 물가에서 놀고 있었어. 난 보인다고 대답했지. 그러자 어머님이 당신을 곁에서 보살펴달라고 내게 부탁했어. 자신은 멀리 떠나야 하니까 영원히 당신을 돌봐달라고."

우리는 후두두 떨어지는 빗방울 소리를 들으며 한참을 말없이 있었다.

"페르민이 어젯밤에 무슨 말을 했어?"

"진실." 나는 대답했다. "진실을 털어놓았어."

페르민에게 들은 얘기를 전하는 동안 베아는 조용히 귀를 기울였다. 처음엔 애써 참았던 울분이 마음속에서 다시 끓어올랐지만 얘기를 할수록 나는 한없는 비통함과 절망의 심연에 빠져들었다. 내겐 그 모든 것이 너무도 생소하고 낯설었기 때문에 페르민이 내게 털어놓은 암시와 비밀을 안고 과연 내가 살아갈 수 있을지 막막했던 것이다. 그 사건은 거의 이십 년 전에 일어났고 시간은 내 운명의 끈이 엮어놓은 관계 속에서 나를 일개 방관자로 만들어놓았지만 말이다.

얘기를 끝마칠 때쯤 베아가 걱정과 불안이 뒤엉킨 눈빛으로 날 관찰하고 있었다. 그녀가 무슨 생각을 하는지 짐작할 만했다.

"아버지 생전에는 발스 그 남자를 찾지도 않고, 아무 짓도 하지 않겠다고 약속했어." 나는 그녀를 안심시키려고 덧붙여 말했다.

"아버님이 살아 계시는 동안에는? 그럼 이후에는? 당신 머릿속에 우리는 없는 거야? 훌리안은 어떡하고?"

"물론 생각하고 있지. 당신은 전혀 걱정할 필요 없어." 나는 거짓말을 했다. "아버지와 얘기를 나눈 후, 그 모든 게 이미 오래전에 다 지나간 일이고 무엇으로도 과거를 바꿀 수는 없다는 걸 깨달았으니까."

베아는 나의 진지한 태도를 믿는 것 같지 않았다.

"진심이야." 나는 재차 거짓말을 했다.

그녀는 잠시 나를 뚫어져라 쳐다봤지만, 결국 유혹에 굴복해 내 공허한 말들을 믿고 말았다. 그것이야말로 그녀가 정작 듣고 싶어했던 말이었기에.

2

그날 오후, 인적이 끊긴 침수된 거리에 하염없이 빗줄기가 내리꽂히는 동안 험상궂고 초췌해진 세바스티안 살가도의 실루엣이 서점 입구에 모습을 드러냈다. 진열창을 통해 독수리 같은 눈초리로 우리를 관찰하는 그 얼굴 위로 성탄 인형의 전등 불빛이 환하게 비추었다. 처음 방문했을 때 입었던 바로 그 구닥다리 옷은 비에 흠뻑 젖어 있었다. 나는 다가가 문을 열어주었다.

"성탄 인형이 멋지군요." 그가 말했다.

"들어오시지요."

내가 문을 잡고 서 있자 살가도가 다리를 절뚝거리며 안으로 들어섰다. 몇 걸음 내딛더니 지팡이에 몸을 의지하면서 멈춰 섰다. 페르민이 계산대에서 그를 께름칙하게 바라봤다. 살가도가 음흉스레 웃었다.

"오랜만이오, 페르민." 그가 목소리를 높였다.

"난 당신이 죽은 줄 알았습니다."

"나도 모든 사람들처럼 당신이 죽은 줄로만 알았소. 저들이 우리에게 그렇게 말했으니까. 도망가려는 당신을 따라잡아 총격을 가했다고 말이오."

"어림없는 소리!"

"사실대로 말하자면, 난 당신이 법망을 교묘히 빠져나갔기를 항상 바라왔소. 당신도 알다시피 잡초 같은 인생은……"

"그런 말을 들으니 가슴이 뭉클해지는군요, 살가도. 그래, 언제 출소했습니까?"

"한 달 전쯤."

"모범수로 풀려났다는 소리는 하지 마십시오."

"내가 죽기를 기다리는 데 이젠 저들도 진력이 났나보오. 그러니 사면을 해주지. 통지서에는 프랑코 총통이 서명을 했고."

"액자에 끼워 보관했겠군요."

"영예로운 장소에 잘 간직하고 있소. 변기통 위에. 만일의 경우 휴지로 쓰려고 말이오."

살가도는 계산대로 몇 걸음 다가서더니 구석에 있는 의자를 가리켰다.

"의자에 좀 앉아도 되겠소? 아직도 십 미터 이상 똑바로 걷는

데 익숙하지 않소. 쉽사리 피곤해져서 말이지."

"편히 앉으세요." 내가 권했다.

살가도는 무너지듯 의자에 털썩 주저앉더니 깊은 한숨을 푹 내쉬며 무릎을 주물렀다. 페르민이 그를 바라봤는데, 마치 수세식 변기 밖으로 간신히 기어올라온 쥐를 관찰하는 사람 같았다.

"당신은 대단한 사람이오. 모두가 맨 먼저 황천길에 올랐다고 여기던 사람이었는데 맨 마지막이 되다니…… 그 긴 세월 동안 내 명맥을 이어준 게 바로 당신이란 걸 알고 있소, 페르민?"

"만약 그걸 몰랐다면 아마 지중해식 식이요법과 좋은 바다 공기 덕분이라고 생각했을 겁니다."

살가도가 웃음을 터뜨렸지만 들리는 것이라곤 목이 쉰 기침 소리와 극도로 쇠약해진 기관지 소리뿐이었다.

"여전하군, 페르민. 그래서 내 맘에 꼭 든다니까. 그때가 참 좋았지! 하지만 나도 시답잖은 전쟁 시절 얘기로 당신들을 지루하게 하고 싶진 않소. 특히 젊은 사람을 앞에 두고 말이오. 요즘 세대는 이젠 우리 얘기에 관심이 없으니까. 당신들이 좋아하는 건 찰스턴이잖소. 지금은 뭐라 부르든 간에. 좌우간 이제 우리 사업 얘기나 해봅시다."

"말해보십시오."

"오히려 당신이 얘길 꺼내야 할 것 같은데, 페르민. 난 이미 할 말 다 했으니 말이오. 당신은 내게 빚진 것을 갚아야 하지 않소?

아니면 당신에게 좋을 리 없는 큰 소동을 한판 벌여야 하는 거요?"

페르민이 모르쇠로 일관하는 동안 잠시 어색한 침묵이 감돌았다. 살가도는 그에게서 눈을 떼지 않고 하시라도 독설을 내뱉을 기세였다. 페르민이 내게 시선을 보냈다. 그러나 결국 내가 알아차리지 못하자 낙담하며 한숨을 내쉬었다.

"당신이 이겼소, 살가도."

페르민이 호주머니에서 작은 물건을 꺼내 그에게 내밀었다. 열쇠였다. 살가도의 두 눈이 흥분으로 어린아이의 눈빛처럼 반짝였다. 그는 자리에서 일어나 천천히 페르민에게 다가갔다. 그리고 자신에게 남은 유일한 손으로 열쇠를 받아들면서 부들부들 감격에 떨었다.

"다시 직장直腸에 찔러 넣을 계획이면 화장실을 이용해주시오. 이곳은 누구나 들어올 수 있는 일반 가게니까." 페르민이 충고했다.

젊은 혈기를 되찾은 살가도는 만족스러운 듯 무한한 회심의 미소를 지었다.

"잘 생각해보니 사실 당신은 내 인생에 커다란 호의를 베풀어주었소. 오랫동안 열쇠를 보관해주었으니 말이오."

"친구 사이에 그까짓 일쯤이야." 페르민이 대답했다. "아무튼 안녕히 가십시오. 그리고 두 번 다시는 이곳에 오지 않으리라 믿겠습니다."

살가도의 입가에 미소가 번지더니 우리에게 찡긋 윙크를 했다. 그리고 깊은 생각에 잠긴 채 출구를 향해 걸어갔다. 살가도는 거리로 나서기 전 잠시 뒤돌아서서 화해의 제스처로 손을 들었다.

"행운과 함께 장수하기를 바라오, 페르민. 그리고 안심하시오. 당신의 비밀은 지켜질 테니까."

우리는 연로한 노인이 빗속을 걸어가는 모습을 지켜봤다. 누가 보더라도 다 죽어가는 사람으로 여길 만했지만, 그 순간만큼은 얼굴 위로 떨어지는 차가운 빗방울도 수십 년의 수감생활도 세습적인 가난도 그에게 문제가 되지 않을 것이었다. 나는 페르민을 쳐다보았다. 그는 뿌리박힌 듯 자리에 꼼짝 않고 서서 창백하고 혼란스러운 표정으로 오래전 감방 동료를 말없이 지켜봤다.

"이렇게 가도록 그냥 내버려둘 거예요?" 내가 물었다.

"뭐 좋은 계획이라도 있어?"

3

신중히 생각한 끝에 우리는 각자 거무칙칙한 빛깔의 레인코트를 걸치고 비치파라솔만 한 우산을 함께 쓴 채 나란히 거리로 나섰다. 여름 겨울 가리지 않고 바르셀로나 해변에서 베르나르다와 연애 행각을 벌일 때 쓸 요량으로 페르민이 항구 특매장에서 구입한 우산이었다.

"페르민, 쓸데없이 크기만 한 이 흉물을 들고 있다가는 금방 들통 나고 말겠어요."

"안심해. 그 후안무치한 인간은 전혀 신경쓰지 않을 테니까. 하늘에서 금화가 비 오듯 쏟아지면 또 모를까."

살가도는 약 백 미터 앞에서 다리를 절며 빗속의 콘달 거리를 재빠르게 걸어갔다. 거리를 조금 좁혔더니, 빠듯이 비아 라예타나행 전차에 오르려는 모습이 눈에 들어왔다. 우리는 서둘러 우산을 접으며 달리기 시작해 절묘하게 디딤판에 뛰어올랐다. 그 시대의 가장 좋은 전통대로 우리는 전차 뒷부분에 매달려 갔다. 살가도는 앞쪽에서 자리 하나를 차지하고 앉았다. 자신과 함께 만원 전차에 타고 있는 그 사람이 누구인지 까마득히 모르는 어느 착한 사마리아인이 양보한 자리였다.

"이제 그에게 남은 건 노년에 접어든 몸뚱이뿐이야." 페르민이 말했다. "노인들도 꽃봉오리인 시절이 있었다는 걸 기억하는 사람은 아무도 없어."

전차는 트라팔가르 거리를 한 바퀴 돌아 개선문에 이르렀다. 빼꼼히 고개를 내밀고 안을 들여다보니 살가도는 의자에 그대로 꼼짝 않고 앉아 있었다. 더부룩한 콧수염을 기른 차장이 눈살을 찌푸리며 우리를 주시했다.

"거기 매달려 간다고 전차 값을 깎아줄 거라곤 아예 꿈도 꾸지 마시오. 처음부터 쭉 지켜보고 있었으니까."

"이젠 아무도 사회적 사실주의*를 존중하지 않는군." 페르민이 속삭였다. "참 대단한 나라야!"

우리는 그에게 차비를 내밀었고 그는 우리에게 승차권을 건네

* 사회의 기저를 이루는 하층민의 비참한 생활상에 관심을 갖고, 부조리한 사회 현상을 비판적으로 보는 사조.

주었다. 살가도는 틀림없이 자고 있다고 생각했는데, 전차가 북부 역으로 통하는 길로 들어섰을 때 그가 자리에서 일어나 정차 줄을 잡아당겼다. 운전사가 브레이크를 거는 사이 우리는 수력 전기 회사의 사무실들이 들어선 물결 모양의 웅장한 현대식 건물 앞에 뛰어내려 정류장까지 전차 뒤를 쫓아갔다. 살가도가 승객 두 명의 도움을 받으며 차에서 내려 역을 향해 걸었다.

"아저씨도 나와 같은 생각이세요?"

페르민이 고개를 끄덕였다. 우리는 페르민의 거대한 우산으로 위장한 채―혹은 우리의 존재를 아주 명백히 드러내면서―역 안의 넓은 중앙 홀까지 살가도를 계속 따라갔다. 안으로 들어서자 살가도는 철제 사물함으로 다가갔다. 한쪽 벽면에 일렬로 늘어선 모양이 축소된 공동묘지 같았다. 우리는 눈에 잘 안 띄는 어둠침침한 곳에 놓인 벤치에 앉았다. 살가도가 수많은 사물함 앞에 떡하니 버티고 서더니 골똘히 생각에 잠긴 채 그것들을 한참 바라보았다.

"보관 장소를 잊어버린 걸까요?"

"어떻게 잊어버릴 수 있겠어! 장장 이십 년 동안 오직 이 순간만을 손꼽아 기다리며 버텨왔는데. 천천히 음미하면서 즐기려고 그러는 걸 거야."

"글쎄요…… 아무래도 내 생각엔 잊어버린 것 같아요."

우리는 그를 관찰하면서 기다렸다.

"탈옥 후 열쇠를 감춘 장소에 대해선 한 번도 얘기해준 적이 없는데……" 나는 대담하게 말을 꺼냈다.

페르민이 날카로운 적의가 가득 찬 시선을 내게 던졌다.

"그걸 화제로 삼을 생각은 없어, 다니엘."

"알았어요."

기다림은 몇 분 더 지속되었다.

"아무래도 공범이 있어서……" 내가 입을 뗐다. "그를 기다리는 것 같아요."

"살가도는 생사고락을 함께하며 몫을 나누는 사람이 아니야."

"그래도 어쩌면 누군가 더 있어서……"

"쉿!" 페르민이 살가도를 가리켰다. 드디어 그가 움직이고 있었다.

노인은 한 사물함에 다가가 철제 문에 손을 살짝 올려놓았다. 그리고 열쇠를 꺼내 자물통 안에 밀어넣었다. 문이 열리자 그는 안을 들여다봤다. 그때 경찰관 두 명이 플랫폼에서 중앙 홀의 모퉁이를 돌아 살가도가 뭔가를 꺼내려는 사물함 쪽으로 다가왔다.

"어, 어, 저기……"

살가도가 뒤돌아 경찰관들에게 인사를 건넸다. 몇 마디 주고받는가 싶더니 한 경찰관이 안에서 여행가방을 꺼내 살가도의 발밑에 내려놓았다. 살가도가 야단스럽게 감사를 표하자 경찰관들은 삼각모자의 챙을 들어 답례를 하고 계속 순찰을 돌았다.

"스페인 만세." 페르민이 속삭였다.

살가도가 가방을 쥐더니 우리와 정반대편 끄트머리에 있는 한 벤치로 질질 끌고 갔다.

"설마 여기서 열어보려는 건 아니겠죠?"

"모든 게 그대로 있는지 확인할 필요가 있지." 페르민이 대답했다. "자신의 보물을 되찾기 위해 오랜 인고의 세월을 꿋꿋이 견디며 기다려왔으니까."

살가도는 주위를 여러 번 두리번거리며 아무도 다가오지 않는다는 것을 확인한 다음 결단을 내렸다. 우리는 불과 몇 미터 떨어진 곳에서 그가 가방을 열고 안을 엿보는 모습을 지켜봤다.

일 분여 동안 그는 꼼짝 않고 그대로 있었다. 페르민과 나는 서로를 멀뚱멀뚱 바라보았다. 별안간 살가도가 가방을 닫고 일어났다. 그리고 등 뒤의 열려진 사물함 앞에 덩그러니 가방만 남겨둔 채 허둥지둥 출구를 향해 걸어갔다.

"대체 무슨 일이죠?"

페르민이 상체를 일으키며 손짓을 했다.

"넌 가방 있는 곳으로 가봐. 난 저 사람을 따라갈 테니……"

대답도 기다리지 않고 페르민은 서둘러 출구 쪽으로 향했다. 나는 서둘러 살가도가 가방을 버려둔 곳으로 향했다. 옆 벤치에서 신문을 읽던 약삭빠른 녀석도 가방에 눈독을 들이고 혹시 누가 보지나 않는지 좌우를 살피더니 사냥감 주위를 빙빙 도는 독수리처럼 슬그머니 가방 쪽으로 다가갔다. 나는 발걸음을 재촉했다. 그리고 기적적으로 가방을 낚아채려는 찰나, 생판 모르는 낯선 이가 가방을 잡아들었다.

"그 가방은 당신 것이 아닙니다." 내가 말했다.

생면부지는 적개심을 품은 눈초리로 째려보며 손잡이를 꽉 붙잡았다.

"경찰에 신고할까요?"

내 말에 부랑자는 당황해하며 가방을 내려놓더니 플랫폼 쪽으로 모습을 감췄다. 나는 가방을 벤치로 가져와 아무도 내 쪽을 보지 않는 것을 확인한 다음 가방을 열었다.

텅 비어 있었다.

바로 그때 시끄럽게 떠들어대는 소리가 들려 시선을 들었다. 역 출구 쪽에서 북새통이 벌어지고 있었다. 일어나보니 유리문 너머로 경찰관 두 명이 빗속에 운집한 구경꾼들을 헤치며 앞으로 나아가는 모습이 보였다. 군중이 옆쪽으로 비켜서자, 페르민이 살가도를 팔에 안고서 바닥에 무릎 꿇고 있는 모습도 얼핏 보였다. 노인은 두 눈을 뜬 채 비를 맞고 있었다. 그 순간 홀 안으로 들어오던 여인이 손으로 입을 막았다.

"무슨 일이에요?" 내가 다급하게 물었다.

"불쌍한 노인이 굴러떨어졌어요……"

나는 밖으로 나와 둥글게 에워싼 채 그 광경을 지켜보는 인파

속으로 천천히 다가갔다. 페르민이 시선을 들고 경찰관들과 몇 마디 대화를 주고받았다. 그들 중 한 명이 고개를 끄덕였다. 페르민이 레인코트를 벗어 살가도의 주검 위로 펼쳐 얼굴을 덮어 주었다. 내가 도착했을 땐 손가락 세 개만 있는 한 손이 옷자락 아래로 삐죽 나와 있었고 손바닥에는 비를 맞으며 반짝이는 열쇠 하나가 놓여 있었다. 나는 페르민에게 우산을 씌우고 어깨에 손을 얹었다. 우리는 서서히 그곳을 떠났다.

"괜찮아요?"

페르민이 어깨를 으쓱했다.

"집에 가자."

4

역에서 멀어지는 동안 나는 레인코트를 벗어 페르민의 어깨에 걸쳐주었다. 그의 옷은 살가도의 시신을 덮고 있었다. 페르민의 상태가 다리품을 팔 상황이 아닌 듯하여 택시를 타기로 했다. 나는 그에게 차 문을 열어주고 그가 안으로 들어가 앉자 반대편으로 가서 차에 올라탔다.

"가방은 비어 있었어요." 내가 입을 열었다. "누군가 살가도에게 장난을 친 것 같아요."

"누가 도둑의 것을 가져갔을까……"

"누구 짐작 가는 사람 있어요?"

"나에게 그의 열쇠가 있다는 것과 내가 있는 곳을 알려준 바로 그 사람이겠지." 페르민이 속삭였다.

"발스?"

페르민이 시무룩한 표정으로 한숨을 푹 내쉬었다.

"모르겠어, 다니엘. 이제 어떻게 생각해야 좋을지 모르겠어."

백미러 속에서 택시기사의 시선을 느꼈다. 그는 행선지를 기다리고 있었다.

"페르난도 거리에 있는 레알 광장 입구로 가주세요."

"서점에 돌아가지 않는 거야?" 기사와 택시의 경로를 논의하는 소리를 듣고 페르민이 깜짝 놀라 물었다.

"난 돌아갈 거예요. 하지만 아저씨는 구스타보 씨 댁에 가서 오늘은 베르나르다와 함께 있도록 하세요."

말없이 이동하는 동안 바르셀로나는 빗속에 윤곽이 흐릿해지고 있었다. 우리는 수년 전 페르민을 만났던 페르난도 거리의 아케이드에 이르러 요금을 지불하고 택시에서 내렸다. 나는 페르민과 함께 구스타보 씨 댁 현관까지 갔다. 그리고 그를 부둥켜안았다.

"자신을 좀 돌보세요, 페르민. 뭘 좀 먹지 않으면 베르나르다가 결혼 첫날밤에 아저씨 뼈다귀 어디에 찔리겠어요."

"걱정 마. 까짓 맘만 먹으면 소프라노 여가수보다 뚱뚱해지는 건 식은 죽 먹기보다 쉬운 일이니까. 올라가서 구스타보 씨가 킬레스에서 사온 케이크를 배가 터지도록 먹어주지. 내일 비곗살이 두둑한 뚱보를 보게 될 거야."

"정말 그렇게 될지 어디 보죠. 신부에게 안부나 전해주세요."

"법률 행정적인 측면에서도 그렇지만, 베르나르다의 입장에서 본다면 난 죄를 짓고 있는 거야."

"결코 그렇지 않아요. 언젠가 내게 했던 말 기억해요? '운명은 집집마다 친히 방문하지 않으니 직접 찾아 나서야만 한다.'"

"이제 와서 고백하는데 카락스의 책에서 인용한 거야. 멋지게 들렸거든."

"어쨌든 난 그 말을 믿었고 앞으로도 계속 믿을 거예요. 그러니 아저씨의 운명은 베르나르다와 예정된 날짜에 순조롭게 결혼하는 거예요. 신부님의 축복 속에 쌀 세례를 받으며 아저씨 자신의 이름으로."

그가 회의적인 시선으로 나를 바라봤다.

"내 이름 다니엘을 걸고 말하는데 아저씨는 득의만면한 웃음을 지으며 근사한 결혼식을 올릴 수 있을 거예요." 페르민에게 장담하긴 했지만, 그가 너무 실의에 빠져 있어 수구스 캐러멜 상자도, 킴 노박이 중력의 법칙에 맞서는 브래지어를 과시하며 섹시하게 등장하는 훌륭한 영화도 그의 마음을 들뜨게 하지 못할 것만 같았다.

"넌 그렇게 말하지만, 다니엘……"

"아저씨는 내게 진실을 되돌려줬어요. 이젠 내가 아저씨의 이름을 되돌려줄 차례예요."

5

그날 오후, 나는 서점에 돌아와 페르민의 신분을 되찾을 계획을 세웠다. 그 첫번째 단계는 가게 뒷방에서 여러 군데 전화 연락을 하고 일정을 짜는 것이었다. 그리고 두번째 단계에는 유능한 전문가의 재능이 필요했다.

다음날, 햇살이 눈부시게 내리쬐는 평온한 한낮에 나는 카르멘 도서관으로 향했다. 알부르케르케 교수와 약속이 있었는데, 나는 그가 모르는 것이라면 아무도 모른다는 확신이 있었다. 주 열람실에서 책과 논문자료 들에 둘러싸여 열심히 펜대를 놀리고 있는 그를 발견했다. 책상 맞은편에 앉아 연구에 몰두한 그를 가만히 지켜봤다. 그는 일 분여가 지나서야 내 존재를 알아차렸다.

책상에서 눈을 들더니 나를 보고 깜짝 놀라 눈이 휘둥그레졌다.

"뭔가 열심히 적고 계시는 것 같던데요." 내가 말을 걸었다.

"바르셀로나의 저주받은 작가들에 관한 논문 작업중이야. 훌리안 카락스라는 사람 기억나? 몇 달 전 서점에 갔을 때 내게 추천해준 작가 말이야."

"그럼요."

"지금 그에 대해 조사하고 있었는데 파란만장한 삶이 실로 놀라워. 수년 동안 어떤 악랄한 인간이 카락스의 책을 찾아 불태우려고 온 세계를 돌아다녔다는 걸 자네는 알고 있나?"

"설마요." 내가 놀란 척하며 대답했다.

"정말 흥미로운 사례야. 이걸 마무리지으면 자네한테 보내주겠네."

"이참에 그 주제로 책 한 권 써보시는 게 좋겠네요. 저주받은 금서 작가들을 통해 살펴본 바르셀로나의 숨겨진 비사秘史."

교수는 호기심이 동한 듯 곰곰이 따져보았다.

"구미가 당기는 일이긴 한데 할 일이 너무 많아. 신문과 학교 일로……"

"교수님이 쓰시지 않으면 누가 그런 걸 쓰겠어요……"

"글쎄, 하늘에 운을 맡기고 큰맘먹고 하면 하겠지. 시간을 낼 수 있을지는 모르겠지만……"

"'셈페레와 아들'에서 비용과 자문 지원을 해드릴게요."

"생각 좀 해보지. 어때? 점심이나 먹으러 갈까?"

알부르케르케 교수가 그날 일을 접고 나자 우리는 카사 레오폴도로 향했다. 와인에 근사한 세라노 안주를 곁들여 먹으면서 그날의 특식인 소꼬리 요리를 기다렸다.

"우리의 친구 페르민은 어떻게 지내나? 며칠 전 칸 유이스에서 봤을 땐 썩 좋아 보이지 않던데 말이야."

"안 그래도 페르민 일로 상의드리고 싶었어요. 굉장히 민감한 사안이니 반드시 우리끼리의 비밀로 묻어두셔야 돼요."

"알았네. 염려 말게. 무슨 일인데?"

나는 쓸데없는 세부 사항은 피하고 골칫거리의 개요를 설명했다. 교수는 자신이 들은 이야기 이면에 훨씬 더 복잡한 일이 뒤얽혀 있다는 걸 직감했지만 매사에 신중을 기하는 귀감을 보였다.

"내가 잘 이해했는지 들어보게." 그가 말했다. "그러니까 페르민은 본인의 신분증을 사용할 수 없는데 이유는 십여 년 전에 공식적으로 사망신고가 되어서 법적으로 존재하지 않는 사람이기 때문이다 이거지."

"네."

"하지만 폐기된 그 신분증도 페르민 본인이 전쟁중에 위기를 모면하려고 날조한 가짜라면서."

"맞아요."

"그러니 이해가 안 간단 말이지. 한때 가짜 신분증을 만들어 내밀었던 자가 왜 지금은 다른 신분증을 이용해 결혼할 수 없다는 거지?"

"두 가지 이유에서예요, 교수님. 첫번째는 순전히 현실적인 이유인데 사실 본명을 사용하든 가명을 사용하든 페르민에겐 현재 법적 효력이 있는 신분이 없어요. 어떤 신분을 택하든 간에 무無에서 창조되어야 하는 상황은 달라지지 않아요."

"하지만 그는 계속 페르민이고 싶어하잖아."

"그래요. 그게 바로 두번째 이유인데, 현실적이라기보다 정신적인, 말하자면 훨씬 더 중요한 이유예요. 페르민은 계속 페르민이고 싶어해요. 왜냐하면 페르민이라는 남자야말로 베르나르다를 사랑하는 바로 그 사람이고, 우리의 친구이자 우리가 알고 있고 그 자신이 되고 싶어하는 바로 그 사람이니까요. 수년 전 본래 그였던 사람은 이제 그에겐 존재하지 않죠. 뒤에 남겨둔 허물에 불과해요. 아마 페르민의 단짝 친구일 나조차도 그의 세례명이 뭔지 몰라요. 나나 그를 사랑하는 모든 사람, 특히 그 자신에게 그는 페르민 로메로 데 토레스예요. 그러니 어차피 새로운 신분을 만들어야 한다면 '페르민'이라는 신분을 만들어줘야 하지 않을까요?"

알부르케르케 교수가 마침내 고개를 끄덕였다.

"맞아."

"그럼 실현 가능한 일이라고 보시는 건가요?"

"글쎄, 약간 비현실적인 과제 같기는 해. 어떻게 한다? 말라깽이 돈키호테와 귀부인 둘시네아 커플처럼 페르민도 하느님 앞에서나 호적상으로 아름다운 베르나르다와 짝을 맺는 데 필요한 위조 서류 한 뭉치와 혈통을 갖추어야 하는데 말이야."

"그래서 제가 진지하게 고민하며 법 관련 서적들을 뒤져봤는데요, 이 나라에서 한 개인이 자신의 신원을 확립하는 시작점은 출생증명서예요. 생각해보면 아주 간단한 서류고요."

교수가 눈썹을 치켜떴다.

"그 일은 세심한 주의가 필요한 일이야. 중죄라고는 할 수 없지만 말이지."

"사실 재판 기록상 판례가 없는 일이죠. 확인해봤어요."

"계속해봐. 거참 흥미로운데."

"추측건대 가령 누군가 호적등기소에 들어가 출생증명서를 보관실 파일에 끼워 넣을 수만 있다면…… 그것만으로도 한 사람의 신분을 만드는 데 충분한 근거가 되지 않겠어요?"

교수가 고개를 절레절레 흔들었다.

"갓 태어난 신생아라면 가능하겠지. 하지만 대상이 성인이라면 문서 기록을 전반적으로 다시 만들어야 해. 행여 보관실에 잠입할 수 있다손치더라도 말이야. 그래 다른 건 차치하고, 대체 어디서 그런 서류들을 구할 건데?"

"요컨대 제가 그럴듯한 복제 서류를 만들어온다고 치자고요. 그럼 가능할까요?"

"가장 큰 위험 요소라면 누군가 사기 행각을 눈치채고 진상을 파헤치겠다고 달려드는 거야. 그런데 이 경우엔 서류의 취약점을 경고하려 들 위협자가 죽었으니 문제는 두 가지로 축소돼. 첫째, 호적등기소 보관실에 들어가 가짜지만 그럴듯한 신원 서류철을 파일함에 끼워 넣는 것. 둘째, 그 신원에 필요한 관련 서류를 차근차근 만들어내는 것. 모든 종류의 서류를 다 준비해야 해. 교구의 세례증명서부터 신분증, 자격증……"

"우선 첫번째 사항에 관련해서는, 교수님이 의회의 의뢰를 받아 기관 보고용으로 놀라운 스페인 법률 제도에 관해 글을 쓰고 계신 걸 알고 있어요. 그걸 조금 연구해본 결과 전쟁중 폭격으로 여러 호적등기소 보관실이 파괴되었더군요. 수백 수천 명의 신원이 아무렇게나 다시 만들어져야 했다는 의미고요. 전문가는 아니지만 그것이 사태 해결에 어떤 돌파구를 마련해주지 않을까 감히 생각해봤어요. 사정에 밝고, 연줄이 있고, 나름 계획이 있는 관계자가 도와준다면……"

교수가 곁눈질로 나를 바라보았다.

"조사에 정말 대단한 노력을 기울였군, 다니엘."

"무례함을 용서하세요, 교수님. 하지만 내게 페르민의 행복은 그만한 아니, 훨씬 더 많은 가치가 있어요."

"마음이야 칭찬받을 만해. 하지만 그런 일을 하려다 현행범으로 발각되면 치명적인 유죄 판결을 받을 수도 있다는 사실을 유념해야 돼."

"그래서 생각해봤는데, 가령 누군가 어느 복구된 호적등기소 보관실에 잠입할 때 조력자를, 말하자면 그 작업에 있어 가장 위험한 부분을 떠맡을 사람을 대동하는 거예요."

"그렇다면, 그 가상의 조력자가 몇 가지 보장만 해준다면 일이 수월해지겠군. '셈페레와 아들'에서 도서 구입시 평생 이십 퍼센트 할인 적용. 더불어 갓 태어난 사람의 청첩장도."

"좋아요. 그리고 이왕이면 이십오 퍼센트로 올려드릴게요. 사실 '무료로' 협력해주겠다고 나설 사람도 있다는 건 알지만 말예요. 특별한 생각이 있어서가 아니라 부패하고 타락한 정치 체제를 희롱해볼 요량으로."

"난 학구적인 사람이야, 다니엘. 그런 어설픈 공갈은 통하지 않아."

"페르민 일이잖아요."

"그건 다른 문제야. 자, 이제 세부적인 내용을 상의하도록 하지."

난 살가도에게서 건네받은 백 페세타 지폐를 꺼내 그에게 보여주었다.

"서류 발급 처리 비용으로 쓸 예산이에요."

"손이 큰 친구로군. 그 돈은 다른 일에 요긴하게 쓸 수 있도록 잘 간직해두시게. 난 무보수로 맡은 바 소임을 다할 테니까." 교수가 대답했다. "그런데 조수, 내가 가장 우려하는 부분은 문서 위조에 정말 철저를 기할 수 있는가 하는 문제야. 새로 부임한 정부 지휘관들은 탄압과 기도서*는 물론 저마다 거대한 관료조직을 강화시켰어. 내 친구 프란츠 카프카가 『변신』에서 최악의 악몽 세계로 그려낸 그 관료사회 말이야. 따라서 앞서 말한 것처럼, 이 경우엔 모든 종류의 서장과 청구서, 신청서 그리고 기타 문서들을 준비해야만 해. 물론 그럴듯해 보여야 하고, 나무랄 데 없어야 하고, 고리타분하고 상투적인 일건서류로서의 내용과 문체 그리고 특유의 향취가 있어야겠지……"

"그 부분에 대해선 염려 마세요."

"음모에 가담하는 공범자들의 목록이 필요하네. 자네가 허세를 부리는 게 아니라는 걸 확인하는 의미에서 말이지."

나머지 계획을 그에게 설명하자 그가 말했다.

"수가 통할 수도 있겠는걸."

주요리가 도착하자마자 우리는 화제를 바꾸었고 대화는 다른 방향으로 흘러갔다. 커피를 홀짝이며 식사 시간 내내 입을 꾹 다

---

* 프랑코 체제하에서 친가톨릭적 성향이 강화된 것을 비유적으로 가리키는 말이다.

물려고 했지만 더이상 힘들었다. 나는 별로 중요하지 않은 얘기인 척 넌지시 말을 꺼냈다.

"그런데 교수님, 일전에 서점 손님 한 분과 얘기를 나누다가 마우리시오 발스라는 이름이 나왔어요. 문화부 장관직을 비롯해 요직을 두루 거친 사람 말예요. 혹 그 사람에 대해 아세요?"

교수가 이맛살을 찌푸렸다.

"발스에 대해서? 글쎄, 모든 사람이 알고 있는 만큼이겠지."

"교수님은 남들보다 더 많이 알고 계실 거라 생각했는데. 훨씬 더 많이."

"글쎄, 사실 이름 들어본 지는 좀 되지만 요 근래까지 마우리시오 발스는 대단한 사람이었지. 말했듯이 수년간 명성이 자자한 문화부 장관으로 수많은 기관과 협회장을 역임했으니까. 국가 체제 내에선 나름 출세하고 활동 분야에선 평판이 대단한 인물이었지. 많은 어린이들의 후원자를 자처하며 스페인 언론의 문화면에 등장해 어린아이 머리를 쓰다듬고…… 여하튼 유명한 사람이야."

난 마치 깜짝 선물을 받고 기분이 좋은 것처럼 희미하게 미소 지었다.

"더는 없어요?"

"솔직히 말하면 그는 얼마 전에 지도에서, 적어도 대중적인 영역에서는 사라져버렸어. 어느 지역 대사나 국제기구 보직 같은 것을 맡았는지도 모르지만, 그쪽 세계가 어떤지 잘 알잖나. 아무튼 근황에 대해서는 아는 바가 없네. 뭐, 수년 전 동업자들과 함께 모 출판사를 설립했다는 건 알아. 사업이 순조로워 끊임없이 책을 발간하고 있다더군. 실은 매달 출판물 전시 행사에 날 초대하는데……"

"그 행사에 발스도 참석하나요?"

"그러기도 했지. 전시된 책이나 참석한 작가보다 자기 자신에 대한 얘기를 더 많이 해서 우리가 우스갯소리를 하곤 했는데 그것도 다 지난 일이야. 몇 해 전부터는 그를 보지 못했으니까. 그런데 뜬금없이 왜 그에게 관심을 갖는 거지, 다니엘? 자넨 허영에 사로잡힌 문학 행사 따위엔 관심을 보인 적이 없잖아."

"그냥 호기심이에요."

"그렇군."

알부르케르케 교수가 계산을 하면서 곁눈질을 했다.

"왜 항상 자네가 내게 반도 아니고 사분의 일만 얘기하는 것처럼 생각될까?"

"언젠가 다 말씀드릴게요, 교수님. 약속해요."

"그러는 게 좋을 거야. 도시는 금세 잊어버리지만 건망증 없는 나 같은 학자는 늘 기억하고 있으니까 말이야."

"염려 마세요. 이건 거래이니까. 교수님이 페르민 문제를 해결하는 데 도움을 주시면 후일 저는 바르셀로나가 잊고 싶어할 얘기를 해드릴게요. 비밀스러운 이야기를 말이죠."

교수가 내게 손을 내밀었고 우리는 악수를 나누었다.

"자네 말을 믿도록 하지. 이젠 페르민 문제로 돌아가서 우리가 준비해야 될 서류는……"

"그 일에 적임인 사람이 있어요."

6

오스왈도 다리오 데 모르텐센. 바르셀로나 대서 분야의 일인자이자 나와 일면식이 있는 노인은 비레이나 궁전 옆에 있는 자신의 간이점포에서 브랜디가 가미된 커피와 여송연을 만끽하며 식후의 달콤한 휴식 시간을 보내고 있었다. 그가 다가서는 나를 발견하고 손을 흔들어 인사를 건넸다.

"탕아가 돌아오셨군! 어때, 생각이 바뀐 거요? 마음에 두고 있는 젊은 아가씨의 지퍼를 열고 금단의 울타리 속으로 들어갈 수 있게 화끈한 연애편지 한번 써보겠소?"

내가 그에게 다시 결혼반지를 보여주자 그는 기억난 듯 고개를 끄덕였다.

"미안하오. 습관이 되어서. 이전에 왔던 사람인데 말이야. 대체 어쩐 일이오?"

"일전에 당신 이름을 들어본 기억이 났습니다, 오스왈도 씨. 서점에서 일을 하고 있는데 당신이 1933년에 쓴 『황혼의 기수』라는 소설을 발견했거든요."

오스왈도는 추억을 더듬어보기 시작했고 향수에 젖어 미소를 지었다.

"정말 까마득한 옛날이군! 천하의 막돼먹은 발행인인 바리도와 에스코비야스 그 두 놈이 마지막 한 푼까지 몽땅 사취해 갔소. 영광스러운 페드로 보테로*가 그자들을 지옥에 가둬뒀을 거요. 하지만 내가 그 소설을 쓰면서 즐겁게 쌓은 추억만큼은 누구도 빼앗아갈 수 없을 거요."

"나중에 그 책을 가져오면 헌사를 써주실 건가요?"

"물론이오. 그건 내 마지막 작품이었소. 비록 세상은 에브로 강의 삼각주를 배경으로 말馬 대신에 카누를 탄 노상강도들과 자유롭게 날아다니는 수박만 한 모기들이 등장하는 '서부'를 맞을 준비가 되어 있지 않았지만 말이오."

"당신은 해안의 제인 그레이**군요."

"예전에 좋아했었을 거요. 그래 뭘 도와드릴까, 젊은이?"

---

* 악마를 가리키는 말. 스페인 문학의 황금세기에 여러 작가들에 의해 페드르 고테로, 페로고테로, 페드로 보테요로 지칭됐다.

** 미국의 소설가(1872~1939). 서부물을 많이 남겼다.

"내가 펼치려는 영웅적인 사업에 당신의 기술과 재능의 도움을 받고 싶습니다."

"말해보시오. 열심히 듣고 있으니까."

"서류상의 과거를 만들어주셔야겠습니다. 한 친구가 사랑하는 여인과 법적인 하자 없이 결혼할 수 있도록 말이에요."

"선량한 사람이오?"

"내가 아는 가장 착한 사람이죠."

"그렇다면 두말할 필요도 없소. 나는 결혼과 세례 장면을 가장 좋아하오."

"신청서와 신원증명서, 청구서, 자격증 등 전부 다 필요합니다."

"문제될 거 없소. 실행 계획의 일부는 당신도 이미 안면이 있는 루이시토에게 위임하면 될 거요. 아주 신뢰할 만하고 열두 개의 다른 글씨체를 구사하는 뛰어난 예술가니까."

나는 교수가 정중히 거절한 백 페세타 지폐를 꺼내 그에게 내밀었다. 오스왈도는 접시처럼 눈을 동그랗게 뜨더니 후다닥 받아 챙겼다.

"글씨 쓰는 것만으론 먹고살 수 없다고들 하오." 그가 멋쩍게 말했다.

"그것으로 경비 조달이 될까요?"

"넉넉하오. 일이 다 끝나고 나면 최종 비용을 얘기하겠지만 지금 당장은 십오 두로면 충분하니까."

"일임하겠습니다, 오스왈도 씨. 내 친구 알부르케르케 교수님이……"

"위대한 문필가시지!" 오스왈도가 말허리를 잘랐다.

"그리고 둘도 없는 신사죠. 알부르케르케 교수님이 이곳에 들러 필요한 서류와 모든 세부 사항을 알려줄 겁니다. 무엇이든 필요한 것이 있으면 '셈페레와 아들'에 와서 나를 찾으세요."

가게 이름을 듣자 그의 얼굴빛이 환해졌다.

"아, 나의 안식처! 젊었을 때 토요일마다 그곳에 가면 셈페레 씨가 나를 따뜻하게 맞아줘 속내를 털어놓곤 했는데."

"우리 할아버지세요."

"그러고 보니 그곳에 안 간 지 한참 되었군. 내 주머니 사정이 너무 열악해 도서관 대출에 근근이 의지하고 있으니 말이오."

"그럼 언제든지 서점에 다시 오세요, 오스왈도 씨. 돈은 전혀 내지 않아도 되니 당신 집처럼 편안히 있다 가세요."

"그렇게 하겠소."

그가 손을 내밀어 악수를 청했고 난 그의 손을 잡았다.

"셈페레 가문과 거래하는 영예를 누리다니."

"앞으로 이어질 관계의 첫 단추가 되길 바랍니다."

"그런데 가질 수 없는 걸 탐욕스레 바라보던 그 절름발이 양반은 어찌 되었소?"

"반짝인다고 모두 금은 아니라는 사실을 깨닫게 됐죠."

"지금 시대를 반영하는 징후로군……"

7

1958년 바르셀로나

그해 1월, 하늘은 수정처럼 맑고 차디찬 빛살이 내리쬐는 가운데 도시의 지붕 위로 눈송이가 나풀나풀 흩날리고 있었다. 태양이 매일 빛을 발하며 그늘진 모퉁이를 몰아낸 투명한 바르셀로나에 이층버스는 이층이 텅 빈 채로 돌아다녔고, 전차는 지나갈 때마다 레일 위에 뽀얀 증기구름을 남겼다.

고색창연한 도시의 거리마다 푸른 불꽃 모양의 크리스마스 전구 장식용 줄이 반짝였다. 가게와 상점가 옆의 수많은 확성기에서 흘러나오는 크리스마스 캐럴에는 호의와 평화를 기원하는 감미로운 소망이 깊이 배어 있었다. 구경꾼 하나가 시청에서 산 하이메 광장에 설치해놓은 말구유의 아기 예수에게 다가가 느닷없이 모자를 씌웠을 때도, 이를 감시하던 경찰관은 그를 곧바로 경찰 본부에 끌고 가는 대신 못 본 척 너그럽게 봐주었다. 이에 한 무리의 독실한 신자들의 항의가 빗발쳤고 대주교구의 누군가가 이 소식을 알려 세 명의 수녀가 나타나 질서를 바로잡았다.

크리스마스 시즌 매상이 오르고 성탄 인형의 별이 '셈페레와 아들'의 회계장부에 흑자가 되어 나타나자 우리는 적어도 전기 난방비 영수증에 맘 편히 대처할 수 있게 되었다고 장담했고, 운 좋게도 하루에 한 번은 따뜻한 식사를 할 수 있을 거라 확신했다. 아버지는 기력을 많이 회복한 듯 내년엔 막판까지 가지 않고 일찍 서둘러 서점을 치장하겠노라고 공언했다.

"말구유를 오랫동안 보관해야겠군." 페르민이 무덤덤하게 중얼댔다.

주현절*이 지나자 아버지는 우리에게 성탄 인형을 꼼꼼히 포장해서 내년 크리스마스에 쓸 수 있도록 지하실에 보관하라고 일렀다.

"소중히 다루도록 하게, 페르민. 실수로 상자를 떨어뜨렸다는 소리는 듣고 싶지 않으니까 말이야."

---

* 1월 6일, 세 동방박사가 아기 예수를 찾아온 것을 기념하는 날.

"금이야 옥이야 극진히 다루란 말씀이죠, 셈페레 씨. 책임지고 말구유와 강보에 싸인 메시아 옆 농장 동물들까지 잘 보전하겠습니다."

일단 상자 안에 크리스마스 장식품을 전부 담은 후, 나는 잠시 멈춰 서서 지하실을 힐끗 쳐다보며 한쪽 구석에 밀쳐놓았던 기억을 떠올렸다. 페르민과 내가 그곳에서 마지막으로 나눴던 대화의 흐름이 바뀐 뒤 우리 둘 중 누구도 다시는 입에 올리지 않았지만, 적어도 내 기억 속에서는 계속 맴돌고 있었던 것이다. 페르민이 내 생각을 읽은 듯 고개를 절레절레 내둘렀다.

"설마 아직도 그 얼빠진 놈의 편지를 마음속에 담아두고 있는 거야?"

"가끔요."

"베아트리스에게 아무것도 물어보지 않았어?"

"네. 다시 외투 호주머니에 넣어두고 입도 뻥긋하지 않았어요."

"그럼 베아는? 아직까지 그 후안 테노리오*의 편지를 받았단 말을 꺼내지 않았단 말야?"

내가 고개를 끄덕였다. 페르민은 얼굴을 찡그리며 코끝에 주름을 지었는데, 정말 조짐이 심상치 않다는 의미였다.

---

* 스페인의 극작가 호세 소리야의 작품 『돈 후안 테노리오』의 주인공으로, 여성 편력이 심한 난봉꾼.

"그래 이젠 어떻게 할 건지 결정했어?"

"뭘요?"

"시치미 떼지 마, 다니엘. 리츠 호텔에서 연인과 약속이 있는 아내를 미행해서 현장을 잡을 거야, 말 거야?"

"아저씨는 베아가 약속 장소에 갈 거라고 지레짐작하고 있군요." 내가 투덜거렸다.

"그럼 넌 아니야?"

나는 시선을 떨구었다. 그런 나 자신에게 화가 났다.

"도대체 어떤 남편이 자신의 아내를 믿지 못할까요?" 내가 침울하게 물었다.

"명단을 원하는 거야, 아니면 통계 자료로 족한 거야?"

"난 베아를 믿어요. 내게 거짓말을 하지 않을 거라고요. 베아는 그런 여자가 아니니까. 내게 할 말이 있으면 똑바로 내 얼굴을 쳐다보며 말할 거예요. 솔직하게."

"그럼 걱정할 필요 없잖아, 안 그래?"

말투에서 풍기는 뉘앙스로 보아 내 의심과 불안에 실망한 눈치였다. 내가 훌륭한 아내의 지조를 의심하고 옹졸한 생각을 품는데 소중한 시간을 허비했다는 생각이 그를 슬프게 한 것 같았다.

"아저씨는 분명 내가 미련퉁이라고 생각하는 거죠."

페르민이 고개를 가로저었다.

"아냐. 난 네가 행운아라고 생각해. 적어도 사랑에 있어서는 말이야. 그렇지만 거의 모든 사람이 자신이 얼마나 행운아인지 깨닫지 못하지."

그때 계단 위에서 문 두드리는 소리가 들려왔다. 우리는 눈을 돌렸다.

"거기 아래서 유전油田이라도 발견한 게 아니라면 어서 위로 올라들 와. 할 일이 있으니까."

페르민이 한숨을 푹 내쉬었다.

"적자에서 벗어나면서부터 폭군이 되셨어." 페르민이 불평했다. "매상이 오르니 기운이 펄펄해지셨다니까. 예전 모습과 지금의 저 모습은 어찌나 다른지……"

천천히 하루하루가 지나갔다. 페르민은 결국 아버지와 구스타보 씨에게 피로연과 결혼식에 관한 모든 준비와 세부 사항을 일임하는 데 동의했고, 그들은 양가의 권위적인 아버지 역할을 맡게 되었다. 나는 신랑 들러리 자격으로 운영위원회 자문위원으로 활동했고, 베아는 예술 감독 역할을 수행하면서 엄격하게 모든 의사 결정을 조정했다.

"페르민, 베아가 판탈레오니 양복점에 함께 가서 예복 가봉하는 걸 지켜보라고 했어요."

"줄무늬 양복이 아니어야 할 텐데……"

나는 그에게 맹세하고 선언했다. 때가 되면 그의 이름이 제자리를 찾을 것이고, 아무도 철창 신세를 지는 일 없이, 그의 친구인 주임 사제가 '페르민, 그대는 베르나르다를 아내로 맞아'라고 시작하는 혼인 서약을 읊을 수 있게 될 거라고. 하지만 날짜가 다가올수록 페르민은 번민과 불안에 시달렸다. 한편 베르나르다는 기도와 과자로 그럭저럭 긴장감을 견뎌냈다. 신중하고 믿을 만한 의사에게 임신 진단을 받은 후 거의 매일 구역질과 현기증으로 고생했는데, 이 모든 것은 다름아닌 페르민의 첫아이가 엄마를 애먹이며 배 속에서 커가고 있다는 걸 의미했다.

겉으로는 평온해 보이는 나날을 보내고 있었지만, 이해하기 힘든 혼란에 빠져들면서 내 마음속에는 서서히 참을 수 없는 새로운 감정이 자리잡아가고 있었다. 증오였다.

한가한 때마다 나는 아무에게도 행선지를 밝히지 않고 살짝 빠져나와 카누다 거리에 있는 아테네오 도서관에 들어가 신문잡지 열람실과 장서 목록에서 마우리시오 발스의 발자취를 더듬었다. 수년간 흐릿한 영상으로만 존재했던 것이 날마다 선명하고 정확한 고통이 되어 내게 다가왔다. 나는 조사를 통해 최근 십오 년 동안 발스가 지나온 인생 역정을 조금씩 재구성해나갔다. 정치체제에 처음 발을 들여놓은 하급관리 시절부터 숱한 얘기들이 쏟아져나왔다. 신문을 곧이곧대로 믿자면(극단적으로 페르민은 '트리나랑후스' 주스가 발렌시아의 신선한 오렌지를 짜서 만들었다는 광고를 곧이곧대로 믿는 것에 비유했는데), 마우리시오 발스는 적당한 기회에 훌륭한 연고로 자신의 염원을 실현시켰고, 예술과 학문 분야에서 스페인 하늘에 혜성처럼 등장한 스타가 되었다.

그의 출세 가도는 막을 수 없었다. 1944년부터 국가의 여러 학술 문화 기관의 실속 있는 요직에 임명되었다. 그는 논문을 쓰고 강연을 하고 책을 펴냈다. 자신을 뽐낼 만한 토론회나 학회 혹은 문화 축하 행사에는 어떤 곳이든 얼굴을 내밀며 존재감을 드러냈다. 1947년에는 두 명의 공동 출자자와 함께 마드리드와 바르셀로나에 사무실을 둔 아리아드나 출판사를 설립했고, 회사는 스페인 문학계에서 '지명도 높은 브랜드'의 반열에 오르려고 꾸준히 노력했다.

1948년 그 출판사는 걸핏하면 마우리시오 발스를 '신新 스페인에서 가장 뛰어나고 존경받는 지식인'으로 언급하기 시작했다. 자칭 이 나라의 지식인 계층과 그 부류에 들기를 열망하는 사람들은 마우리시오와 열렬한 로맨스라도 벌이는 듯했다. 문화면의 취재 기자들도 찬사와 아부를 아끼지 않았는데, 이는 마우리시오의 환심을 사서 책상 서랍에 처박아두었던 자신의 원고를 운 좋게 그의 출판사에서 출판해 정식으로 등단하고 비록 소량일지라도 값진 꿀을 맛보며 즐길 기회를 잡기 위해서였다.

발스는 게임의 규칙을 체득했고 누구보다도 훌륭하게 판을 주도했다. 50년대 초 그의 명성과 영향력은 이미 관계官界를 넘어 소위 시민사회와 그 구성원들에게까지 스며들었다. 마우리시오 발스의 슬로건은 자기 자신을 선택된 소수 엘리트 계층이라 여기고 조국 동포들을 하시 여기는 삼사천 명의 스페인 사람들에게 받아들여졌고, 그들은 성실한 학생처럼 그 진리의 원칙을 되뇌었다.

정상을 향해 질주하는 동안 발스는 자신의 말을 잘 따르고 점차 체제의 수뇌부와 실세 요직을 차지해가는 뜻 맞는 패거리를 주변에 그러모았다. 누군가 감히 나서 발스의 발언이나 가치를 문제삼으면 출판사는 기필코 그를 괴롭혔고, 급기야 그로테스크하고 탐탁지 않은 불쌍한 인물이라는 낙인을 찍었다. 그런 사람은 결국 사회에서 배척당하는 부랑자, 이름을 입에 올려서도 안 되는 사람, 달리 더 손쓸 재간이 없는 거지 신세로 전락해, 유일한 타개책은 망각의 늪에 빠져 살든지 망명하는 것밖에 없게 되었다.

나는 끝없이 관련 자료의 행간을 읽고, 소문과 진상을 대조하고, 날짜별로 분류하고, 대작으로 탄생시킨 작품들과 책장 속에 처박아버린 여타 작품들의 목록을 작성하면서 시간을 보냈다. 상황이 달라 그것이 순수하게 인류학적 연구였다면 나는 마우리시오와 그의 놀라운 재주에 경의를 표했을 것이다. 그가 동료들의 마음과 영혼을 꿰뚫어 보고 그들의 갈망과 희망 그리고 환상을 계속해서 자극할 줄 안다는 건 누구도 부인할 수 없었다.

며칠 동안 발스의 인생에 대한 공식적인 자료에 몰두하면서 내가 얻은 것이 있다면, 신 스페인 건설 메커니즘이 완성되고 있었다는 것과, 권력의 제단에 혜성처럼 등장한 마우리시오는, 체제를 유지시키고 다가올 수십 년 동안 모든 영역에 걸쳐 깊고 단단한 뿌리를 내리게 될 것이 분명한 전도유망한 신경향의 전형이었다는 것이다.

1952년부터 이미 발스는 삼 년 동안 문화부를 지휘하면서 정상에 올랐다. 그는 그 시기를 자신이 아직 통제할 수 없었던 얼마 안 되는 지위에 자신의 세력과 하수인을 보강하는 데 이용했다. 대중에게는 황금같이 변함없는 사람으로 비쳐졌다. 그의 발언은 학식과 확신의 원천으로 인용되곤 했다. 심사위원회와 조사위원회 그리고 각종 리셉션에 끊임없이 모습을 드러냈으며 학위증과 표창장 그리고 훈장은 계속해서 쌓여갔다.

그런데 갑자기 이상한 일이 벌어졌다.

처음 읽었을 때는 알아차리지 못했다. 마우리시오에 대한 찬사와 소식은 수그러들지 않고 계속되고 있었다. 그런데 1956년부터는 그 모든 정보 속에 어떤 세부 사항 하나가 숨어 있었다. 그 이전에 나온 기사들과는 분명 대조적이었다. 논조와 내용은 변화가 없었지만 각각의 기사를 읽고 또 읽으며 비교해본 결과 한

가지를 깨달았다.

마우리시오 발스가 다시는 공공연히 대중들 앞에 모습을 드러내지 않은 것이다.

그의 이름과 명성, 평판 그리고 영향력은 여전히 순풍에 돛을 단 배였다. 단지 퍼즐의 중요한 한 조각, 사람만이 없었다. 1956년 이후 그의 사진도 그를 봤다는 진술도 그가 공식 행사에 참석했다는 직접적인 보도도 없었다. 그는 행방이 묘연했다.

마우리시오 발스의 존재가 마지막으로 확인된 것은 1956년 11월 2일자 신문으로, 그해 가장 탁월한 업적을 보인 출판사에 수여하는 상을 받은 날이었다. 행사는 당시 최고 권력자들과 명사들이 자리를 빛낸 가운데 마드리드에 있는 예술협회 건물에서 성대하게 펼쳐졌다. 기사 원문은 보통 그런 유의 다른 보도들처럼 뻔한 내용으로, 기본적인 사견을 덧붙인 짤막한 기사였다. 무엇보다 흥미로웠던 건 기사와 함께 실린, 예순번째 생일을 얼마 앞둔 발스의 사진이었다. 그는 근사한 양복을 우아하게 차려입고서 겸손하고 성실한 표정으로 만장의 갈채를 받으며 미소짓고 있었다. 배경으로 그런 연회에 으레 등장하는 다른 사람들이 보였고, 그의 등 뒤로는 살짝 어울리지 않게, 무뚝뚝하고 종잡을 수 없는 얼굴을 한 두 남자가 서 있었다. 그들은 검은 양복에 진한 선글라스를 끼고 있었다. 행사에 참석하러 온 사람들 같지는 않았다. '우스꽝스러운 연극' 따위 개의치 않고 시종일관 근엄한 그들은 경호원이었다.

그날 밤 이후 마우리시오 발스의 사진을 찍은 사람은 없었다. 그는 대중 앞에 모습을 드러내지 않았다. 열심히 노력했지만 나는 단 하나의 사진도 찾을 수 없었다. 헛물켜는 데 지친 나는 다시 처음으로 돌아와 마치 내 인생인 것처럼 기억을 떠올려 그의 인생 역정을 되짚어보았다. 단서를 찾으려는 간절한 바람으로 그의 흔적을 탐색했다. 사진 속에서야 당당한 미소를 짓고 있지만, 사실 끝없는 일화들을 통해 인기를 갈망하는 천박한 성향을 분명히 드러낸 그 남자는 형적이 묘연했다. 나는 누구도 용인하지 않을 것 같았던 명백한 짓거리에서 비롯된 수치스러움을 감추기 위해 내 어머니를 살해한 그 남자의 행방을 추적했다.

한산한 오후마다 나는 고색창연한 아테네오 도서관에서 증오를 키워갔다. 그곳은 얼마 전까지만 해도, 이루어질 수 없었던 첫사랑인 장님 클라라의 피부나 훌리안 카락스와 그의 소설 『바람의 그림자』의 미스터리 같은, 보다 순수한 이유에서 내 열정을 쏟아붓던 곳이었다. 발스의 흔적을 찾는 일이 어려워져갈수록 역사 속에서 그의 이름을 지우고 사라질 권리를 그에게 인정하는 게 싫었다. 내 역사 속에서는 더더욱! 그가 어떤 사람이었는지 알아야 했다. 그의 눈을 들여다봐야 했다. 하늘 아래 단 한 사람일지라도, 그가 정말 어떤 사람이고 무슨 일을 저질렀는지 아는 이가 있다는 것을 그에게 상기시키기 위해서라도!

8

어느 날 오후 유령을 쫓는 데 진력이 난 나는 신문 잡지 열람 신청을 취소하고, 베아와 훌리안을 데리고 오랜만에 햇살이 눈부시게 내리쬐는 화창한 바르셀로나를 산책하러 밖으로 나왔다. 우리는 집에서 시우다델라 공원까지 거닐었다. 나는 벤치에 앉아 훌리안이 엄마와 잔디 위에서 뛰어노는 모습을 흐뭇하게 지켜봤다. 그들을 응시하며 페르민이 했던 말을 되뇌었다. 행운아, 바로 나 다니엘 셈페레를 지칭하는 말이었다. 마음속에 맹목적인 분노를 키워온 탓에 자기 자신을 생각하면서도 구역질을 하게 된 행운아. 나는 더러워지는 줄도 모르고 기어다니는 데 여념이 없는 내 아들을 주시했다. 베아는 가까이에서 아이 뒤를 따라다녔다. 때때로 훌리안은 멈춰 서서 내 쪽을 바라봤다. 한 줄기

실바람이 불어와 베아의 치맛자락을 들어올리자 훌리안이 까르르 웃음을 터뜨렸다. 내가 박수를 보내자 베아가 비난 섞인 눈초리로 나를 흘겼다. 나는 내 아들의 눈을 바라보며 생각했다. '머지않아 저 아이는 날 마치 세상에서 가장 해박하고 좋은 사람으로, 모든 해답을 가지고 있는 사람으로 바라보게 되겠지. 이제 두 번 다시는 마우리시오 발스라는 이름을 언급하지도 그의 그림자를 쫓지도 않으리라.'

베아가 다가와 내 곁에 앉았다. 훌리안도 엄마를 뒤쫓아 벤치까지 기어왔다. 나는 발밑에 이른 아이를 들어올려 안았고, 아이는 더러워진 양손을 내 윗옷 옷깃에 닦기 시작했다.

"방금 세탁소에서 찾아온 건데." 베아가 울상을 지었다.

난 체념한 듯 어깨를 으쓱했다. 베아가 내게 몸을 기대며 내 손을 꼭 쥐었다.

"정말이지 섹시한 다리야!"

"하나도 재미없거든! 그리고 말조심해. 당신 아들이 따라 배우겠어. 근처에 아무도 없으니 망정이지."

"글쎄, 저쪽에 할아버지 한 분이 신문 뒤에 숨어 있었는데 아무래도 가슴이 올랑거려서 쓰러진 것 같던데."

훌리안은 '올랑'이란 단어가 태어나서 들어본 말 중 가장 재미있었는지 집에 되돌아오는 내내 '오-올-라-앙' 연신 노래를 불렀고, 몇 걸음 앞서 가던 베아는 얼굴을 붉히며 잔뜩 골을 냈다.

1월 20일 그날 밤, 베아는 훌리안을 침대에 눕힌 후 내 옆 소파에 잠들어 있었다. 나는 다비드 마르틴의 오래된 소설책들 중 한 권을 세번째 다시 읽고 있었다. 페르민이 교도소에서 도망친 후 몇 달 동안 타지에 있을 때 발견하여 그동안 보관해온 작품이었다. 나는 표현을 하나하나 음미하고 문장 구조를 면밀히 분석했는데, 그 산문의 의미를 해독하다보면 모두들 내 아버지가 아니라고 내게 장담한, 한 번도 만난 적 없는 그 남자에 대해 뭔가 알 수 있으리라는 믿음 때문이었다. 하지만 그날 밤은 책에 집중할 수 없었다. 한 문장을 채 끝내기도 전에 생각이 페이지에서 벗어났고, 눈앞에 보이는 거라곤 파블로 카스코스 부엔디아가 내일 오후 두시에 리츠 호텔에서 만나자고 아내에게 보낸 그 편지뿐이었다.

결국 나는 책을 덮고 옆에서 자고 있는 베아를 응시했다. 그녀가 마르틴의 소설 속에 등장하는 악당들이 우글거리는 험악한 도시보다 훨씬 더 많은 비밀을 품고 있는 것 같은 느낌이 들었다. 자정 무렵 눈을 뜬 베아는 내가 자신을 유심히 보고 있다는 걸 깨닫고 수줍게 미소를 보냈다. 하지만 내 안색을 살피더니 금세 그녀의 얼굴에 불안의 그림자가 드리워졌다.

"무슨 생각해?" 그녀가 물었다.

"난 행운아라는 생각."

베아가 의아한 눈빛으로 나를 오랫동안 쳐다봤다.

"마치 여태껏 그렇게 생각하지 않았던 것처럼 말하네."

나는 일어나서 그녀에게 손을 내밀었다.

"자러 가자."

그녀는 내 손을 잡고 복도를 지나 침실로 향하는 나를 따랐다. 나는 침대에 누워 말없이 그녀를 바라봤다.

"오늘따라 이상하네. 다니엘, 무슨 일 있어? 내가 뭐 실수했어?"

나는 고개를 가로저으며 거짓으로 환한 미소를 지었다. 베아는 아무 말 없이 받아들이더니 천천히 옷을 벗었다. 옷을 벗는 동안 그녀는 내게 등을 돌리지도 않고 욕실이나 문 뒤에 숨지도 않았는데, 이는 정부가 장려하는 부부 생활지침이었다. 난 그윽한 눈빛으로 그녀의 농염한 몸매를 치훑었다. 베아가 내 눈을 똑바로 응시했다. 그녀는 내가 질색하는 잠옷을 바닥으로 스르르 떨어뜨리고 침대 속으로 들어왔지만 내게 등을 보이며 돌아누웠다.

"잘 자." 그녀가 어물어물 말했는데, 그녀를 잘 아는 사람이 듣기엔 짜증난 기색이 역력한 목소리였다.

"잘 자." 나 역시 우물거리며 그렇게 말했다.

숨소리를 듣건대, 그녀는 내 괴이한 행동에 속이 상해 삼십여 분 넘게 잠을 이루지 못하고 있었다. 그러다 결국 피로감에 잠이 들었다. 나는 그녀의 곁에 누워, 깨워 용서를 빌까 아니면 그냥 키스를 할까 한참을 망설였다. 하지만 아무 짓도 하지 않았다. 계속 그대로 꼼짝 않고 누워 그녀의 등 위로 아름답게 흘러내리는 곡선을 바라보며 내 안의 음흉한 놈이 속살거리는 소리를 듣고 있었다. 몇 시간 뒤면 베아는 옛 약혼자를 만나러 갈 거야. 그 바람둥이의 편지가 암시하는 것처럼 그녀의 불그스레한 입술과 백옥 같은 피부가 그놈 차지가 되고 말 거야.

내가 잠에서 깼을 때 베아는 옆에 없었다. 이런저런 상념에 사로잡혀 밤새 몸을 뒤척이느라 새벽녘에야 가까스로 잠이 든 터였다. 아홉시를 알리는 교회 종소리에 벌떡 일어나 손에 잡히는 대로 옷을 챙겨 입었다. 밖에는 눈발이 흩날리는 추운 화요일 아침이 기다리고 있었다. 눈송이는 허공에서 나풀나풀 나부끼다가 보이지 않는 실에 매달린 샹들리에처럼 지나가는 사람들에게 착 들러붙었다. 가게 안으로 들어서자 오늘도 변함없이 아버지는 스툴 위에 올라서서 달력의 날짜를 바꾸고 있었다. 1월 21일이었다.

"십이 년 전부터 늦잠은 용납할 수 없는 일이라고 생각되는데." 아버지가 말했다. "게다가 오늘은 네가 가게 문을 열기로 한 날이다."

"죄송해요. 간밤에 잠을 설쳤거든요. 다시는 이런 일 없도록 할게요."

두 시간여 동안 오로지 서점 일에만 매진하려 애썼지만, 온통 내 머릿속을 차지하고 있는 건 치받는 화를 애써 눌러 삭이며 묵묵히 되풀이해 읽어내려갔던 그 빌어먹을 편지뿐이었다. 페르민이 은근슬쩍 다가와 캐러멜을 내밀었다.

"오늘이 그날이지, 그렇지?"

"조용히 해요, 페르민." 내가 퉁명스럽게 쏘아붙이자 아버지가 눈썹을 치켜떴다.

난 가게 뒷방으로 꽁무니를 뺐고 밖에서 아버지와 페르민이 두런거리는 소리를 들었다. 아버지 책상 앞에 앉아 시계를 보았다. 오후 한시 이십분이었다. 시간이 빨리 흘러가길 바랐지만 시곗바늘은 움직이려 하지 않았다. 다시 가게로 나왔을 때 페르민과 아버지는 걱정스러운 눈빛으로 나를 바라봤다.

"다니엘, 오늘은 그만 들어가거라." 아버지가 말했다. "서점은 페르민과 내가 그럭저럭 볼 수 있으니."

"고맙습니다. 그렇게 할게요. 사실 어젯밤 잠을 설쳐서 몸 상태가 영 좋지 않거든요."

난 페르민의 얼굴을 마주할 엄두가 나지 않아 뒷방으로 슬그머니 내뺐다. 천근만근 무거운 발걸음으로 오층까지 올라갔다. 현관문을 열자 욕실에서 물소리가 들렸다. 터벅터벅 침실로 가서 문지방에 멈춰 섰다. 베아가 침대 가장자리에 앉아 있었다. 내가 들어오는 소리를 듣지 못했는지 날 쳐다보지도 않았다. 그녀는 실크 스타킹과 옷을 갖춰 입은 채 거울에서 시선을 떼지 않고 있었다. 이 분여가 지나서야 내 존재를 눈치챘다.

"거기 서 있는 줄 몰랐네." 그녀가 놀라움과 짜증 섞인 목소리로 빈정대듯 말했다.

"외출하는 거야?"

그녀가 고개를 끄덕이며 입술에 진홍색 립스틱을 칠했다.

"어디 가는데?"

"두어 가지 할 일이 있어"

"아주 예쁘게 차려입었네."

"후줄근한 옷차림으로 외출하고 싶지 않거든."

난 그녀가 아이섀도 칠하는 모습을 우두커니 관찰했다. '행운아'라고 내면의 목소리가 조롱조로 속삭였다.

"무슨 일인데?"

베아가 뒤돌아서서 날 쳐다봤다.

"뭐라고?"

"볼일이 뭐냐고 물었어."

"여러 가지 일."

"훌리안은 어쩌고?"

"엄마가 오셔서 데리고 산책 나갔어."

"그래."

베아가 다가와 짜증을 참으며 걱정스레 날 바라봤다.

"다니엘, 도대체 무슨 일이야?"

"어젯밤 제대로 눈을 붙이지 못했어."

"낮잠을 좀 자는 게 어때? 자고 나면 기분이 나아질 거야."

"좋은 생각이네."

베아가 힘없이 웃으며 침대 옆까지 날 따라왔다. 눕는 걸 도와주더니 침대보를 덮어주며 내 이마에 키스를 했다.

"나 늦을 거야."

나는 자리에 누운 채 그녀가 나가는 모습을 지켜보았다.

"베아……"

그녀가 멈춰 서서 뒤돌아봤다.

"당신 나 사랑해?"

"당연하지. 정말 바보 같은 소릴 다 하네!" 그녀가 눈을 흘기며 돌아섰다.

잠시 후 현관문이 닫히고 고양이같이 우아한 베아의 발소리와 또각거리는 하이힐 소리가 계단 아래로 사라져갔다. 나는 수화기를 들고 전화 교환원이 대답하길 기다렸다.

"리츠 호텔 부탁합니다."

전화가 연결되는 데 몇 초가 걸렸다.

"안녕하십니까, 리츠 호텔입니다. 무엇을 도와드릴까요?"

"손님이 호텔에 투숙하고 있는지 확인해주실 수 있나요?"

"성함을 말씀해주시겠습니까?"

"카스코스. 파블로 카스코스 부엔디아입니다. 아마 어제 도착했을 텐데……"

"잠시만 기다려주세요."

대기 시간이 길어지면서 소곤거리는 목소리들에 이어 전화선에서 에코가 들렸다.

"고객님……"

"네."

"지금은 말씀하신 성함으로 예약하신 분은 없는데요……"

난 무한한 안도감을 느꼈다.

"회사 이름으로 예약되어 있을 수도 있나요?"

"확인해보겠습니다."

이번엔 대기 시간이 짧았다.

"고객님 말씀이 맞습니다. 카스코스 부엔디아 씨. 여기 있네요. 콘티넨탈 스위트룸에 투숙중이십니다. 예약은 아리아드나 출판사 이름으로 되어 있고요."

"뭐라고요?"

"카스코스 부엔디아 씨가 아리아드나 출판사 이름으로 예약되어 있다고 말씀드렸습니다. 방으로 연결해드릴까요?"

수화기가 손에서 미끄러졌다. 아리아드나는 마우리시오 발스가 몇 년 전 설립한 출판사였던 것이다.

카스코스는 발스 밑에서 일하고 있었다.

난 수화기를 쾅 내려놓은 다음 거리로 뛰쳐나와 의혹에 사로잡힌 채 아내의 뒤를 쫓았다.

9

그 시각 푸에르타 델 앙헬을 지나 카탈루냐 광장 쪽으로 가는 군중 속에서 베아의 흔적은 찾을 수 없었다. 아내가 그 길을 선택해 리츠 호텔에 갔을 거라고 추측했지만 베아는 종잡을 수 없는 여자였다. 목적지를 오가는 데 여러 경로를 시도해보기를 좋아했던 것이다. 잠시 후 나는 그녀를 찾는 걸 체념했다. 그녀는 택시를 탔을지도 몰랐다. 그 편이 특별한 경우에만 입는 세련된 정장 차림에 좀더 잘 어울렸기 때문이다.

십오 분 정도 걸려 리츠 호텔에 도착했다.

체온이 별로 올라가지 않았을 텐데도 나는 땀을 흘리며 숨을 헐떡였다. 포터가 날 은밀히 훔쳐보았고 공손히 인사하는 척하면서 문을 열어주었다. 호텔 로비는 첩보 작전과 멋진 로맨스가 펼쳐지는 영화 촬영 현장 분위기를 풍기며 나를 당황스럽게 했다. 으리으리한 최고급 호텔을 드나든 경험이 거의 없었던 나는 쉽사리 정신을 차릴 수가 없었다. 프런트를 힐끗 바라보자 성실해 보이는 직원 하나가 호기심과 경계의 눈초리로 날 주시하고 있었다. 나는 프런트로 다가가 그에게 미소를 던졌지만 깊은 감명을 주지는 못했다.

"레스토랑이 어디 있나요?"

프런트 직원은 깍듯하면서도 회의적인 태도로 나를 살폈다.

"예약을 하셨습니까?"

"호텔 투숙객과 약속이 있습니다."

직원이 쌀쌀맞게 미소지으며 고개를 끄덕였다.

"저 복도 끝에 가시면 보일 겁니다."

"고맙습니다."

난 착잡한 심정으로 그곳을 향해 걸었다. 베아와 그 자식을 만나면 무슨 말을 건넬지 어떻게 행동할지 전혀 아무 생각도 나지 않았다. 매니저가 앞으로 나오더니 완벽한 미소를 지으면서 나를 저지했다.

"예약하셨습니까?"

난 그를 손으로 밀치며 레스토랑 안으로 성큼성큼 들어섰다. 테이블은 대부분 비어 있었다. 미라처럼 삐쩍 마르고 유행에 뒤떨어진 옷차림으로 점잔 빼며 수프를 들이켜던 노부부가 멈칫하더니 떨떠름한 표정으로 날 바라봤다. 그리고 두 개의 테이블에는 사업가들로 보이는 손님들이 세련되고 아름다운 여인들을 동반하고 앉아 있었다. 카스코스도 베아도 보이지 않았다.

내 등 뒤로 웨이터 두 명을 대동한 매니저의 발소리가 들렸다.

"카스코스 부엔디아 씨가 두시에 예약하지 않았나요?"

"손님께서는 룸서비스를 요청하셨습니다." 매니저가 대답했다.

시계를 보니 두시 이십분이었다. 나는 엘리베이터가 있는 복도를 향해 걸었다. 나의 행동거지를 뚫어지게 주시하던 포터 하나가 내게 다가오려 할 때 나는 슬며시 엘리베이터 안으로 들어갔다. 콘티넨탈 스위트룸이 몇 층에 있는지 모른다는 걸 미처 생각지도 못하고 무작정 버튼을 눌렀다.

'위에서부터 시작하는 거야.'

칠층에서 내려 호화찬란하게 장식된 휑한 복도를 서성거리기 시작했다. 잠시 후 비상계단으로 향하는 문을 발견하고 아래층으로 내려갔다. 유감스럽게도 콘티넨탈 스위트룸을 찾으려면 방문마다 기웃거리는 수밖에 없었다. 시계는 두시 삼십분을 가리켰다. 오층에서 먼지떨이와 비누 그리고 타월이 담긴 카트를 끌고 가던 메이드를 만나 콘티넨탈 스위트룸이 어디 있는지 물었다. 그녀는 망연자실 나를 바라보았다. 하지만 그녀가 깜짝 놀란 건 당연했다. 어이없게도 그녀는 손가락으로 위를 가리켰던 것이다.

"팔층인데요."

혹시 호텔 관계자가 나를 찾아 돌아다닐 것에 대비해 엘리베이터는 타지 않기로 했다. 세 개 층의 계단과 긴 복도를 지나 땀에 흠뻑 젖은 채로 콘티넨탈 스위트룸 앞에 이르렀다. 나는 잠시 그곳에 꼼짝 않고 서서 고급 목제 문 너머로 벌어지고 있을 광경을 상상하며 과연 그 자리를 벗어날 정도의 상식이 내게 남아 있는지 자문했다. 누군가 복도 저쪽 끝에서 곁눈질로 나를 관찰하는 듯한 느낌이 들었다. 포터 중 한 명일까봐 덜컥 겁이 났지만 눈이 마주치자 실루엣은 복도 모퉁이 뒤로 사라졌고, 나는 호텔의 다른 투숙객일 거라고 생각했다. 그리고 마침내 나는 벨을 눌렀다.

10

누군가 문 쪽으로 다가오는 소리가 들렸다. 블라우스 단추를 채우는 베아의 모습이 머릿속에 그려졌다. 잠금 장치 돌아가는 소리. 나는 주먹을 불끈 쥐었다. 문이 열렸다. 염색한 머리에 하얀 목욕 가운을 걸치고 오성 호텔의 실내화를 신은 사람이 문을 열었다. 아무리 세월이 지나도 정말 싫어하는 사람의 얼굴은 기억 속에서 지워버리지 못하는 법이다.

"셈페레?"

주먹이 그의 윗입술과 코 사이로 무섭게 날아갔다. 나는 주먹질 한 방에 피부가 얼마나 찢어지고 연골이 얼마나 파열될 수 있는지 알게 되었다. 카스코스는 양손을 얼굴로 가져가며 휘청거렸다. 그의 손가락 사이에서 피가 주르르 흘러나왔다. 나는 그를 힘껏 밀어붙여 벽 쪽으로 내동댕이치며 방 안으로 성큼 들어섰다. 등 뒤에서 카스코스가 바닥에 쓰러지는 소리가 들렸다. 침대는 정돈되어 있었고, 김이 모락모락 나는 접시는 그랑 비아 대로가 내려다보이는 테라스와 마주한 테이블 위에 준비되어 있었다. 일인분의 식기 한 벌만이 놓여 있었다. 나는 뒤돌아서서 카스코스를 마주보았는데 그는 의자를 단단히 붙잡은 채 상체를 일으키려고 안간힘을 쓰고 있었다.

"어디 있지?" 내가 물었다.

카스코스는 고통으로 얼굴을 일그러뜨렸다. 피가 그의 얼굴과 가슴 위로 뚝뚝 떨어졌다. 입술이 찢어지고 틀림없이 코뼈가 부러진 것 같았다. 손가락 관절이 얼얼하게 욱신거려 손을 내려다보았다. 그의 얼굴을 가격할 때 피부가 쓸렸다는 걸 깨달았다. 티끌만 한 양심의 가책도 느껴지지 않았다.

"오지 않았어. 만족해?" 카스코스가 퉁명스럽게 내뱉었다.

"언제부터 내 아내에게 그렇게 열심히 편지를 쓴 거지?"

그는 콧방귀를 뀌는 것처럼 보였다. 나는 그놈이 뭐라 다른 잡소리를 지껄이기 전에 그에게 달려들었다. 그리고 격분한 나머지 가슴에 맺힌 응어리를 쏟아내듯 두번째 주먹맛을 세차게 보여주었다. 정통으로 그의 이를 후려치자 내 손에 감각이 없어졌다. 카스코스는 외마디 신음을 토해내며 의자 위로 맥없이 주저앉더니 몸을 기댔다. 그에게 몸을 숙이자 움찔하며 양팔로 얼굴을 가렸다. 나는 양손으로 그의 멱살을 틀어쥐고 손가락에 힘을 주어 바짝 끌어당겼다. 마치 그의 목구멍을 비틀어버리려는 사람처럼.

"발스와는 대체 무슨 관계야?"

카스코스는 그 말에 내가 자신을 죽일 거라고 확신한 듯 두려움으로 벌벌 떨며 나를 응시했다. 부글부글 게거품을 뿜어내며 알아들을 수 없는 말을 지껄여댔기 때문에 내 손은 침과 피로 범벅이 되었다. 나는 더 세게 멱살을 틀어쥐었다.

"마우리시오 발스와 대체 무슨 관계냐고!"

얼굴을 바싹 들이대며 따지다보니 그의 눈동자 속에 내 모습이 비칠 지경이었다. 실핏줄이 각막 아래에서 터지기 시작하면서 그물 같은 검은 선이 홍채에 번져갔다. 나는 그를 죽이고 있다는 걸 뒤늦게서야 깨닫고 순간 그를 놓아주었다. 카스코스가 거칠게 숨을 들이마시며 양손을 목덜미로 가져갔다. 나는 그의 앞에 있는 침대에 걸터앉았다. 떨리는 손에 피가 묻어 있었다. 욕실로 들어가 손을 씻었다. 찬물로 얼굴과 머리를 적시고는 거울을 들여다보았는데, 거울에 비친 내 모습이 너무 낯설었다. 방금 한 사람을 죽일 뻔했던 것이다.

11

방에 돌아왔을 때 카스코스는 가쁜 숨을 내쉬며 여전히 의자에 쓰러져 있었다. 나는 물컵을 가져와 그에게 건넸다. 그는 내가 다시 다가서자 한쪽으로 비켜 앉으며 다음 공격을 기다렸다.

"마셔."

그가 눈을 동그랗게 뜨더니 컵을 바라보며 잠시 머뭇거렸다.

"마시라고! 그냥 물이야."

그는 떨리는 손으로 컵을 받아들어 입술로 가져갔다. 이가 몇 개 부러져 있었다. 차가운 물이 치아의 에나멜 아래 노출된 잇몸을 스치자 카스코스는 신음을 하며 눈물을 글썽였다. 우리는 잠시 아무 말 없이 있었다.

"의사를 부를까?" 급기야 내가 물었다.

그가 시선을 들더니 달갑잖은 듯 고개를 저었다.

"경찰을 부르기 전에 당장 여기서 나가기나 해!"

"네가 마우리시오 발스와 무슨 관계인지 털어놓으면 나갈 거야."

난 매서운 눈초리로 그를 바라봤다.

"그는…… 그 사람은 내가 근무하는 출판사의 공동 경영자야."

"그가 그 편지를 쓰라고 시켰나?"

카스코스가 주춤거렸다. 나는 일어나서 그를 향해 한 걸음 내디뎠다. 그리고 그의 머리카락을 움켜쥐고 힘껏 잡아당겼다.

"더이상 때리지 마." 그가 애원했다.

"발스가 그 편지를 쓰라고 네게 시켰느냔 말이야!"

카스코스가 내 따가운 시선을 피했다.

"그가 아니야."

"그럼 누구야?"

"그의 비서 아르메로."

"누구?"

"파코 아르메로. 출판사 직원이야. 그가 내게 베아와 연락을 다시 취해보라고 지시했어. 그렇게 하면 내게 뭔가 있을 거라면서. 일종의 보상 같은 게."

"왜 그런 지시를 내린 거야?"

"이유는 나도 몰라."

나는 다시 뺨을 갈기려는 위협적인 태도를 취했다.

"몰라, 모른다고! 정말이야."

"그까짓 일로 여기서 베아를 만나려고 했단 말이야?"

"난 지금도 베아를 사랑해."

"사랑을 보여주는 정말 눈물겹도록 아름다운 방법이군. 그래, 발스는 어디에 있지?"

"몰라."

"사장이 어디 있는지 모른다는 게 말이 돼?"

"만난 적이 없으니까. 알았어? 난 한 번도 그를 본 적이 없다고. 그와 대화를 나눠본 적이 없단 말이야."

"자세히 얘기해봐."

"일 년 반 전에 아리아드나 출판사의 마드리드 지부에 취직했어. 아무튼 그때도 도통 그를 만나지 못했어. 아무도 그를 보지 못했고."

그는 천천히 일어나더니 전화기 쪽으로 향했다. 나는 그를 말리지 않았다. 수화기를 쥐고 증오의 눈초리로 나를 쏘아보았다.

"경찰을 부를 거야……"

"그럴 필요 없습니다." 복도 쪽에서 목소리가 들렸다.

뒤돌아보니 문가에 페르민이 서 있었다. 그는 아버지 것으로 보이는 옷을 단정하게 차려입고서 공문서로 보이는 서류 하나를 손에 들고 있었다.

"페르민 로메로 데 토레스 경위입니다. 경찰이죠. 소란을 피운다는 신고가 접수되었습니다. 누가 사건 개요를 설명해주실 건가요?"

카스코스와 나, 두 사람 다 적잖이 당황했다. 그 기회를 틈타 페르민이 카스코스의 손에서 수화기를 부드럽게 빼앗았다.

"제가 처리하죠." 그가 카스코스에게서 물러서며 말했다. "경찰 본부에 보고하도록 하겠습니다."

그가 다이얼을 돌리는 척하면서 우리에게 살포시 눈웃음을 지었다.

"본부 부탁합니다. 그러죠, 감사합니다."

그는 잠시 기다렸다.

"여보세요, 마리 필리, 저 로메로 데 토레스입니다. 팔라시오스 좀 부탁합니다. 네, 기다리죠."

페르민이 기다리는 체하며 손으로 수화기를 가리고 카스코스를 향해 손짓했다.

"당신은 욕실 문에 부딪친 겁니까, 아니면 뭐 신고하고 싶은 내용이 따로 있습니까?"

"이 야만적인 몹쓸 놈이 날 급습해 죽이려 했습니다. 그래서 지금 당장 검찰에 고발장을 제출할 생각입니다. 이자는 처벌을 면치 못할 겁니다."

페르민이 짐짓 사무적인 눈길로 날 바라보며 고개를 끄덕였다.

"맞습니다. 이참에 따끔하게 본때를 보여줘야죠."

그는 전화선 너머에 귀를 기울이는 시늉을 하더니 카스코스에게 조용히 하라고 손짓했다.

"네, 팔라시오스. 리츠 호텔에서요. 네. 부상자가 한 명 있습니다. 주로 면부입니다. 그건 상황 여하에 달려 있습니다. 아주 엉망진창입니다. 알겠습니다. 용의자를 체포하여 약식기소 절차를 밟겠습니다."

그가 수화기를 내려놓았다.

"모든 게 해결되었습니다."

페르민이 내게 다가와 권위 있는 태도로 내 팔을 꽉 붙잡았다. 그리고 입 다물라는 신호를 보냈다.

"당신에게는 묵비권이 있고 당신이 말한 모든 것은 법정에서 불리하게 작용할 수 있습니다. 갑시다. 앞장서시오."

고통으로 얼굴이 일그러진 카스코스가 여전히 페르민의 등장에 어리둥절해하며 다분히 미심쩍은 듯 그 광경을 주의 깊게 살폈다.

"수갑을 채워야 하지 않나요?"

"이곳은 품위 있는 호텔이니까요. 쇠고랑은 순찰차에 준비되어 있습니다."

계속 피를 흘려서 아마도 사물이 이중으로 보였을 카스코스가 약간 께름칙한 표정으로 우리 앞을 떡 막아섰다.

"당신 정말 경찰 맞습니까?"

"비밀경찰입니다. 지금 당장 얼굴에 붙일 수 있는 비프스테이크용 생고기를 보내라고 지시하겠습니다. 근거리 타박상엔 효과가 그만이죠. 제 동료들이 조만간 방문해서 조서를 꾸미고 적절한 조치를 취할 겁니다." 페르민이 카스코스의 팔을 떼어놓고 혼신의 힘을 다해 나를 출구 쪽으로 밀면서 대답했다.

12

우리는 호텔 현관에서 택시를 잡아타고 그랑 비아 대로를 말없이 달렸다.

"맙소사! 예수님, 마리아, 요셉이여." 페르민이 버럭 소리를 질렀다. "미쳤어? 그자를 보고서 못 알아볼 뻔했잖아…… 대체 어쩔 셈이었어? 그 얼간이의 숨통을 끊어놓을 참이었어?"

"그가 마우리시오 발스 밑에서 일하고 있어요."

페르민의 눈이 휘둥그레졌다.

"다니엘, 이젠 네 강박관념이 도를 넘어 걷잡을 수 없는 지경에 이르렀구나. 힘든 시기에 하필 그때 네게 아무 말도 하지 않았더라면…… 그런데 너 괜찮니? 어디 그 손 좀 보자……"

내가 그에게 주먹을 보여주었다.

"이런!"

"어떻게 알고 왔어요?"

"난 널 속속들이 잘 알고 있어. 마치 내가 낳은 것처럼. 뭐, 대개 그걸 후회하는 날이 많긴 하지만 말이야."

"아저씨가 날 어찌 생각할지 몰라서……"

"그래, 무슨 말인지 알겠어. 하지만 맘에 안 들어. 맘에 들지 않는다고! 내가 아는 다니엘은 그런 사람이 아니야. 내가 친구하고 싶은 다니엘도 마찬가지고."

손이 지독히 아팠지만 페르민을 실망시켰다는 사실이 더 괴로웠다.

"화내지 마요."

"알았어, 하지만 상을 받을 거라 기대하지는 말라고……"

우리는 각자 창밖의 거리를 내다보면서 잠시 침묵했다.

"아저씨가 와서 참 다행이에요." 결국 내가 입을 열었다.

"너 혼자 남겨둘 줄 알았니?"

"베아에겐 입도 뻥긋하지 마세요, 알았죠?"

"괜찮다면 〈라 방과르디아〉 편집국장에게 편지를 띄워 너의 공적을 얘기할까 하는데."

"대체 이게 다 무슨 일인지 모르겠어요……"

페르민은 처음에는 서릿발 치는 눈빛으로 나를 쳐다보다가 금세 표정을 누그러뜨리며 내 손등을 찰싹 때렸다. 난 고통을 참았다.

"우리 이제 그 얘기는 그만하자. 나라도 똑같이 행동했을 거야."

나는 차창 너머로 지나가는 바르셀로나를 바라보았다.

"무슨 자격증이었어요?"

"뭐가?"

"아저씨가 제시한 경찰 신분증…… 뭐였냐고요."

"주임신부의 바르샤 회원증이야."

"아저씨 말이 옳았어요, 페르민. 난 얼간이였어요…… 베아를 의심하다니."

"난 항상 옳은 말만 해. 타고났지."

나는 그 사실을 인정하고 입을 꾹 다물었다. 벌써 오늘 하루 말도 안 되는 헛소리를 충분히 늘어놓았기 때문이다. 페르민은 말없이 가만히 앉아 깊은 생각에 잠겨 있었다. 내 행동에 너무 실망한 나머지 내게 어떻게 말을 꺼내야 할지 고민하는 것 같아 되레 내 마음이 뒤숭숭했다.

"페르민, 무슨 생각해요?"

그가 고개를 돌려 걱정스러운 눈빛으로 바라보았다.

"그 사람을 생각하고 있었어."

"카스코스?"

"아니, 발스. 그 등신 같은 놈이 예전에 했던 의미심장한 말."

"뭐라고 했는데요?"

페르민이 음울하게 쳐다봤다.

"여태껏 내가 걱정했던 건 네가 발스의 소재를 알고 싶어한다는 거였어."

"그럼 이젠 아니에요?"

"더욱 걱정스러운 게 있어, 다니엘."

"뭔데요?"

"그가 널 찾고 있다는 거야."

우린 묵묵히 서로를 바라봤다.

"왜 느닷없이 그런 생각이 든 건데요?"

늘 척척 대답해 넘기던 페르민이 이번에는 천천히 고개를 젓더니 얼굴을 돌렸다.

우리는 침묵 속에서 여정을 이어갔다. 도착하자마자 난 곧장 집으로 올라가 샤워를 하고 아스피린을 네 알 삼켰다. 그런 다음 블라인드를 내리고 베아의 향기가 은은히 배어 있는 베개를 가슴에 꼭 끌어안았다. 그리고 멍청이처럼 잠이 들었다. 나는 그녀를 위해 세기의 조롱거리가 되는 것도 마다하지 않았건만 그녀는 지금 어디에 있을까 생각하며.

13

"꼭 멧돼지 같아요." 베르나르다가 산타 에우랄리아 부티크의 탈의실에서 거울에 비친 자신의 비대해진 몸을 들여다보면서 한마디 했다.

두 명의 디자이너가 그녀의 발아래 무릎을 꿇고 수십 개의 핀으로 웨딩드레스를 가봉하고 있었고, 베아는 세심한 눈초리로 베르나르다의 주위를 빙글빙글 돌면서 마치 일상적인 일인 것처럼 각각의 주름과 바느질을 면밀하게 살폈다. 베르나르다는 양팔을 옆으로 쭉 뻗은 채 감히 숨을 쉴 용기를 내지 못하고 거울로 치장된 육각형의 방이 되비춘 자신의 실루엣을 여러 각도에서 살피며 배가 나온 징후를 찾고 있었다.

"정말 표 안 나요, 베아?"

"전혀요. 다리미판처럼 평평해요. 지금 손으로 만지고 있는 곳도 그렇고요."

"아, 난 모르겠어요. 모르겠어……"

베르나르다의 수난과 옷을 몸에 맞게 매만지려는 디자이너들의 각고의 노력은 삼십여 분 동안 더 지속되었다. 베르나르다에게 꽂을 핀이 더이상 세상에 남아 있지 않은 듯했을 때, 드레스를 제작한 부티크의 수석 디자이너가 커튼을 걷으면서 나타나 대강 살펴본 다음 은은하게 광택나는 스커트에 두어 가지 수정을 가했다. 그러고 나서 고개를 끄덕이더니 손가락을 튕겨 조수들에게 슬그머니 나가도록 지시했다.

"페르테가스*도 신부님을 이보다 아름답게 해줄 순 없을 겁니다." 그가 흡족해하며 소신을 밝혔다.

베아가 빙긋이 미소지으며 고개를 끄덕였다.

에바리스토라고 불리는, 사뭇 도전적인 태도와는 달리 몸은 호리호리한 남성 디자이너가 베르나르다의 뺨에 키스했다.

"신부님은 세계 최고의 모델입니다. 불평 한마디 없이 참을성도 대단하시고 말이죠. 고단했겠지만 그만한 가치가 있었습니다."

"선생님은 제가 이걸 입고 제대로 숨을 쉴 수 있을 거라 생각하세요?"

* 스페인의 패션 디자이너.

"신부님은 이베리아 반도의 남성과 교구 대성당에서 결혼식을 올리는 겁니다. 애초 편안히 숨을 쉴 수 있으리란 기대는 마셔야죠. 웨딩드레스를 그저 잠수복이라고 생각하세요. 숨 쉬기에 가장 부적당한 공간이지만, 벗어던지는 순간 더없이 홀가분한 즐거움을 느끼게 될 테니까요."

베르나르다는 디자이너가 넌지시 빗대는 말에 성호를 그었다.

"지금은 이 옷을 아주 조심스럽게 벗어달라고 부탁드리고 싶습니다. 듬성듬성 시침바느질한 드레스에 이리저리 핀을 꽂은 엉성한 모습으로 제단에 올라가는 모습을 보고 싶진 않으니까요."

"내가 도울게요." 베아가 자진해서 나섰다.

에바리스토가 베아에게 도발적인 시선을 던지면서 머리에서 발끝까지 그녀를 내리훑었다.

"그럼 자기 옷은 내가 벗기고 입혀주면 어떨까?" 그가 짓궂게 묻더니 연극에서 배우가 퇴장하듯 커튼 뒤로 사라졌다.

"저 몹쓸 놈이 계속 베아에게 추파를 던지더라고요!" 베르나르다가 말했다. "사람들이 그러는데 동성애자래요."

"내 생각에 에바리스토는 양성애자인 것 같은데요."

"그게 가능해요?" 그녀가 놀란 토끼 눈으로 물었다.

"이리 와봐요. 핀을 하나도 떨어뜨리지 않고 당신을 그 옷에서 탈출시킬 수 있는지 좀 보게."

베아가 웨딩드레스에 감금되어 있는 자신을 해방시키는 동안 베르나르다는 나지막이 욕설을 내뱉었다.

그녀의 고용주인 구스타보 씨가 비용을 대겠다고 고집을 부린 이 드레스의 가격을 알고 나서 베르나르다는 줄곧 난처했던 것이다.

"사실 구스타보 씨는 이런 큰돈을 쓸 필요가 없었어요. 분명 바르셀로나 전역에서 가장 비싼 곳일 텐데, 무조건 이곳에서 꼭 드레스를 맞춰야 한다면서 에바리스토라는 사람에게 맡기라고 우겼거든요. 구스타보 씨 이복형제의 아들쯤 되나보던데 그라타코스 회사의 옷감이 아니면 알레르기가 난다지 뭐예요. 나 원 참, 기가 막혀서!"

"남의 호의를 트집잡으면…… 게다가 구스타보 씨는 당신을 성대하고 호화롭게 결혼시키려고 잔뜩 기대에 부풀어 있어요. 원래 그런 사람이에요."

"엄마 옷을 두어 군데 수선해서 입고 결혼식을 올려도 페르민은 개의치 않을 거예요. 내가 새 옷을 선보일 때마다 그이가 원하는 건 오로지 그걸 벗기는 것뿐이라서…… 그 결과를 좀 보라고요. 하느님께서 용서해주셔야 할 텐데." 베르나르다가 배를 손으로 쓰다듬으면서 말했다.

"베르나르다, 나 역시 임신한 상태에서 결혼했고, 나는 하느님께서 신경쓰셔야 할 시급한 일들이 훨씬 더 많을 거라고 확신해요."

"페르민도 그렇게 말하지만 난 모르겠어요……"

"당신은 그저 페르민에게나 신경쓰고 쓸데없는 일로 괜히 속 태우지 마세요."

두 시간 내내 하이힐을 신고 팔을 높이 쳐든 채 서 있느라 탈진한 베르나르다가 페티코트를 입은 채로 의자에 풀썩 주저앉아 한숨을 푹 내쉬었다.

"아, 불쌍한 페르민이 빠진 체중을 회복하지 못하면 어쩌죠? 너무 걱정돼요."

"이제부터 옛날로 돌아가는 모습을 보게 될 거예요. 남자들은 제라늄처럼 그렇거든요. 막 내다버려야 할 것 같다가도 되살아나죠."

"모르겠어요, 베아. 페르민은 몹시 침울해하고 있어요. 내게 결혼하고 싶다고 말하지만 가끔 난 의심스러워요."

"하지만 그는 당신이라면 사족을 못 쓰잖아요, 베르나르다."

베르나르다가 어깨를 으쓱했다.

"난 생각만큼 그렇게 어리석지 않아요. 열세 살 때부터 줄곧 해온 일이라곤 오로지 청소하는 것뿐이라 도무지 이해할 수 없는 일들이 너무 많긴 하지만, 페르민이 세상을 두루 경험하면서 애정행각을 벌였다는 것쯤은 알고 있어요. 나를 만나기 전 지나온 인생사에 대해서 그이가 한 번도 얘기해준 적이 없지만, 그에게 다른 여인들이 있었다는 것과 많은 우여곡절을 겪었다는 것은 눈치채고 있다고요."

"그런데도 그는 당신을 선택했어요. 그건 당신도 알잖아요."

"그가 보기보다 아가씨들을 더 좋아한다면요? 산책하거나 춤추러 가서 페르민이 여자들을 힐끔거리는 날엔 난 아연할 수밖에 없을 거예요."

"그가 손길을 뻗지 않는 한…… 아무튼 페르민이 평소 당신에게 성실했다는 건 분명하잖아요."

"그건 그래요. 하지만 내가 두려워하는 게 뭔지 알아요, 베아? 그에게 하찮은 존재가 되는 거예요. 그이가 넋을 잃고 날 바라보며 우리가 함께 나이를 먹어갔으면 좋겠다고 사탕발림을 늘어놓을 때면, 어느 날 아침 문득 그가 잠에서 깨어나 나를 보면서 '내가 이 멍청한 년을 대체 어디서 데려왔지?'라고 말할 것만 같아요."

"잘못 생각하는 거예요, 베르나르다. 페르민은 결단코 그리 생각지 않을 거예요. 당신을 얼마나 귀히 여기는데요."

"글쎄요. 그것도 결코 좋은 건 아니에요. 성모 마리아처럼 아내를 떠받들다가도 곧 발정난 개처럼 눈에 맨 처음 띄는 매춘부 뒤를 졸졸 쫓아가는 그런 주인 나리들이 많다는 걸 알고 있거든요. 하느님께서 주신 이 작은 두 눈으로 그런 광경을 수차례 목격했다는 걸 당신은 믿지 않겠지만 말이에요."

"하지만 페르민은 그런 사람이 아니에요, 베르나르다. 페르민은 좋은 사람이에요. 그런 남자는 흔치 않아요. 남자들은 거리에서 파는 알밤과 같거든요. 살 때는 모두 따끈따끈하고 맛좋은 냄새가 나지만 종이 봉지에서 꺼내는 순간 곧바로 차갑게 식어버리고 대부분은 안이 썩었다는 걸 알게 되니까요."

"설마 다니엘 씨를 말하는 건 아니죠?"

베아는 잠시 머뭇거렸다.

"네. 물론 아니에요."

베르나르다는 그녀를 곁눈질했다.

"베아, 집에 별일 없는 거죠?"

베아가 베르나르다의 페티코트 어깨 주름을 만지작거렸다.

"네, 베르나르다. 문제라면 우리 두 사람이 저마다 비밀스러운 사연이 있는 남편을 맞아들인 거겠죠."

베르나르다가 맞장구를 쳤다.

"어떤 때는 정말 철부지 애들 같아요."

"남자들이 다 그렇죠. 실컷 뛰어놀라고 해요."

"하지만 난 그들이 좋아요." 베르나르다가 말했다. "그게 죄라는 건 알지만."

베아가 웃음을 터뜨렸다.

"어떤 타입이 좋아요? 에바리스토 같은 사람?"

"아니요, 세상에! 그 남잔 거울 보는 데 꽤 많은 시간을 소비할걸요? 몸단장하는 데 나보다 더 시간이 걸리는 남자는 아주 꼴

사나워요. 난 약간 투박스럽게 생긴 사람이 좋아요. 내 말 무슨 뜻인지 알죠? 페르민이 사람들이 흔히 말하는 잘생긴 타입이 아니라는 건 물론 알아요. 하지만 내 눈엔 훤칠하고 좋은 사람이에요. 게다가 정말 남자답죠. 결국 다 따지고 보면 중요한 건 착하고 진솔한 성품 같아요. 더불어 한겨울 밤 옆에 바싹 붙어서 바들바들 떨리는 온몸의 추위를 따스하게 녹여줄 그런 사람이어야 하고요."

베아가 고개를 끄덕이면서 빙긋이 미소지었다.

"그 말에 동감해요. 얼핏 누군가한테서 당신이 캐리 그랜트*를 좋아했었다는 소릴 들었지만 말이죠."

베르나르다가 홍당무처럼 얼굴을 붉혔다.

"그럼 당신은 아니에요? 결혼할 것도 아닌데요 뭘. 내 생각에 그이는 처음 거울에 비친 자신의 모습을 본 순간 자기와 사랑에 빠져버린 그런 사람 같아요. 하지만, 우리끼리 얘긴데(하느님, 용서하소서) 그가 날 껴안아준다고 하면 마다하진 않을 거예요……"

"당신 말을 들으면 페르민이 뭐라 할까요, 베르나르다?"

"뻔하죠 뭐. '송충이는 솔잎을 먹어야 한다……'"

* 미국 국적의 잘생긴 영국 배우(1904~1986). 다섯 번 결혼했는데, 양성애자라는 소문이 있었다.

5부

영웅의 이름

1

1958년 바르셀로나

그곳에 모였던 스물세 명의 하객들은 수년 후 과거를 회상하며 페르민 로메로 데 토레스가 독신 생활을 청산하던 날의 역사적인 전야를 추억할 것이었다.

"한 시대에 종지부를 찍는군요." 알부르케르케 교수가 샴페인 잔을 치켜들며 우리 모두가 공감하는 바를 누구보다 잘 요약해 공표했다.

구스타보 바르셀로 씨의 견해로는 지구상의 여성들에게 몰고 온 파장으로 보자면 로돌포 발렌티노*의 죽음에 비견될 수 있을 만한 페르민의 총각 파티는 1958년 2월 청명한 밤에 라 팔로마

나이트클럽의 넓은 댄스홀에서 펼쳐졌다. 무대에서 예비 신랑은 황홀한 탱고 춤사위를 보여주었고 그 순간은 장차 영원히 한 여인에게 헌신해야 할 기나긴 인생행로의 비밀스러운 첫발이었다.

일생에 단 한 번 집에서 벗어난 아버지는 '라 아바나 델 바이스 요브레가트'의 세미프로 댄스 오케스트라 단원들을 고용했다. 헐값에 연주하기로 합의한 그들은 맘보와 과라차 그리고 손 몬투노**의 명곡선으로 우리를 무척 즐겁게 해주었고, 예비 신랑 페르민에게도 예전 쿠바의 카지노에서 세계의 글래머들과 어울리며 모의 활동을 벌였던 아득한 지난날의 추억을 반추하게 했다. 정도의 차이는 있었지만 파티에 참석한 모든 사람들이 수줍음을 버리고 플로어로 나와 리듬에 맞춰 춤을 추며 페르민의 결혼을 축하했다.

바르셀로는 아버지에게 자신이 계속 건네주는 보드카 잔에 담긴 것이 '몬세라트의 아로마'를 두어 방울 떨어뜨린 미네랄워터라고 굳게 믿게 했다. 그리고 잠시 뒤 우리 모두는 아버지가 아가씨와 부둥켜안고 춤을 추는 전대미문의 광경을 보게 되었다. 파티를 건의한 실질적 주동자인 로시이토가 이벤트에 활기를 띠우고자 데려온 아가씨들 중 한 명이었다.

---

* 이탈리아 배우(1895~1926). 1920년대 섹시 심벌이었으나 젊은 나이에 급사했다.

** 쿠바의 대중음악 장르.

"맙소사!" 아버지가 엉덩이를 씰룩씰룩 흔들어대며 박자에 맞춰 밤거리의 베테랑과 엉덩이를 부딪치고 있었다.

바르셀로는 하객들 사이를 돌아다니며 여송연과 기념 그림카드를 나눠 주었다. 성체 배령과 세례 그리고 장례 카드를 제작하는 전문업체에서 인쇄한 카드였다. 엷은 종이에는 꼬마 천사 복장으로 두 손을 합장한 채 기도 드리는 페르민의 캐리커처가 그려져 있었고 다음과 같은 글귀가 새겨져 있었다.

페르민 로메로 데 토레스 19XX ~ 1958 유명한 호색가, 은퇴하여 1958 ~ 19XX 가장의 지위에 오르다.

페르민은 비로소 오랜만에 행복하고 마음이 평온했다. 환락의 파티가 열리기 삼십 분 전 그를 칸 유이스로 데려간 알부르케르케 교수가, 바로 그날 아침 오스왈도 다리오 데 모르텐센과 그의 조수 루이시토가 뛰어난 솜씨로 날조한 모든 일건서류 기록과 문서 파일이 호적등기소에 등록되었다는 사실을 전해주었던 것이다.

"이보게 페르민," 교수가 공언했다. "산 자들의 세계에 온 것을 공식적으로 환영하네. 다니엘 셈페레와 여기 칸 유이스의 친구들을 증인으로 삼아 자네에게 합법적인 새 신분증을 건네주겠네."

페르민이 사뭇 감격에 겨워 자신의 새 신분증을 면밀히 살폈다.

"대체 어떻게 이런 기적을 이룬 겁니까?"

"여간 고난도의 기술이 필요했던 게 아니야. 하지만 이 모든 게 가능했던 건, 자네가 적법하게 결혼하여 아이를 낳고 로메로 데 토레스 가문을 그대로 이어갈 수 있도록 위험을 무릅쓰며 백방으로 노력한 진정한 친구가 있었기 때문일세."

페르민이 눈물을 글썽이며 나를 바라보았다. 그가 너무나 힘껏 껴안는 바람에 숨이 막힐 것 같았다. 여하튼 그때가 내 생애 가장 행복한 순간 중 한때였음을 인정하는 것이 나는 전혀 부끄럽지 않다.

2

한 시간 반 동안 음악과 술 그리고 음란한 막춤이 지속되는 와중에 나는 한숨 돌리며 알코올이 함유되지 않은 마실 것을 찾아 카운터로 다가갔다. 그날 밤 공식 음료인 레몬 럼주는 더이상 한 방울도 섭취할 수 없을 것 같았기 때문이다. 웨이터가 내게 차가운 물 한 잔을 건네주었고 나는 카운터에 등을 기댄 채 흥청망청 신나게 노는 잔치판을 바라보았다. 미처 눈여겨보지 않았는데 카운터의 반대편 끄트머리에 로시이토가 있었다. 그녀는 샴페인 잔을 양손으로 감싸 쥔 채 자신이 기획한 파티를 우수에 젖은 눈빛으로 초연히 바라보고 있었다. 페르민의 말에 의하면 이제 만 서른다섯이 되었을 게 분명하지만 근 이십 년 동안 일을 하다보니 세월의 흔적이 얼굴에 고스란히 남아 그 희미한 유색 불빛 속에서조차도 에스쿠디에르스 거리의 여왕은 나이가 들어 보였다.

난 그녀에게 다가가 미소를 지었다.

"로시이토, 그 어느 때보다 아름답네요." 나는 거짓말을 했다.

개중 제일 좋은 외출복을 갖춰입고 콘데 델 아살토 거리에서 가장 좋은 미용실에도 다녀왔지만, 그날 밤 로시이토는 어느 때보다도 우울해 보였다.

"로시이토, 괜찮아요?"

"저기, 저 불쌍한 사람을 좀 봐요. 피골이 상접할 정도로 삐쩍 말라서 아직도 춤을 추고 있어요."

그녀의 눈이 페르민에게 꽂혀 있었다. 그녀는 페르민에게서 언제나 그 옛날 대단찮은 포주로부터 자신을 구해준 챔피언의 모습을 찾았다. 어쩌면 이십 년 거리 생활을 하는 동안 그녀가 가치 있는 만남을 지속해온 남자는 페르민뿐이었다.

"다니엘, 페르민에게 말하진 않았지만 내일 난 결혼식에 못 갈 거예요."

"무슨 소리예요, 로시이토? 페르민은 당신을 위해 주빈석을 마련해두었는데……"

로시이토가 시선을 떨구었다.

"알고 있어요. 하지만 난 갈 수 없어요."

"왜요?" 나는 그녀의 대답을 짐작하고 있으면서도 그녀에게 물었다.

"내겐 너무 고통스러울 거예요. 하지만 난 페르민이 부인과 행복해지길 바라요."

로시이토가 울음을 터뜨렸다. 나는 무슨 말을 건네야 할지 몰라 그저 묵묵히 그녀를 품에 안았다.

"난 늘 그를 사랑했어요. 알다시피 그를 만나고부터 죽 그랬죠. 내가 그에게 어울리는 여자가 아니라는 건 알고 있어요. 그는 나를 그냥…… 그래요, 그냥 로시이토로 생각하고 있어요."

"페르민은 당신을 무척 아끼고 있어요. 그걸 절대로 잊어선 안 돼요."

그녀가 몸을 떼어놓더니 쑥스러워하며 눈물을 닦았다. 그런 다음 내게 상그레 미소를 보내며 어깨를 으쓱했다.

"미안해요. 난 정말 바보 같아요. 술만 마시면 이상한 소리를 해대니 말이에요."

"괜찮아요."

그녀에게 내 물잔을 건네자 그녀가 받아들었다.

"어느 날 청춘도 흘러가고 기차도 이미 떠나버렸음을 깨닫게 될 것이다! 이 말 알죠?"

"하지만 기차는 항상 있어요. 언제나 늘."

로시이토가 고개를 끄덕였다.

"그러니까 난 결혼식에 가지 않을 거예요, 다니엘. 몇 달 전부터 레우스 출신의 어떤 신사분을 만나고 있어요. 좋은 사람이에요. 홀아비이고 훌륭한 아버지죠. 고철 처리장을 운영하고 있는데 바르셀로나를 다녀갈 때면 항상 나를 만나러 와요. 얼마 전 그가 내게 청혼을 했어요. 솔직하게 터놓고 얘기해보자고요. 당신도 알다시피 혼자 늙는다는 건 몹시 힘들고 고된 시련이에요. 게다가 나는 이제 거리 생활을 계속하기에 몸이 예전 같지 않아요. 하우메트, 레우스의 그 사람이 내게 여행을 청했어요. 아이들은 이미 독립했고 그는 한평생 일만 한 사람이라 죽기 전에 여러 지역과 다른 나라들을 여행하고 싶다면서 내게 함께 가자고 했어요. 욕구를 채우고 헌신짝처럼 내팽개치는 매춘부가 아니라 당당한 그의 아내 자격으로 말이에요. 배는 내일 아침 일찍 출항해요. 하우메트는 선장에게도 원양에서 결혼을 시켜줄 수 있는 권한이 있지만 여건이 허락지 않으면 어느 항구든지 기착해서 그곳 신부님의 집전하에 식을 올릴 수 있을 거라고 말했어요."

"페르민도 이 사실을 알고 있나요?"

마치 멀리서 우리 얘기를 다 들은 것처럼 페르민이 댄스 플로어에서 걸음을 멈추고 우리를 지그시 바라보았다. 그는 로시이토를 향해 팔을 뻗더니 애무의 손길을 필요로 하는 나른한 표정을 지었다. 언제나 기대 이상의 성과를 그에게 안겨주곤 했던 표정이었다. 로시이토는 쿡쿡 소리 죽여 웃으며 고개를 절레절레 젓고 난색을 보였지만, 평생 마음속에 품어온 사랑하는 사람과 마지막 볼레로를 추기 위해 댄스 플로어로 향했다. 그리고 마지막 순간 뒤돌아서서 내게 말했다.

"그를 잘 지켜줘요, 다니엘. 페르민은 오직 하나뿐이니까요."

오케스트라가 연주를 멈추자 댄스 플로어가 훤히 펼쳐지며 로시이토를 맞이했다. 페르민이 그녀의 손을 잡았다. 라 팔로마 나이트클럽의 조명등이 서서히 꺼지고 어둠 속에서 한 줄기 스포트라이트가 나타나 커플의 발아래 희미한 불빛의 원을 그렸다. 다른 사람들은 한쪽으로 비켜섰고, 오케스트라는 지금까지 한 번도 들어본 적 없는 구슬픈 볼레로의 리듬을 천천히 연주하기 시작했다. 페르민은 로시이토의 허리를 감싸 안았다. 이제 두 번 다시 만날 수 없을 바르셀로나의 두 연인은 서로 무언의 눈빛을 주고받으며 세상으로부터 멀리 떨어져 몸을 바짝 맞대고 마지막 춤을 췄다. 음악 소리가 잦아들 무렵 페르민이 그녀의 입술에 키스했다. 로시이토는 눈물 범벅이 된 얼굴로 그의 뺨을 어루만지더니 천천히 출구 쪽을 향해 멀어져갔다. 단 한마디 작별 인사도 남기지 않고.

3

오케스트라가 황급히 과라차를 연주해 분위기를 되돌려놓았고, 연애편지를 하도 많이 쓴 탓에 우수에 젖은 백과전서가로 변해 있던 오스왈도 다리오 데 모르텐센도 관중들에게 플로어로 돌아가 아무 일도 없었던 듯 행동하도록 독려했다. 적잖이 의기소침해진 페르민이 카운터로 다가와 내 옆의 의자에 걸터앉았다.

"페르민, 괜찮아요?"

그가 힘없이 고개를 끄덕였다.

"신선한 공기를 마시면 기분이 좀 나아질 것 같아, 다니엘."

"여기서 기다려요. 외투를 가져올 테니."

파티장을 나와 타예르스 거리를 걸어 람블라스를 향해 가고 있을 때 오백 미터 전방에 어슬어슬 걷고 있는 낯익은 실루엣이 어슴푸레 보였다.

"이봐, 다니엘. 저 사람 자네 아버지 아냐?"

"맞아요. 곤드레만드레 취하셨네요."

"저런 모습을 보게 될 줄은 미처 예상치 못했는데."

"내 심정은 어떨 것 같아요?"

우리는 걸음을 재촉해 아버지에게 다가갔고, 아버지는 우리를 보자마자 흐리멍덩한 눈으로 입가에 미소를 지었다.

"몇 시지?"

"많이 늦었어요."

"물론 그렇겠지. 이보게 페르민, 정말 멋진 파티였네. 아가씨들도 굉장했고 말이야! 성욕을 일으키기에 충분한 기막히게 섹시한 엉덩이들도 있더군."

나는 놀라서 눈이 휘둥그레졌다. 페르민은 아버지의 팔을 붙잡고 길을 안내했다.

"셈페레 씨, 이런 말씀을 드릴 생각은 전혀 없었는데, 취하셨습니다. 나중에 후회하게 될 말은 하지 않는 게 좋습니다."

아버지는 돌연 무안한 듯 멋쩍게 고개를 주억거렸다.

"이게 다 그 악마 같은 바르셀로 때문이야. 내게 뭘 주는지 난 몰랐어. 난 술을 마시는 데 익숙지 않아서……"

"괜찮습니다. 지금 소다수 한 잔 들이켜면 바로 숙면에 빠져들 겁니다. 내일이면 거뜬히 아무 일도 없었던 것처럼 일어나실 거고요."

"토할 것 같아."

페르민과 내가 양쪽에서 부축하자 가엾은 양반은 마신 것을 모두 게워냈다. 나는 식은땀이 흥건한 아버지의 이마를 짚었다. 심하게 토악질을 해대어 이제 배 속에 희멀건 죽조차도 남아 있지 않다는 걸 확인하고 우리는 아버지를 어느 건물 현관의 계단에 잠시 앉혔다.

"셈페레 씨, 숨을 깊고 천천히 내쉬세요."

아버지가 눈을 감은 채 지시에 따랐다. 페르민과 난 눈빛을 주고받았다.

"그런데, 자네 방금 전에 결혼하지 않았나?"

"내일 오후에 합니다."

"아이코, 이런! 축하하네."

"고맙습니다, 셈페레 씨. 어쨌든 이제 슬슬 집에 가볼까 하는데 기운 내실 수 있겠습니까?"

아버지가 고개를 끄덕였다.

"자, 괜찮으니 가세. 끄떡없네."

서늘하고 건조한 바람이 불어와 아버지의 정신을 번쩍 들게 했다. 산타 아나 거리 쪽으로 십여 분쯤 걸어가는 동안 취기가 완전히 가신 아버지는 뒤늦게 사태 파악을 하고 면목 없어했다. 아마도 평생 그렇게 취해본 적은 없었을 것이다.

"부탁인데, 이 일은 절대 아무에게도 말하지 말게."

서점에서 이십 미터쯤 떨어진 지점에 이르렀을 때, 건물 현관 앞에 누군가 앉아 있는 모습이 보였다. 푸에르타 델 앙헬 거리 모퉁이에 있는 카사 호르바의 커다란 가로등이 한 어린 소녀의 옆얼굴을 비추고 있었다. 무릎 위에 가방이 올려져 있었다. 우리를 보자 소녀가 자리에서 일어섰다.

"손님이 와 있는데." 페르민이 속삭였다.

아버지가 먼저 소녀를 알아보았다. 표정이 심상치 않았다. 이제 막 충격에서 벗어나 맨 정신을 되찾은 것처럼 부자연스러운 평정심이 드리워져 있었다. 아버지가 소녀를 향해 걸어가다가 별안간 아연실색하며 돌처럼 우뚝 멈춰 섰다.

"이사벨라?"

술 기운에 아직 판단력이 흐린 상태이고, 그대로 대로변에 쓰러질까 염려되어 내가 몇 걸음 앞으로 나아갔다. 그리고 소녀의 얼굴을 보았다.

4

열일곱 살 이상으로는 보이지 않았다. 소녀가 건물 정면에 매달린 전등 불빛에 모습을 드러내고 수줍게 미소지으며 손을 들어 인사를 건넸다.

"저는 소피아예요." 목소리에 미세한 억양이 남아 있었다.

아버지는 마치 혼령을 본 듯 망연자실 소녀를 쳐다봤다. 나는 침을 꼴깍 삼키며 한기가 온몸을 훑고 지나는 걸 느꼈다. 소녀는 아버지가 책상에 고이 간직해둔 사진첩 속의 엄마 얼굴을 쏙 빼닮아 있었다.

"소피아요." 소녀가 당황해하며 반복했다. "조카요. 나폴리에서 온……"

"소피아." 아버지가 웅얼거렸다. "아 그래, 소피아……"

페르민이 그 자리에 있어 사태를 수습한 건 천운이었다. 그는 놀라서 말문이 막힌 나를 손으로 툭 치며 정신 차리게 한 다음, 소녀에게 아버지의 몸 상태가 약간 좋지 않다고 설명했다.

"사실 지금 술 한 잔 걸치고 오는 길이고 이 가엾은 분은 비시 카탈란* 한 잔으로 이미 취하셨소. 그러니 이분 말에 신경쓰지 마시오. 평상시엔 이렇게 얼빠진 사람처럼 보이는 분이 아니니까."

집에 없는 사이 누군가 문 밑으로 전보 한 장을 슬쩍 밀어넣고 갔다. 소녀의 엄마인 라우라 이모가 딸의 도착을 알리려 보낸 전보였다.

벌써 집에 들어선 페르민은 아버지를 소파에 앉히고 내게 아주 진한 커피를 타라고 했다. 그사이 소녀에게 말을 걸면서 여행이 어땠는지 물었고 아버지가 서서히 기력을 되찾는 동안 실속 없는 말들을 쏟아냈다.

매력적인 억양과 활달한 분위기를 지닌 소피아는 밤 열시에 프란시아 역에 도착했다고 대답했다. 거기에서 택시를 타고 카탈루냐 광장까지 왔다는 것이다. 집에 아무도 없자 근처 바에 들어가 문 닫을 때까지 있었고, 이후 건물 현관에 앉아 기다리면서 조만간 누군가 나타날 거라고 믿었다고 했다. 아버지는 딸 소피아를 바르셀로나에 보낸다는 이모의 편지를 기억해냈지만 그렇

* 스페인 카탈루냐 지방의 유명한 생수 상표.

게 빨리 올 거라곤 미처 생각지 못했다.

"정말 미안하구나. 널 밖에서 기다리게 해서 말이다." 아버지가 말했다. "보통은 좀체 외출하지 않는데 사실 오늘밤은 페르민의 총각 파티가 있어서……"

소피아는 그 소식에 아주 기뻐하며 자리에서 일어서더니 페르민의 뺨에 축하 키스를 했다. 페르민은 이제 퇴역한 주제에 충동을 억누르지 못하고 즉석에서 소피아를 결혼식에 초대했다.

삼십 분 정도 잡담을 늘어놓는 사이 베아가 베르나르다의 신부 파티에서 돌아왔다. 계단을 올라오다가 떠들썩한 소리를 듣고 노크를 한 것이다. 식당 안에 들어와 소피아를 보고 얼굴이 창백해지더니 내게 시선을 던졌다.

"내 사촌 소피아야. 나폴리에서 왔어. 유학. 당분간 이곳에서 같이 지낼 거야……"

베아는 불안을 숨기려고 애쓰며 자연스럽게 인사를 건넸다.

"이쪽은 내 아내 베아트리스야."

"베아라고 불러줘요. 아무도 베아트리스라고 부르지 않으니까."

커피를 마시며 시간을 보내는 동안 소피아의 도착으로 인한 정신적 충격이 점차 가셨다. 잠시 후 베아는 아가씨가 고단할 테니 자러 가는 게 좋을 거라고 넌지시 암시를 주면서, 내일이 또 있으니 얘기는 다음으로 미루자고 했다. 비록 내일은 페르민의 결혼식 때문에 분주하겠지만. 어쨌든 소피아는 어렸을 적 내가 침실로 쓰던 방에 머물기로 했고, 페르민은 다시는 인사불성이 되도록 술을 마시지 않겠다는 다짐을 받은 후에야 아버지를 침대로 데려갔다. 베아는 소피아에게 예복을 빌려주겠다고 약속했는데, 이 미터나 떨어진 곳에서도 숨을 쉴 때마다 샴페인 냄새를 폴폴 풍기던 페르민이 체격과 신장의 닮은 점과 차이점에 대해 쓸데없이 군소리를 하려 하자 팔꿈치로 쿡 찔러 입을 다물게 했다.

결혼식 날 찍은 부모님 사진이 선반 위에서 우리를 내려다보고 있었다.

우리 세 사람은 식당에 앉아 여전히 놀라움에 사로잡힌 채 사진을 바라보았다.

"정말 똑 닮았어. 붕어빵 같아." 페르민이 속삭였다.

베아가 슬쩍 나를 곁눈질하며 내 생각을 읽으려 했다. 그러더니 내 손을 잡고 생긋 웃으며 화제를 딴 데로 돌렸다.

"파티는 어땠어요?"

"차분했어." 페르민이 단언했다. "여자들 파티는 어땠는데?"

"우리는 전혀 얌전하지 않았죠."

페르민이 진지하게 나를 바라봤다.

"자고로 이런 일엔 여자들이 우리 남자들보다 훨씬 더 낯짝 두꺼운 철면피라고 내가 진작 말했잖아."

베아가 불가사의한 미소를 지었다.

"아니, 지금 누구에게 철면피라는 거예요, 페르민?"

"미안, 베아트리스. 내 혈관을 타고 돌며 생리적 욕구를 느끼게 하는 페네데스산産 발포 포도주 때문에 그만 용서받을 수 없는 실언을 했네. 젠장, 우리 베아가 미덕과 고상함의 귀감이란 건 신께서도 아시는데 말이야. 하지만 어떤 추종자는 우리 베아가 파렴치한 행동을 손톱만큼이라도 내비칠 것 같으면 그전에 차라리 카르투하 수도회의 독방에서 묵언 고행을 하며 조용히 여생을 보내려 할걸."

"안됐네요!" 내가 그를 쏘아보며 내뱉었다.

"그런 얘기는 하지 않는 게 좋겠어요." 베아가 중재에 나서며 우리 두 사람을 마치 열한 살짜리 소년들처럼 바라보았다. "그리고 결혼식 전에 둘이 하던 대로 방파제로 산책이나 다녀오도록 해요."

페르민과 내가 서로를 바라보았다.

"자, 어서 가요. 내일 교회에서 제시간에 당신들을 보고 싶으니까……"

5

그 시각 문을 연 곳은 몬트카다 거리에 있는 엘 삼판예트밖에 없었다. 우리는 상당히 난처한 일이겠지만 청소하는 동안만이라도 있게 해달고 사정했다. 문을 닫을 때쯤 페르민이 이제 곧 기혼자가 될 거라는 소식을 듣자 주인은 조의를 표하며 그 처방으로 집에서 담근 술 병을 선물했다.

"용감하게 맞서시오!"

우리는 리베라 지구의 좁은 골목길을 배회하면서 늘 그랬듯 세상을 지탄했다. 하늘이 엷은 자줏빛으로 물들 무렵 그제야 신랑과 그의 들러리인 나는 방파제로 향할 시각이 되었다는 걸 깨달았다. 새벽 여명을 맞이하면서 해돋이에 바르셀로나가 항구의 물빛 위에 반사되어 나타나는, 세계 최대의 신기루가 펼쳐지는 장관 앞에 한 번 더 앉아 있기 위해서였다.

우리는 그곳에 도착해 부두에 다리를 걸치고 앉아 엘 삼판예트의 주인이 선물한 술을 나눠 마셨다. 한 모금씩 번갈아 마시면서 말없이 도시를 바라보는 동안, 갈매기 떼가 우체국 건물의 탑들 사이로 아치를 그리면서 메르세 교회의 둥근 지붕 위로 날아다녔다. 저 멀리 몬주익 산 정상에는 성이 섬뜩한 매처럼 관망하는 태도로 발아래 도시를 빤히 내려다보며 거무스름하게 우뚝 솟아 있었다.

선박의 고동 소리가 정적을 깼고, 우리는 국내용 부두의 반대편에서 대형 크루저 유람선이 닻을 올리며 출항 준비하는 모습을 지켜보았다. 배는 부두에서 분리되어 요란한 프로펠러 소리와 함께 항구의 물 위로 커다란 항적을 남기며 뱃머리를 하구 쪽으로 향했다. 수십 명의 승객들이 선미에 나타나 손을 들어 인사했다. 나는 로시이토가 레우스에서 온 잘생긴 초로의 고철상과 함께 그들 속에 있을까 궁금했다. 페르민은 생각에 잠긴 채 배를 주시했다.

"로시이토가 행복할 거라고 생각해, 다니엘?"

"아저씨는요? 아저씨는 행복하세요?"

우리는 배가 멀어져가는 것을 물끄러미 바라봤고, 그 모습은 점점 작아져 시야에서 사라져갔다.

"페르민, 궁금한 게 있어요. 왜 아무에게도 결혼 선물을 받지 않으려는 거예요?"

"난 사람들을 곤경에 빠뜨리기 싫어. 더욱이 결혼 선물이라봐야 스페인 방패 문장紋章들이 새겨진 컵이나 찻숟가락 세트 같은 그렇고 그런 것이잖아?"

"그래도 난 아저씨에게 선물하고 싶어요."

"넌 이미 네가 할 수 있는 최고의 선물을 내게 줬어, 다니엘."

"그런 말 마세요. 난 사적인 용도로 즐길 수 있는 선물을 말하는 거예요."

페르민이 곤혹스러워하며 날 쳐다봤다.

"설마 성모 마리아 상이나 그리스도 상 같은 도자기 제품은 아니지? 베르나르다한테 이미 그런 물품이 많아서, 어디에 앉아야 할지 모를 지경인데."

"걱정 마세요. 물건은 아니니까."

"돈은 아닐 텐데……"

"유감스럽게도 아저씨도 알다시피 난 땡전 한 푼 없어요. 돈은 우리 장인어른이 가지고 계시죠. 그것에 관해선 잘 말씀을 하지 않지만 말이에요."

"사실 프랑코주의자들은 마지막 순간에 아주 인색해."

"장인어른은 좋은 사람이에요, 페르민. 헐뜯지 마요."

"그 문제에 관해선 덮어두기로 하자. 하지만 내 입에 캐러멜을 집어넣은 지금 화제를 돌리진 마. 그래, 무슨 선물인데?"

"알아맞혀보세요."

"수구스 캐러멜 듬뿍."

"한참 멀었어요, 멀었어……"

페르민이 궁금해 죽겠다는 듯 눈썹을 활처럼 치켜떴다. 별안간 그의 두 눈이 반짝였다.

"설마…… 이제 때가 되었구나!"

내가 고개를 끄덕였다.

"모든 건 때가 있는 법이니까요. 이제 내 말 똑똑히 들어요. 오늘 아저씨가 보게 될 것에 대해 아무에게도 말해선 안 돼요. 아무에게도……"

"베르나르다에게도?"

6

이른 아침의 구릿빛 돋을볕이 람블라 데 산타 모니카 거리의 처마 장식을 따라 미끄러지듯 퍼져갔다. 일요일 아침이었다. 거리는 황량하고 적막만이 감돌았다. 아르코 델 테아트로의 좁은 골목길로 접어들자 람블라스 거리 깊이 스며든 무시무시한 햇빛이 걸음을 뗄 때마다 차차 사그라졌고, 커다란 목조 대문에 이르렀을 때 우리는 완전히 어둠의 도시에 들어와 있었다.

나는 계단을 올라가 노커를 두드렸다. 메아리가 연못의 물결처럼 천천히 안쪽으로 울려퍼졌다. 페르민은 경건하게 침묵을 지키며 첫 종교의식에 막 발을 들여놓으려는 소년처럼 불안한 눈빛으로 나를 쳐다보았다.

"문을 두드리기엔 너무 이른 시간 아닐까? 관리인이 쫓아버릴 것 같은데……"

"이곳은 엘 시글로 백화점이 아니에요. 영업시간이 없다고요. 그리고 관리인 이름은 이사크예요. 아저씨는 그가 먼저 묻지 않으면 아무 말도 하지 마세요."

페르민이 열심히 고개를 끄덕였다.

"한마디도 하지 않을게."

잠시 후 대문의 자물쇠를 제어하는 톱니바퀴와 도르래 그리고 지렛대의 금속판이 춤추는 소리가 들렸다. 문이 한 뼘 정도 열리더니 관리인인 이사크 몽포르트의 갸름한 얼굴이 평소의 날카로운 눈매로 밖을 내다보았다. 그의 눈은 먼저 내게 머물러 본숭만숭하더니 페르민을 요모조모 뜯어보면서 평가하고 간파했다.

"이쪽은 그 유명한 페르민 로메로 데 토레스겠군." 그가 중얼거렸다.

"그렇습니다. 하느님과……"

나는 팔꿈치로 쿡 찔러 페르민의 말문을 막은 다음 근엄한 관리인에게 친근한 미소를 보냈다.

"안녕하세요, 이사크."

"자네가 새벽녘에, 말하자면 내가 화장실에 앉아 있거나 의무적으로 교회에 가야 하는 날에 문을 두드리지 않으면 안녕하겠지, 다니엘 셈페레. 자, 들어오게."

관리인은 대문을 좀더 열어 우리를 안으로 들였다. 이사크가 우리의 등 뒤에서 문을 닫으며 바닥의 기름등잔을 들어올리자, 페르민은 세상에서 가장 큰 시계 속처럼 차곡차곡 접혀서 쑥 들어가는 자물쇠의 아라베스크식 역학 구조를 눈여겨볼 수 있었다.

"여기선 좀도둑질하기가 여간 힘들지 않겠군."

무심결에 뱉은 소리에 경고의 눈초리를 보내자 페르민은 재빨리 침묵의 몸짓을 해 보였다.

"책을 가져가러 온 건가, 아니면 되돌려놓으려고 온 건가?"

"실은 진작부터 페르민을 데려오고 싶었어요. 사적으로 이곳을 알고 있거든요. 이미 수차례 말씀드렸죠? 내 절친한 친구예요. 그리고 오늘 정오에 결혼해요."

"아이쿠 이런! 불쌍한 어린양이군. 설마 이곳을 피난처로 삼으려는 건 아니겠지?"

"페르민은 확신을 갖고 결혼하는 거예요, 이사크."

관리인은 그를 위아래로 찬찬히 훑어보았다. 그러자 페르민이 결례를 범한 것에 대한 사죄의 미소를 보냈다.

"배짱 한번 두둑하군!"

이사크는 복도를 따라 커다란 원형 홀로 통하는 회랑의 입구까지 우리를 안내했다. 난 페르민을 몇 걸음 앞서 가도록 했다. 그는 형언할 수 없는 광경을 목도했을 때의 눈빛을 하고 있었다.

조그만 그의 실루엣이 꼭대기의 유리 돔에서 내려오는 환한 빛줄기 속에 스며들었다. 햇살은 복도와 터널, 계단, 아치 그리고 책장으로 이뤄진 커다란 미로의 구석구석에 뿌연 폭포가 되어 떨어졌다. 그곳은 책으로 가득 찬 무한한 나무줄기가 바닥에서 솟아난 것처럼 불가능한 기하학적 구조를 이루며 하늘을 향해 펼쳐져 있었다. 페르민이 구조상 다리를 거쳐 안으로 들어가는 좁은 복도의 입구에 멈춰 서서 입을 벌린 채 망연자실 그 훌륭하고 장대한 광경을 바라보았다. 나는 슬그머니 그에게 다가가 어깨에 손을 얹었다.

"페르민, '잊힌 책들의 묘지'에 온 걸 환영해요!"

7

내 개인적 경험에 비춰보자면, 그곳을 처음 방문하는 사람은 매혹되어 경탄을 금치 못한다. 아름답고 신비로운 경내가 말을 멈추고 사색과 몽상에 잠기게 하는 것이다. 물론 페르민은 남달랐다. 처음 삼십 분 동안은 최면에 걸린 듯 있더니 귀신에 홀린 사람처럼 미로 같은 그 거대한 퍼즐의 구석구석을 정처 없이 돌아다녔다. 때론 멈춰 서서 마치 그 견고함을 믿지 못하겠다는 듯 손가락 관절로 부벽과 기둥들을 톡톡 두드렸다. 그리고 모퉁이마다 멈춰 서서 손차양으로 먼 곳까지 바라보면서 규모를 가늠해보려고 했다. 책들이 나선형으로 자리잡고 있는 도서관을 거닐면서 끝없이 늘어선 무수한 책들의 등에 코를 바싹 들이댄 채 제목을 살폈고 도중에 발견하는 모든 것을 조목조목 구분 지었다. 나는 불안과 걱정 속에 몇 걸음 떨어져 그의 뒤를 따랐다.

책으로 가득한 책장들 사이에 드리워진 다리 한 곳에서 이사크와 마주쳤을 때 난 관리인이 우리를 그곳에서 내쫓지 않을까 생각했다. 하지만 뜻밖에 그는 언짢고 못마땅한 기색을 내비치기는커녕 '잊힌 책들의 묘지'를 첫 탐험하는 페르민의 모습을 바라보며 흐뭇하게 미소짓고 있었다.

"자네 친구는 아주 별난 사람이군."

"어느 정도인지는 가히 짐작도 못하실 거예요."

"걱정 말고 마음대로 돌아다니도록 내버려두게. 곧 구름 위에서 내려올 테니까."

"그러다가 길을 잃으면요?"

"내가 보기엔 총명해 보이는데. 어떻게든 잘해나갈 걸세."

미심쩍었지만 구태여 이사크에게 반론을 제기하고 싶진 않았다. 나는 사무실 방까지 따라가 그가 내미는 커피잔을 받아들었다.

"친구에게 규칙에 대해선 이미 설명했겠지?"

"페르민은 규칙하곤 아예 담쌓고 지내요. 하지만 기본적인 것은 대략 설명했고, 그는 확고하게 '당연하지! 날 뭘로 보는 거야?'라고 대답했어요."

이사크가 다시 내 찻잔을 채우는 동안 나는 그의 책상 위에 걸려 있는 딸 누리아의 사진을 보고 깜짝 놀랐다.

"머지않아 그 아이가 우리 곁을 떠난 지 두 해가 돼." 쓸쓸한 그의 목소리가 허공을 갈랐다.

나는 비탄에 잠겨 시선을 떨어뜨렸다. 백 년이 지나도 누리아 몽포르트의 죽음은 내 기억 속에 계속 남아 있을 것이었다. 그녀가 나를 만나지 않았더라면 아마 지금쯤 살아 있을 거라는 확신과 함께. 이사크의 눈이 그녀의 사진을 어루만졌다.

"나도 이젠 늙었어, 셈페레. 슬슬 누가 내 자릴 맡아줄 때가 됐지."

내가 항의조의 말을 건네려는데, 페르민이 마치 금방 마라톤 경주라도 끝낸 것처럼 가쁜 숨을 몰아쉬며 흥분된 얼굴로 들어왔다.

"어떤가? 둘러본 소감이 어때?"

"정말 놀랍습니다. 그런데 살펴봐도 화장실은 없더군요. 적어도 겉으로 보기엔 말입니다."

"어느 구석진 곳에 오줌을 누지 않았길 바라네."

"안 그러려고 초인적인 인내심을 발휘했습니다."

"좌측에 있는 문이네. 변기 물을 내릴 땐 줄을 두 번 잡아당기고. 한 번만으론 작동하지 않아서 말이야."

페르민이 소변을 보는 동안 이사크는 그가 돌아오면 마실 김이 모락모락 나는 따끈한 차를 준비했다.

"여쭤보고 싶은 것들이 있습니다."

"페르민, 그러지 않는 게……" 내가 끼어들었다.

"물어보게, 물어봐."

"첫번째 블록은 지역의 역사와 관련 있고, 두번째는 기술과 건축 분야에 관한 것이며, 세번째는 근본적으로 서지학에 관한 것으로……"

이사크가 껄껄 웃었다. 이제껏 그가 웃는 걸 한 번도 본 적이 없었기 때문에 난 그것이 하늘의 계시인지 아니면 곧 닥칠 재앙의 징조인지 가늠하기 힘들었다.

"우선 자네가 살리고 싶은 책을 골라야 할 걸세."

"몇 권 눈독이 드는 게 있었습니다. 하지만 뭐, 그냥 감상적인 가치 때문이긴 합니다만 이 책을 골랐습니다."

그가 호주머니에서 빨간 가죽으로 장정된 책 한 권을 꺼냈다. 제목이 금박으로 돋을새김되고 겉표지에 해골 삽화가 그려져 있었다.

"다비드 마르틴이 쓴 『저주받은 자들의 도시』 3권, '다프네와 불가능한 계단'이군."

"제 오랜 친구입니다."

"설마! 그래, 한때는 이곳에 자주 들르곤 했지."

"전쟁 전일 테죠." 내가 힘주어 말했다.

"아니, 아니야…… 그 이후였어."

페르민과 나는 눈빛을 교환했다. 나는 정말 이사크의 말이 맞는지, 아니면 이제 직책을 맡기엔 너무 노쇠해 정신이 가물가물

한 건지 확신이 서지 않았다.

“말을 거스를 의도는 전혀 없습니다만, 그건 도저히 불가능한 일입니다.” 페르민이 대꾸했다.

“불가능하다고? 좀더 자세히 설명해보게……”

“다비드 마르틴은 전쟁 전 이 나라에서 도망쳤어요.” 내가 설명했다. “1939년 초 내분이 끝나갈 무렵 피레네 산맥을 넘어 돌아왔는데, 며칠 못 가 푸이그세르다에서 체포되었어요. 그리고 1941년까지 감옥에 있다가 살해되었고요.”

이사크가 쉽사리 믿지 못하겠다는 표정으로 우리를 바라보았다.

“믿으셔도 됩니다.” 페르민이 장담했다. “믿을 만한 소식통에게서 전해 들은 거니까요.”

“나도 자네들에게 장담할 수 있네. 다비드 마르틴이 거기 셈페레 자네가 앉아 있는 바로 그 의자에 앉아 있었고 우린 잠시 대화를 나눴다고.”

“정말이에요, 이사크?”

“내 생애 이렇게 확신에 찬 적은 결코 없어.” 관리인이 대답했다. “그를 못 본 지 몇 년 되었기 때문에 또렷이 기억하고 있지. 몰골이 참혹했고 어딘가 아파 보였어.”

“날짜가 기억나세요?”

“물론이지! 1941년 마지막 날 밤이었거든. 제야除夜였지. 그날이 내가 그를 본 마지막이었어.”

페르민과 나는 곰곰이 따져보았다.

"그렇다면 교도관 베보가 브리앙스에게 한 말이 모두 사실이라는 의미예요. 발스가 저들에게 구엘 공원 옆 폐가로 끌고 가서 마르틴을 죽이라고 명령했던 날 밤…… 베보는 나중에 저격수들이 말하는 소리를 엿들었다고 했거든요. 그곳에서 뭔 일이 있었다고, 그들 말고 누군가 그 집에 있었다고요…… 저들이 마르틴을 죽이려는 걸 막은 누군가가……" 나는 대강 자초지종을 설명했다.

이사크는 그 얘기를 경청하며 경악했다.

"대체 자네들 무슨 얘길 하고 있는 건가? 누가 마르틴을 죽이려 했다는 거야?"

"얘길 하자면 깁니다." 페르민이 대답했다. "아주 복잡하죠."

"그럼 언제 날 잡아서 내게 얘기를 해주게……"

"마르틴이 정신이 온전해 보였나요, 이사크?" 내가 물었다.

이사크가 어깨를 으쓱했다.

"마르틴에 대해 잘은 모르지만…… 그의 영혼은 고뇌에 차 있었어. 그가 떠나려 할 때 전철역까지 동행해주겠다고 했지만 차가 밖에서 기다리고 있다고 말하더군."

"차요?"

"그것도 메르세데스 벤츠가 말이야. 그가 '보스'라고 부르는 사람의 것이었지. 얼핏 보기에 누군가 문에서 그를 기다리고 있었어. 하지만 내가 그를 따라 밖으로 나오니 차도 보스도 보이지 않더군. 전혀 아무것도……"

"기분 나쁘게 생각하지는 말아주십시오, 선생님. 그런데 말입니다, 혹시 그날이 제야이고 때가 때이니만큼 축제 분위기에 휩쓸려 와인과 샴페인을 과음하셨던 건 아닐까요? 혹 크리스마스 캐럴이나 당도 높은 투론 데 히호나*에 현혹되어 그 모든 걸 상상할 수도 있고 말이죠."

"발포성 음료에 관해서라면, 난 탄산수밖에 마시지 않네. 그리고 여기 이 싸구려 와인은 과산화수소수 병이고 말이야." 이사크가 침착하고 분명히 말했다.

"아! 의심해서 죄송합니다. 그저 형식적인 확인이었습니다."

"이해하네. 하지만 그날 밤 온 사람은 유령이 아니었다는 내 말을 믿게. 그가 내 식료품 저장실에 있는 각설탕을 몽땅 먹어치워서가 아니야. 그의 귀에서 피가 나고 있었고 열이 올라 손을 덜덜 떨고 있었어. 마르틴은 자네들이나 나처럼 살아 있었단 말이지."

"오랜만에 이곳을 찾아온 이유는 설명하지 않던가요?"

"뭔가를 맡기러 왔다면서 가능하면 그걸 찾으러 돌아오겠다고

* 아몬드 등의 견과류에 설탕, 꿀, 달걀 흰자를 섞어 만든 스페인 전통 과자. 주로 크리스마스 때 먹는다.

하더군. 직접 올 수도 있고 아니면 누군가를 대신……"

"뭘 맡겼는데요?"

"종이로 싸서 끈으로 묶은 꾸러미였어. 안에 뭐가 들어 있는지는 몰라."

나는 침을 삼키며 물었다.

"아직 그걸 갖고 계세요?"

8

꾸러미는 책장 안쪽에서 꺼내어져 이사크의 책상 위에 놓였다. 손가락으로 살짝 스치자 내려앉아 있던 엷은 먼지 층이 기름등잔 불빛에 활활 불타오르는 입자들처럼 희뿌옇게 피어올랐다. 이사크는 내 좌측에서 기름등잔을 들고 있었고, 페르민은 우측에서 자신의 주머니칼을 꺼내 내게 건넸다. 우리 세 사람은 서로 얼굴을 쳐다봤다.

"신께서 원하시는 일이기를." 페르민이 말했다.

나는 꾸러미를 감싼 래그 페이퍼*를 단단히 묶어놓은 끈 밑으로 칼날을 집어넣어 툭 잘랐다. 아주 조심스럽게 내용물이 보일

* 넝마를 원료로 만든 고급 종이.

때까지 포장지를 벗겨냈다. 필사본이었다. 종잇장들은 더러웠고 촛농과 핏자국이 깊이 스며들어 있었다. 첫 장에 읽기 힘든 괴팍한 필체로 제목이 쓰여 있었다.

천사의 게임

다비드 마르틴 지음

"탑에 갇혀 있는 동안에 쓴 책이군요. 분명 베보가 이 원고를 안전하게 지켜냈을 거예요."

"밑에 뭔가 있어, 다니엘." 페르민이 가리켰다.

양피지의 한쪽 귀퉁이가 필사본 아래에 삐죽 나와 있었다. 잡아당겨 보니 편지 봉투였다. 천사 모양이 새겨진 진홍색 봉랍인으로 봉해져 있었다. 앞면에는 붉은 잉크로 단 한 단어가 적혀 있었다.

다니엘

한기가 양손을 타고 올라왔다. 놀라움과 당황스러움 속에서 그 광경을 지켜보고 있던 이사크가 슬그머니 페르민을 따라 문지방으로 향했다.

"다니엘." 페르민이 부드럽게 내 이름을 불렀다. "우린 조용히 나가 있을게. 혼자 차분히 봉투를 열어봐……"

서서히 멀어지는 발소리와 함께 어렴풋이 그들의 대화 소리가 들려왔다.

"저, 선생님, 좀전에 여쭤본다는 걸 분위기상 깜빡 잊고 있었는데, 들어올 때 듣자니 퇴직해서 자리를 일임하고 싶단 말씀을 하신 것 같던데요."

"그렇소. 이젠 나이가 들어서 말이오, 페르민. 그런데 왜 그러시오?"

"그게, 말하자면 우리가 이제 방금 알게 된 사이인 건 알지만, 제가 흥미를 가질 만한 일인 것 같아서……"

페르민과 이사크의 목소리가 미로 같은 '잊힌 책들의 묘지'에 메아리 되어 흩어졌다. 나는 홀로 관리인의 안락의자에 앉아 봉랍인을 떼어냈다. 봉투 안에는 황토색 사절지 종이 한 장이 접힌 채 들어 있었다. 나는 그걸 펼쳐 읽기 시작했다.

1941년 12월 31일, 바르셀로나

사랑하는 다니엘에게

나는 언젠가 네가 '잊힌 책들의 묘지'를 방문할 거라는 기대와 확신에서 이 글을 쓰고 있다. 이곳은 내 인생을 단숨에 바꿔놓은 곳, 나는 네 인생 또한 바꿔놓을 거라는 확신이 드는구나. 이미 내가 여기 없다면, 아마 그땐 누군가 나에 대해 그리고 네 엄마와 나의 우정 관계에 대해 네게 얘길 해주었을 거라고 믿는다. 난 네가 이 글을 읽게 되더라도 많은 질문과 의혹에 사로잡힐 것임을 잘 알고 있다. 그에 대한 답변 중 어떤 것들은 이 필사본에서 찾을 수 있을 것이다. 내 정신이 온전한 날들이 얼마 남지 않았고 종종 내가 결코 일어나지도 않은 일을 떠올릴 수 있다는 걸 알기에, 이 책 안에 내 얘기를 기억나는 대로 구체적으로 적어놓고 싶었다.

네가 이 편지를 받을 때쯤이면 시간이 조금씩 지나온 흔적을 지워나가고 있으리란 걸 나 또한 알고 있다. 그리고 네가 의혹을 품고 네 어머니가 죽을 무렵에 대한 진실을 알게 된다면, 나처럼 걷잡을 수 없는 분노로 복수할 마음이 분연히 일어나겠지. 사람들은 용서야말로 군자와 올바른 자의 덕목이라고 말하지만 나는 절대로 그럴 수 없다는 걸 알고 있다. 내 영혼은 이미 지옥에 떨어져 구원받을 수 없으니까 말이다. 나는 이승에서 숨을 쉬는 매 순간 이사벨라의 죽음에 대한 원한을 풀 생각에 골몰하게 될 것이다. 하지만 그건 내 운명이지 네 운명은 결코 아니란다.

네 어머니는 네가 나처럼 아무런 대가도 없는 무의미한 삶을 살길 원하지는 않았을 것이다. 네 어머니는 네게 증오도 원한도 없는 충만한 삶을 원했을 것이다. 그녀를 위해 난 네가 이 얘기를 읽어봐줬으면 한다. 그리고 일단 읽고 나면 파기해서, 이젠 존재하지도 않는 과거에 관해 네가 들을 수 있었던 모든 걸 기억 속에서 지워버리고 네 마음속에서 분노를 씻어내어 항상 앞을 바라보면서 어머니가 네게 주고 싶어했던 그런 삶을 살아가길 바란다.

그리고 어느 날, 그녀의 무덤 앞에 무릎을 꿇고 있을 때 분노의 불꽃이 널 엄습하면 내 얘기 속에, 네 얘기에서처럼 모든 해답을 가지고 있는 천사가 있었다는 걸 기억해다오.

너의 친구 다비드 마르틴

나는 다비드 마르틴이 시간을 거슬러 과거에서 보낸 글을 수차례 읽고 또 읽었다. 글에는 회한과 광기가 배어 있는 듯했고, 그 글들을 완전히 이해할 순 없었다. 나는 편지를 잠시 손에 들고 있다가 이내 그것을 기름등잔 불꽃에 갖다댔다. 편지는 활활 불타올랐다.

미로 근처에서 페르민과 이사크를 발견했다. 둘은 오랜 친구처럼 담소를 나누고 있었다. 내가 나온 걸 보자 그들의 목소리가 잠잠해졌고 두 사람은 방관적 태도로 날 바라봤다.

"그 편지 내용은 오로지 너와 관련된 거야, 다니엘. 그러니 우리에게 아무것도 말할 필요 없어."

나는 고개를 끄덕였다. 메아리치는 교회 종소리가 어렴풋이 담벼락 뒤에서 들려왔다. 이사크가 우릴 쳐다보더니 시계를 들여다봤다.

"이보게들, 오늘 결혼식에 간다고 하지 않았나?"

9

신부는 순백의 웨딩드레스를 입고 있었다. 반짝이는 멋진 보석도 장신구도 하지는 않았지만, 햇살이 산타 아나 교회 광장에 찬연하게 빛나는 2월 초순의 어느 날, 약혼자의 눈에 베르나르다보다 더 아름다운 여인은 세상에 없었다. 바르셀로나의 꽃이란 꽃은 몽땅 사들여 교회 입구를 가득 채운 구스타보 바르셀로는 하염없이 눈물을 흘렸다. 신랑의 친구인 사제는 명쾌한 주례사로 우리 모두를 깜짝 놀라게 하여 좀처럼 울지 않는 베아까지 눈물을 흘리게 했다.

나는 갖고 있던 반지를 떨어뜨릴 뻔했지만, 사제가 설교를 끝내고 신부에게 키스하도록 페르민한테 시키는 통에 무사히 넘어갔다. 바로 그때였다. 내가 문득 뒤돌아보았을 때 교회의 맨 뒷줄에서 나를 바라보며 미소짓고 있는 낯선 이의 모습을 본 듯한 기분이 든 것은. 이유를 제대로 설명할 순 없지만 일순간 그 수상한 사람이 다름아닌 '천국의 수인'이라는 확신이 들었다. 그렇지만 다시 바라봤을 때 그는 이미 그곳에 없었다. 내 옆에서 페르민이 베르나르다를 힘껏 껴안으며 거리낌 없이 그녀의 입술에 키스했고 사제의 지휘하에 열렬한 박수갈채가 터져나왔다.

그날 사랑하는 여인에게 키스하는 친구를 보자, 시간에게서 그리고 신에게서 빼앗아온 그 순간이 그동안 우리가 겪어온 비참한 나날과 삶으로 돌아갔을 때 분명 우리를 기다리고 있을 다른 많은 일들을 보상해준다는 생각이 들었다. 그리고 기품 있고 깨끗하고 순수한 이 세상 모든 것, 우리가 살고 숨 쉬는 목적이어야 하는 모든 것이 그 행복한 두 사람의 입술과 손과 눈에 있는 것 같았다. 그들은 생이 다할 때까지 함께할 것이었다.

에필로그

1960

우울한 눈빛에 새치가 희끗희끗한 젊은 남자가 바다처럼 푸르른 하늘 아래 작열하는 한낮의 햇살을 받으며 묘비 사이를 걸어갔다.

그의 품에는 말을 알아들을 순 없지만 눈이 마주칠 때마다 미소를 짓는 아이가 안겨 있었다. 남자와 아이는 지중해 위에 매달린 난간에서 외떨어진 수수한 무덤으로 다가갔다. 남자는 무덤 앞에 무릎을 꿇고 앉아 아이가 묘비 위에 새겨진 글자를 어루만지게 했다.

이사벨라 셈페레

1917~1940

남자는 잠시 가만히 앉아 울음을 참기 위해 눈을 감았다.

아들의 목소리가 그를 현실로 되돌려놓았고, 눈을 뜨자 아이가 자그마한 조각상을 가리켰다. 묘비 아래 유리 화병의 그림자에 가려 마른 꽃잎들 사이로 조각상이 고개를 삐죽 내밀고 있었다. 확신하건대 남자가 마지막으로 무덤을 방문했을 때는 그곳에 없었던 것이었다. 손으로 꽃들을 헤집고 너무나도 작아 주먹에 들어옴직한 작은 석고 조각상을 집어들었다. 천사상이었다. 그동안 잊고 지낸 말이 옛 상처처럼 그의 뇌리에 떠올랐다.

그리고 어느 날, 그녀의 무덤 앞에 무릎을 꿇고 있을 때 분노의 불꽃이 널 엄습하면 내 얘기 속에, 네 얘기에서처럼 모든 해답을 가지고 있는 천사가 있었다는 걸 기억해다오……

아이가 아빠 손에 있는 천사상을 쥐려고 손가락으로 스치다가 엉겁결에 밀치고 말았다. 조각상이 대리석 위로 떨어져 산산조각이 났다. 그때 보았다. 접힌 채 석고상 안에 숨겨진 아주 작은 종이를. 종이는 감촉이 좋고 거의 투명했다. 그것을 편 순간 단번에 필체를 알아볼 수 있었다.

마우리시오 발스

엘 피나르

바르셀로나, 마누엘 아르누스 거리

바닷바람이 묘비 사이로 불어와 심술궂게 그의 얼굴을 쓰다듬었다. 남자는 호주머니에 종이를 집어넣었다. 잠시 뒤 묘석 위에 하얀 장미를 남겨둔 채, 품에 아이를 안고서 아내가 기다리고 있는 삼나무 회랑을 향해 다시 걸음을 옮겼다. 세 사람은 서로 포옹했다. 아내가 그의 눈을 들여다보며 좀전과 달라진 감정을 느꼈다. 두려움을 주는 알 수 없는 이상한 감정이었다.

"괜찮아, 다니엘?"

그는 오랫동안 그녀를 바라보다 미소지었다.

"사랑해." 그는 그녀에게 키스했다. 그리고 깨달았다. 이야기가, 그의 이야기가 이제부터 시작되리라는 것을.

이제부터가 시작이라는 것을!

요즈음의 미스터리 소설은 나날이 수준이 높아지고 있다. 치밀한 구성과 정교한 플롯, 숨 막히는 전개와 결말을 도무지 짐작할 수 없는 예측 불허의 반전. 독자들은 단순히 선과 악의 대립이 아닌 복잡한 서사의 이야기를 원하며, 눈을 뗄 수 없게 만드는 강렬한 미스터리 문학을 갈구한다. 이러한 독자들의 기대에 정확히 부응하며 스페인 문학계를 넘어 전 세계적으로 사랑받는 작가가 있다.

카를로스 루이스 사폰. 그가 48세라는 비교적 젊은 나이에 50여 개국에 판권이 팔려나가는 기염을 토하고 다양한 독자층의 공감대를 형성하면서 세계적인 베스트셀러 작가의 반열에 오르는 행운을 거머쥐게 된 이유는 추리적 서사구조에 아름다운 로맨스와 모험을 가미시킨 지적이면서도 세련된 문장력에 있을 것이다. 그러기에 『바람의 그림자』와 『천사의 게임』을 통해 루이스 사폰 작품의 매력에 사로잡혔던 국내의 수많은 독자들은 그의 새로운 소설을 손꼽아 기다려왔다.

신작 『천국의 수인』은 전작들에 이어 '잊힌 책들의 묘지'라는 신비로운 공간을 중심으로 구성된 4부작 연작소설의 세번째 작품이다. 『바람의 그림자』는 훌리안 카락스의 책에 대한 열정을 그려낸 작품이고, 『천사의 게임』은 독자들의 영혼을 사로잡을 책을 쓰기 위한 다비드 마르틴의 고뇌와 책에 관한 다양한 단상, 그리고 사랑이 주를 이룬다. 이처럼 각 작품은 독립적인 이야기로 현실과 환상의 세계를 자유로이 넘나들며 독자들의 가슴에 파문을 일으켰다. 하지만 이 두 작품은 배신, 복수, 사랑, 우정, 그리움 등과 같은 보편적인 요소들을 담고 있는 『천국의 수인』을 통해 재해석되면서 진정한 의미를 얻게 되고, 완전한 하나의 줄거리를 이루게 된다. 서술과 주제가 하나의 커다란 틀을 형성하면서 등장인물들과 줄거리를 통해 서로 연결되는 것이다.

1957년 크리스마스 무렵 바르셀로나. 과거에서 비롯된 시련과 좌절의 구렁텅이에서 벗어나 순탄한 삶을 살고 있는 『바람의 그림자』의 주인공들인 다니엘 셈페레와 그의 친구 페르민 로메로 데 토레스가 또다시 인생에 심각한 도전을 받으면서 소설은 시작된다. 다니엘은 베아와의 결혼으로 아들 훌리안을 얻었고, 페르민은 계속 '셈페레와 아들' 서점에 근무하면서 베르나르다와의 결혼 준비로 바쁜 나날을 보내고 있다. 행복에 젖어 있는 그들 앞에 불길한 앞날을 예고하는 인물이 등장하면서 도시의 어두운 기억 저편에 20년 동안 묻어두었던 무시무시한 비밀을 폭로하도록 위협한다. 스페인 내전 직후 암울하고 참혹했던 시절, 짙은 죽음의 그림자가 드리워진 몬주익 언덕의 교도소에서 다비드 마르틴의 도움으로 알렉상드르 뒤마의 『몽테크리스토 백작』에 등장하는 에드몽 당테스처럼 천신만고 끝에 탈옥에 성공한 페르민은 자유와 생존을 향한 슬픈 기억의 편린들을 하나씩 펼쳐놓는다. 그리고 다니엘은 냉혹한 현실의 문턱에서 어머니의 죽음에 대한 가슴 저릿한 진실과 마주한다. 충격과 아픔과 아쉬움과 분노로 다가온 사랑하는 이의 부재는 영원히 그 무엇으로도 메울 수 없고, 삶의 톱니바퀴 속에서 살아 있는 자가 감내해야 할 고통으로 다가온다. 하지만 그 고통은 이내 살아 있기에 접할 수 있는 더없이 소중한 삶으로 탈바꿈하면서 다니엘은 힘을 얻는다. 그리고 쓰라린 운명의 상처가 자신을 가장 중요한 어둠의 그림자에 맞서도록 이끌 것임을 예감하며 적절한 여운을 남긴다. "그리고 깨달았다. 이야기가, 그의 이야기가 이제부터 시작되리라는 것을. 이제부터가 시작이라는 것을!"

온갖 사람들의 다양한 삶의 양상을 보여주면서, 복잡하고 난

해한 퍼즐 같은 스토리를 정교하게 꿰맞춰나가는 루이스 사폰의 소설 기법이 과연 다음 작품에서 어떻게 대미를 장식하며 독자의 즐거움을 배가시킬지 사뭇 궁금하게 만드는 결말이다.

책을 읽거나 번역을 마치고 나면 한 편의 영화를 보고 난 듯한 느낌과 함께 일순 머릿속을 가득 메우는 긴 여운이 쉽게 가시지 않는다. 더욱이 초대형 베스트셀러로 주목을 받게 된 작품이라면 영화 판권 계약과 더불어 제작 러브콜을 받는 것이 예정된 수순이다. 카를로스 루이스 사폰의 작품도 예외는 아니다. 하지만 어느 인터뷰에서 루이스 사폰은 왜 영화 제작 러브콜을 받아들이지 않느냐는 질문에 자신의 작품들이 소설이라는 문학의 영역을 벗어나 다른 형식으로 변형되는 것에 불편한 심기를 드러낸다. 영화나 TV 시리즈 등이 시각적 재미를 선사하기는 하지만 적어도 아직까지는 자신에게 생소하고 이질적인 미디어이며, 독서를 위한 언어로 이루어진 책이야말로 자신의 작품이 마땅히 있어야 할 세계라고 당당하게 소신을 밝히는 모습에서 인기나 경제 논리에 편승하지 않는 진정한 작가의 자부심을 엿볼 수 있다.

스페인에는 성경 다음으로 지구상에서 가장 많이 번역된 작품인 세르반테스의 『돈키호테』가 있다. 매년 전 세계 수많은 독자들은 프랑스의 비평가 생트 뵈브의 말처럼 '인류의 성경'의 주인공인 돈키호테의 편력 여정을 따라 스페인 전역을 누비는 여행 상품을 통해 세르반테스 문학의 향기에 취해보고자 한다. 이런 맥락에서 카를로스 루이스 사폰의 작품 또한 바르셀로나에서의 평범한 일상의 단면들을 밀도 있고 예리하게 포착하고 있어, 언젠가 실제로 바르셀로나의 거리를 밟아보고 생동감 넘치는 풍경들을 직접 접해보고 싶다는 독자들의 욕구를 자극한다. 주인공들의 행보를 따라 거리를 누비고 다니는 즐거움을 맛볼 수 있도록 바르셀로나로 여행을 떠나기 전 읽어야 될 필독서로 선정된 것도 바로 이러한 이유에서일 것이다. 소설가가 되지 않았다면 음악가가 되었을 거라고 말하며 종종 독자들과의 만남에서 피아노 연주를 선보이는 매력적인 작가 카를로스 루이스 사폰. 그의 시선을 따라 바르셀로나의 정취가 피아노 선율처럼 마음 가득 퍼져나가는 느낌에 젖어보는 색다른 즐거움을 만끽하는 것은 어떨까?

전작들을 통해 모처럼 스페인 문학의 재미에 빠져든 독자라면, 이 작품에서 역시 유감없이 발휘되는 카를로스 루이스 사폰의 흡입력 강한 글솜씨에 마지막 장을 덮기까지 책을 손에서 놓기가 쉽지 않을 것이다. 부디 많은 독자들에게 감동의 여운이 전달되기를 바란다.

2012년 가을 문턱에서

김주원

지은이 **카를로스 루이스 사폰**
1964년 스페인 바르셀로나에서 태어났다. 1993년 첫 소설 『안개의 왕자』로 에데베상을 수상했고, 연이어 『한밤의 궁전』 『9월의 빛』을 발표했다. 『마리나』를 통해 바르셀로나를 배경으로 한 특유의 미스터리를 처음 선보였다. 2001년 발표한 『바람의 그림자』는 전 세계 42개국에 번역 출간되어 1200만 부 이상 판매되는 유례없는 대성공을 거두었다. 뒤이어 『천사의 게임』 『천국의 수인』을 펴내 사폰 마니아들의 비상한 관심을 모았다. 2020년 55세를 일기로 타계했다.

옮긴이 **김주원**
한국외국어대학교 스페인어과 박사과정을 수료했다. 현재 대학에서 학생들을 가르치며, 스페인어권의 문학을 번역하고 있다. 옮긴 책으로는 『보르헤스의 거울의 유희』(공역), 『뽈뽀론』 『돈끼호떼』 『옥스퍼드 살인 방정식』 『살인자의 책』 등이 있다.

문학동네 세계문학
천국의 수인

1판 1쇄 2012년 9월 24일 | 1판 4쇄 2020년 7월 2일

지은이 카를로스 루이스 사폰 | 옮긴이 김주원 | 펴낸이 염현숙
책임편집 이은현 | 편집 김이선 | 독자모니터 전혜진
디자인 김현우 이원경 | 저작권 한문숙 김지영 이영은
마케팅 정민호 이숙재 양서연 박지영 | 홍보 김희숙 김상만 지문희 우상희 김현지
제작 강신은 김동욱 임현식 | 제작처 한영문화사(인쇄) 경일제책사(제본)

펴낸곳 (주)문학동네
출판등록 1993년 10월 22일 제406-2003-000045호
주소 10881 경기도 파주시 회동길 210
전자우편 editor@munhak.com | 대표전화 031) 955-8888 | 팩스 031) 955-8855
문의전화 031) 955-3578(마케팅) 031) 955-8860(편집)
문학동네카페 http://cafe.naver.com/mhdn | 트위터 @munhakdongne
북클럽문학동네 http://bookclubmunhak.com

ISBN 978-89-546-1911-0 03870

잘못된 책은 구입하신 서점에서 교환해드립니다.
기타 교환 문의 031) 955-2661, 3580

www.munhak.com